순천 아랫장
주막집 거시기들

손병현 소설집

순천 아랫장
주막집 거시기들

문학들

| 차례 |

갑숙 씨는 괴로워

"아니, 사무국장은 또 행방불명이여? 도대체가 어떻게 생겨 먹은 인간이 밖에만 나갔다 허믄 간첩 짓거리여."

대문을 들어서는 갑숙 씨가 예의 소프라노로 출근 도장을 찍는다. 평소대로라면 '미'음 미들 톤으로 "초봄아 엄마 보고 싶었어? 어이구 내 새끼"라며 대문 옆에 매어 둔 ─누가 보더라도 믹스견이 분명할 테지만 혼자서만 유독 오리지널 진돗개라고 빡빡 우기는─ 개새끼부터 챙겼을 테지만, 오늘은 '시'음 하이 톤으로 사무국장의 탈영을 온 동네에 광고하는 것으로 전통문화체험관의 개관을 알리는 것이었다.

"참말로 환장허겄어. 내가 사무국장 때문에 제명에 죽딜 못허겄다니께……. 실장님! 사무국장 어디 간다는 말 없었어요?"

"몰르겄어요. 아침에 출근허자마자 전주에 뭔 볼일 있다고 나갔는디 여태 안 들어오네요."

식당에서 무를 썰고 있던 실장이 밖으로 나와 갑숙 씨를 맞이했다. 눈으로는 저 멀리 대문 밖 행길을 흘금거리면서 입으로는 시퍼런 무 대가리를 와삭와삭 바수어댄다. 겉으로는 걱정하는 척 눈길을 보이지만 실상은 그럼 그렇지 제 버릇 개 주겠나 끌끌 혀를 차는 것이었다.

　"시청이고 국악원이고 여기저기 전화 오고 난린디 사무실 전화기는 자기 전화기로 착신시켜 놓고 받덜 안 허니 나헌티 전화오고…… 참말로 이달 말일이 언제 올랑가 내 속이 바짝바짝 타들어간다니께."

　주방 마루에 걸터앉은 갑숙 씨는 그새 폭삭 삭은 얼굴로 푸념을 늘어놓는다. 그럴 때면 영락없이 이몽룡을 애타게 그리워하며 갈까부다 대목을 흥얼거리는 춘향이었다. 아니다, 수청 들라는 변학도를 씹어 먹을 듯 노려보는 칼 쓴 춘향의 모습이었다. 어쨌거나 갑숙 씨의 사무국장을 향한 하소연과 신파는 어제오늘 일이 아니어서 들새나 고라니 심지어 물속의 가재 붕어 개구리까지 숨구멍 달린 것이라면 매양 듣는 레퍼토리여서 노랫가락처럼 들릴 정도였다. 갑숙 씨의 긴 한숨에 지붕의 기와가 들썩이며 애먼 참새 한 마리 물똥을 지려 갈기며 푸더덕 날아오른다. 그놈도 어지간히 귓구멍이 괴로웠던 모양이었다.

　"내 이놈의 인간을 이번 기회에 기필코 잘라 내야지 아니면 내가 숨넘어가. 지 처자식 생각해서 지금껏 참았는디 인자 두 눈 딱 감아야 써, 아먼."

국장이 한 달 말미를 두고 전통문화체험관에서 쫓겨나게 된 사연은 열흘 전, 그러니까 이장 아주머니와의 짬뽕 회동에서 비롯되었다. 실장이 무릎 연골 시술 때문에 며칠 쉬게 되었고, 이장이 대타로 주방을 봐주고 있었다. 그런데 이장의 출근 사흘째 되는 날, 예상치 못한 일이 발생했다. 아침에 출근한 이장은 어제 먹고 쌓아 놓은 개수통의 그릇들을 부실 생각은커녕 툇마루에 걸터앉아 심장이 뛰고 턱관절이 돌아간다는 괴이한 언사를 늘어놓으며 가슴을 움켜쥐었던 것이다. 체머리를 흔들어대는가 하면 입을 쩍— 쩍— 벌리며 하품을 해대는 꼴이 얼핏 보면 중풍 전조 증상 같기도 했고, 밤새 남편에게 희롱당한 몸뚱아리가 여직 깨어나지 못한 채 제멋대로 춤을 추고 있는 것 같기도 했다. 국장은 당장 갑숙 씨에게 전화를 넣었다. 출근 중에 마트에 들러 장을 보던 갑숙 씨는 빨리 정읍 병원으로 데려가라 지시를 했다. 국장은 죽어도 시속 40Km를 넘지 않지만 이날만큼은 시속 60Km를 밟아대면서 30분 걸려 정읍병원에 도착했다. 하지만 이장의 눈알을 까뒤집고 혈압을 재고 간단한 덧셈 뺄셈을 테스트한 의사는 달랑 신경안정제 몇 알을 처방하는 것으로 진료를 끝내 버렸다. 길 건너 왕서방에 들러 매운 짬뽕이나 한 그릇 먹고 가라는 객쩍은 소리와 함께였다. 말인즉슨 엄살 꾀병에는 매운 짬뽕이 적격이라는 뭐 그런 언사였던 것이다. 의사의 조언대로 왕서방에서 짬뽕에 단무지를 깨물어 먹던 이장은 멋쩍은 감정을 회복하려는지 괜한 갑숙 씨를 물어뜯기 시작했다. 장독 뚜껑을 열어 놓아서 간장 된장에 빗물이 들어간 것은 순전히 갑숙 씨가 한 짓인데 자신에게 죄를 뒤집어씌운다느니, 애써 반찬을 만들어 놓으면 몇 젓가락 지분거리다가 못마땅한 표정으로 냉장고에서 조기젓이나 꺼낸다느니, 쉰 소리를 늘어놓았던 것이다. 덧붙여, 이미 마을에 소문이 파다하지만 그 이전에 실장으로 들어왔던 이들이 석 달을 못 버티고 줄줄이 그만둔 것도 갑숙 씨의 쥐 잡듯 하는 못된 성질머리 때문이라며 재빠르게 넋두리에서 비난으로 갈아타기를 했다. 국장은 일면 그럴 듯도 하여 "그러게 말여요." 짬뽕 국물을 들이켜며 장단을 넣었다. 얼큰한 짬뽕 국물 때문인지 이장의 앙큼한 갈고리질 때문인지 확실치는 않지만, 어제 들이부운 막걸리로 인해 쓰린 속이 제법 풀리는 기분이었다. 그러는 와중에 국장은 자신도 모르게 이장과 죽이 맞아 덩달아 갑숙 씨를 산 채로 도마 위에 올려놓았다. 내가 갈 데가 없어서 이런 촌구석에 틀어박혀 있는 것이 아니라는, 이래 봬도 서울에서 대학물까지 먹고, 대기업에 출근도장까지 찍었다는 케케묵은 과거까지 들추면서 입가심으로 갑숙 씨의 껍질과 살점을 오롯이 벗겨내고 씹어 삼켰던 것이다. 이장과 한통속이 되어서 갑숙 씨를 알뜰히 발라 먹던 그때 전화가 걸려왔다. 두말할 것도 없이 갑숙 씨의 전화였다. 진료가 끝났으면 냉큼 들어올 일이지 무슨 짬뽕까지 시켜 놓고 노닥거리냐는 폭풍 같은 장광설이 쏟아졌다. 국장의 평소 주변머리라면 "예, 그렇잖아도 지금 가려고 했어요." 대답한 후 천천히 남은 짬뽕 국물에 밥까지 말아먹고 일어섰을 테지만, 이미 이장과 죽이 맞아서 호기가 등천한 국장은 칼자루 쥔 사람이 누구인지 그것조차 헷갈리는 지경이어서 제 모가지를 칼날 속에 냉큼 밀어 넣었던 것이다.

"시끄러워요. 그 지긋지긋한 잔소리 때문에 내가 노이로제 걸릴 판이라구요. 그동안 참고 지내왔는데 더 이상은 못 참아요. 저녁에 들어가서 업무인수 할 테니까 이사들 전부 집합시켜 놓으세요."

꽥- 소리를 내지른 국장은 일방적으로 전화를 끊어버렸다. 부르르- 자지러지듯 꺼진 전화기를 손에 쥔 갑숙 씨는 한동안 어리둥절할 뿐이었다. 소리를 지른 것도 그렇지만 이사들까지 집합시켜 놓으라니, 아무래도 갑숙 씨를 상대로 국장이 호통 지시를 하고 있는 모양새였던 것이다. 한순간 국장의 아랫사람으로 강등된 갑숙 씨는 안방에서 쫓겨난 부엌데기 꼴로 황망하기 이를 데 없었다.

그날 저녁 국장의 바람대로 긴급 회동이 이루어졌고, 바쁜 와중 찾아온 이사들은 저마다 떨떠름한 낯빛으로 국장을 쳐다보았다. 하지만 막상 이사들 앞에 앉은 국장은 마룻바닥에 머리를 처박은 채 줄곧 말이 없었다. 벌써 마주한 채 대추차만 홀짝거린 시간이 얼추 30여 분이었다. 갑숙 씨는 국장이 어떻게 나오나 보자 지켜볼 심산으로 입을 꾹 다물고 있었다.

"황국장! 긴급하게 이사들을 소집했으면 무슨 말이 있어야 할 거 아니요?"

이사들 중 가장 연장자인 이가 마지못해 손목시계를 들여다보며 말문을 열었다.

"그러니까 그게 제가 능력도 부족하고 도움도 안 되는 것 같아서……"

갑숙 씨는 캬- 참았던 숨을 토해 냈다. 겨우 지껄인다는 소리가 목구멍으로 기어 들어가는 자책이라니 등짝이라도 한 대 후려치고 싶은 심정이었다. 건너편 독계봉 꼭대기에 빨랫줄이라도 맬 듯 장대한 기개는 어찌했는지 비 맞은 개처럼 꼬리를 사리고 조아린 꼴이 참으로 가관이었다.

"그래서, 어쩌겠다는 거예요? 얼버무리지 말고 확실히 말하세요."

에라이, 등신 새끼야, 소리가 입 밖으로 쏟아져 나오는 것을 간신히 틀어막은 갑숙 씨는 바짝 고삐를 틀어쥐었다. 벌써 몇 번째인지 몰랐다. 감사받을 서류를 통째로 빠트렸을 때도, 외국인 통역을 호언장담하다 내빼버렸을 때도, 일면식도 없는 농림부처장을 친구라며 소개시켰을 때도 "제가 아무래도 예전 같지 않아서 감도 떨어지고 그만 떠나야 할 때가 되었는가 보네요." 똑같은 소리를 지껄였던 것이다.

"여기가 좋긴 하지요. 원장님도 잘 대해 주시고 일도 편하고 먹는 것도 푸지고……"

국장은 슬슬 말꼬리를 흐리며 본론으로 들어가기를 망설였다. 갑숙 씨를 향해 폭풍 호통을 쏟아부은 뒤끝이라 차마 입이 벌어지지 않았지만, 이사들까지 모아 놓은 상태라 그냥 어물쩍 넘어갈 수도 없고, 그야말로 진퇴양난이었다. 활활 달궈진 불쏘시개를 막무가내로 훅– 들이민 이장 아주머니가 삐쭉 솟아 나온 불알 밑의 흰 털처럼 한없이 원망스러울 뿐이었다.

국장의 이사진 소집이 있은 바로 다음 날, 갑숙 씨는 전국의 구인구직 사이트에 보란 듯이 구인광고를 냈다. 진즉부터 내치고 싶었으나 측은지심이 바윗덩이처럼 가슴을 짓누르는 통에 이러지도 저러지도 못한 채 하루하루 명만 단축시키던 중이었다. 그렇다고 계속 데리고 있자니 중뿔난 소처럼 뜬금없는 사고를 밥 먹듯 일으키는 바람에 날선 신경이 골통을 쑤시는 참이었다. 때마침 제 스스로 이사들까지 불러들여 찰팍 꺼꾸러지니 기회는 이때다 싶었다. 천우신조요 조비이락이라는 유식한 말이 그냥 맹탕으로 만들어진 것은 아니었구나, 저절로 고개가 끄덕여졌다. 원장은 하루라도 아니 한시라도 빨리 국장을 내치고 싶은 마음에 지원자들을 불러들여 당장 면접을 치러 냈다.

"아니, 씨가 다른 애를 둘씩이나 키운다믄서 입에서 담배 찐 내가 진동을 허네. 보나 마나 술도 부어라 마셔라 허것지. 애덜이 뭘 보고 배우라고 그러는 거여."

갑숙 씨의 지도편달 잔소리가 전통문화체험관 담장을 넘어 저 멀리 동진강 줄기를 거슬러 올랐다.

"제가 국장으로 채용되면 그날부로 술도 끊고 담배도 끊고 좋은 엄마로 살겠습니다."

"아서, 그런 소리 말어. 나 당신 국장으로 안 써. 지 자식도 못 키우는 사람을 뭘 믿고 내가 국장으로 들어앉혀."

갑숙 씨는 고개를 절레절레 흔들었다. 여자가 마당을 가로질러 사랑채로 들어서는 순간부터 이미 마음을 접어 버린 후였다. 70kg을 훌쩍 넘는 거구에 갈색 쑥대머리는 시장 생선좌판 아주머니를 떠올리게 했으며, 샌들 끈이 끊어질 듯 끼워진 족발 두 개는 뒤꿈치에 때가 덕지덕지 들러붙어 불결하기 짝이 없었다. 대체 뭘 믿고 면접이라는 것을 보러 왔을까 싶을 정도였다.

"사회운동 이력도 있고 현재는 임실에 귀농해서 농민회 활동도 열심히 하고 있고……"

애타는 심정의 면접자가 마지막 실낱같은 희망을 불사르고 있을 때, 한 칸 건너 사무실의 국장은 쫀득쫀득 인절미를 씹어 삼키며 그 모든 상황을 즐기듯 경청하고 있었다. 쓸 만한 인재

라면 응당 충분한 보수와 사회적 안전망이 갖춰진 대도시를 마다하고 이런 촌구석으로 기어 들어올 이유가 없을 것이며, 설령 시골살이의 낭만을 품고 자칫 헛발질을 한다 한들 이런저런 잡다한 행정과 허드렛일은 물론이요 원장의 객쩍은 잔소리까지 덤으로 얻어들어야 하는 상황을 견뎌 낼 인격체는 더더욱 없을 것이었다. 백 번 광고를 내고 면접을 본다 한들 자신만 한 인재를 구하기는 요원할 것이요 설령 천신만고 끝에 모셔 온다 한들 채 석 달을 못 견디고 줄행랑칠 것이 불 보듯 훤했다. 국장은 스스로 자화자찬하는 기분이 되어 접시의 콩고물을 손가락으로 가지런히 모아 혀로 쓱 핥았다. 고소한 풍미가 입안 가득 퍼지면서 저절로 입꼬리가 치켜 올라갔다.

"귀농했으면 군에서 정착금에 지원금도 솔찬히 받았겠구만 착실히 농사지을 생각을 해야지……"

"둘째 아이가 자폐증상에 장애가 있어서 들어가는 돈이 많고 농사일은 시도 때도 없어서 돌보기도 마땅찮아서……"

"나 맘 약해징께로 그만 일어서. 여기까지 왔으니께 산천면 소고기나 맛보고 가더라고."

갑숙 씨는 이런저런 궁리 끝에 눈물을 쥐어짜기 시작하는 면접자를 억지로 일으켜 세웠다. 어떻게 알았는지 갑숙 씨가 가장 약한 부분을 공략해서 치고 들어올 심산이었다. 자칫 그 눈물과 하소연에 휘말리다 보면 면접은 종일 이어질 것이며 종당에는 자신의 지난한 과거까지 들추어내며 면접은 그야말로 신파가 되고 말 것이었다. 갑숙 씨는 서둘러 토방의 신발을 꿰신었다.

"원장님! 일품 한우집으로 세 사람 예약할까요?"

갑자기 사무실 문을 벌컥 열고 나온 국장이 갑숙 씨를 향해 씩― 웃어 보였다. 다른 쪽 신발에 마저 발을 꿰던 갑숙 씨는 국장의 그 해맑은 웃음을 보는 순간 온몸에 소름이 쫙 끼쳤다. 지금껏 쥐새끼처럼 면접 내용에 귀를 쫑긋 세우고 있었던 것도 그렇지만, 저도 식당에 따라나서겠다는 심산에 기가 막혔던 것이다.

"국장님! 참말로 나 뒷목 잡고 넘어가는 꼴 볼라고 이러는 것이여 뭐여? 도대체 인수인계 서류는 언제 끝낼라고⋯⋯"

갑숙 씨는 가슴이 꽉 막혀 더 이상 내지르던 소리마저 끊어지고 말았다. 저 인간을 도대체 어째야 헐거나, 답답증이 심장을 움켜쥐었던 것이었다.

"도대체 이것이 뭔 짓거리여?"

사무실 문을 열던 갑숙 씨는 순간 눈에서 번쩍 불이 튀었다.

"벌건 대낮에 뭔 해괴한 짓거리냐고?"

얼굴까지 벌겋게 달아오른 갑숙 씨는 급기야 삿대질까지 해댔다.

"아, 예 그냥 심심해서⋯⋯"

사무실 의자를 한껏 뒤로 젖혀 거의 눕다시피 한 국장이 마지못해 상체를 일으켜 세웠다. 하지만 게슴츠레한 눈은 여전히 벽걸이 모니터를 향한 채로였다.

"당장 모니터 안 꺼? 밖은 벌써 가을바람인디 뭔났다고 사무실 문은 처닫아놓고……"

갑숙 씨는 양쪽 사무실 문을 활짝 열어젖혔다. 야이, 변태 새끼야 소리가 목구멍으로 튀어나오려는 것을 간신히 삼킨 후였다.

"왜 그려요. 뭔 일 있어요?"

뒷마당 빨랫줄에서 빨래를 걷어 오던 실장이 사무실 안을 기웃거렸다. 모니터 화면에서는 뉘 집 개인지 덩치가 송아지만 한 놈이 벌겋게 달아오른 사타구니의 그것을 초봄이의 엉덩이에 쑤셔 박느라 진땀을 흘리고 있었다. 국장은 며칠 전 CCTV에 잡힌 그것을 확대 재생해서 감상하는 것으로 무료함을 달래던 중이었다.

"아이고 망측해라."

들이밀었던 고개를 빼낸 실장은 서둘러 주방 쪽으로 향했고, 국장은 그제야 슬그머니 리모컨을 눌러 모니터를 껐다.

"조금 있다가 초등학생들 방과 후 춤 배우러 올 텐디 사무국장이라는 인간이 이러고 있으믄 되겠냐고? 참말로 근동에 소문날까 무섭네."

갑숙 씨는 더 이상 소리칠 힘조차 없어서 휴- 뒤돌아서고 말았다. 차라리 논에 박아 둔 허수아비 하나를 업어다 놓는 것이 낫겠다 싶을 정도였다. 갑숙 씨는 화가 차오른 가슴을 식힐 요량으로 대문 밖으로 나가던 중 꼬리를 치며 반기는 초봄이의 엉덩이를 냅다 걷어찼다. 깨갱깨갱- 영문도 모른 채 한 대 얻어맞은 초봄이가 냉큼 제 집 속으로 뛰쳐 들어갔다.

"원장님! 무슨 일 있으세요? 얼굴이 심란해 보이세요."

막 차에서 내린 춤선생 홍자가 갑숙 씨를 향해 알은체를 했다. 전통문화체험관 앞, 느티나무 아래 벤치에 앉은 갑숙 씨는 넋이 나간 채 먼산바라기 중이었다.

"그려, 잘 봤다. 인간 못 될 놈 하나 땀시 나가 꼬꾸라지기 일보 직전이다."

"또 국장님이 무슨 사고라도 치셨어요? 요즘 잠잠하시다 싶더니……"

"말해 뭣허겄냐? 그건 그렇고 오늘부터는 니가 아그덜 마스크랑 체온 체크허고 올 때 갈 때 잘 챙겨라이. 국장한테 맡겨 놨다가는…… 여튼 그렇게 혀."

갑숙 씨는 홍자를 안으로 들여보내고 마냥 넋을 놓고 앉아 있었다. 열 명 남짓한 초등학생들이 안으로 들어가며 인사를 건넸지만, 그것마저 심드렁하게 받아넘길 정도였다. 애들이라면 죽고 못 사는 갑숙 씨였지만 가라앉은 마음이 좀처럼 살아나지를 않았다. 갑숙 씨는 매양 시속 100km 이상으로 달리는 중이었지만, 국장은 죽어도 시속 40km를 고집하면서 중간에 헛발질까지 하는 형국이었다. 인생이 불쌍해서 어떻게든 데리고 있어 볼까 하루에도 몇 번씩 생각을 고쳐먹어 보지만 역시나 아니올시다였다. 이제는 거짓말까지 천연덕스럽게 해대기 일쑤였다.

"들고 와 보니까 메기 매운탕이더라고요. 아무래도 주문을 잘못 알아들었던 모양이에요. 그 집 아주머니가 귀가 좀 먹었잖아요."

며칠 전이었다. 갑숙 씨는 아무래도 실장의 시술한 다리가 좀 불편한 듯 보여서 점심 준비를 그만두라 이르고 국장에게 강변의 매운탕 집에서 민물새우탕을 사 오라고 했다. 하지만 국장이 들고 온 것은 민물새우탕이 아니라 메기 매운탕이었다.

"메기 대가리 둥둥 떠 있는 거 보면 밥이 잘 안 넘어간다고 꼭 민물새우탕으로 사 오라고 몇 번이고 일렀건만……"

"그러면 제가 대가리를 얼른 먹어치우지요."

국장은 제 앞접시에 얼른 메기 대가리를 걷어다 후루룩- 빨아먹기 시작했다. 그새 입맛이 달아난 갑숙 씨는 어쩔 수 없이 냉장고에서 조기젓을 꺼내 들었다. 그러거나 말거나 국장은 잔칫집 만난 거지처럼 게걸스럽게 메기탕을 목구멍으로 쓸어 넣었다. 참으로 조기젓만큼이나 남아 있던 미운 정까지 사그리 쓸려 나가는 순간이었다.

"어제 국장님이 전화로 메기 매운탕 주문해 가셨는데 잘 드셨지요?"

갑숙 씨는 다음 날 면장과의 점심 약속이 있어서 매운탕 집에 들렀다가 주인 남자로부터 황당한 얘기를 듣게 되었다.

"저희 국장이 전화로 메기 매운탕을 주문을 했다구요? 분명히 메기 매운탕이라고 했습니까?"

"예, 그럼요. 제가 직접 전화를 받는데요."

갑자기 메기 대가리를 후루룩- 빨아먹던 국장의 면상이 떠오른 갑숙 씨는 그만 캬- 또 한숨이 터져 나왔다. 면장과의 점심 식사에 전혀 집중할 수 없었던 갑숙 씨는 전통문화체험관에 들어오자마자 실장에게 사건의 전말을 늘어놓았다. 갑숙 씨의 얘기를 다 듣고 난 실장은 외려 갑숙 씨를 힐난하듯 한마디 쏘아붙였다.

"모르셨어요? 그 냥반 원래 새우탕 싫어하잖아요."

캬- 또 한 번 갑숙 씨는 마른 한숨을 내쉬고 말았던 것이다.

전략을 수정한 갑숙 씨는 구인광고란에 한 가지 옵션을 추가했다. 가족까지 데려와 살 수 있는 집을 내어 준다는 광고였다. 갑숙 씨는 기어이 국장 될 사람을 구하고자, 아니 기어이 황국장을 쫓아내고자, 쓸 만한 마을 빈집을 얻어 도배 장판과 싱크

대를 새로 바꿨다. 마당의 텃밭을 배경으로 찍은 사진은 정말로 그럴싸해서 누구라도 와서 살고 싶을 정도였다. 갑숙 씨는 먹음직스런 밑밥을 넣은 통발을 던져 놓은 심정으로 느긋하게 기다렸다. 갑숙 씨의 예상은 적중해서 하루에도 서너 장씩 이력서가 밀려들었다. 한편, 예상치 못한 갑숙 씨의 반격에 국장은 혀가 말려들어 갈 지경이었다. 각종 예술단체의 근무경력과 서울의 주요 대학 출신까지 그야말로 화려하다고밖에는 달리 표현 불가인 이력서들이 줄을 이었던 것이다. 이제껏 전통문화체험관 곁방에서 기거했던 자신의 처지가 한없이 근천스럽게 느껴지는 것은 물론이요 이제 그마저도 쫓겨날 형국이고 보니 물에 빠진 심봉사 지팡이까지 잃어버린 심정이었다. 반면 갑숙 씨는 신바람이 나서 하루에 두서너 사람씩 면접을 치렀다. 행여 국장이 엿듣고 무슨 꿍꿍이를 부릴까 싶어서 아예 뒤채에 딸린 자신의 집무실에서 면접을 진행했다.

"국장님! 이달 말까지 하시고 그만두신다는 소문이 있던데 어디 좋은 데로 가시나 봐요?"

판소리 한마당 공연이 걸죽하게 벌어지는 저녁, 국장은 사무실 툇마루에 걸터앉아 시무룩하니 보름달을 쳐다보고 있었다. 그런 국장이 안 됐다 싶었던 춤 선생 홍자가 옆에 앉아 말을 붙였다.

"그러게요. 사람 일을 어찌 알겠어요. 달도 차믄 기울고 영원할 것 같은 꽃도 때가 지나면 시들해지기 마련인 것을……"

알아들을 수 없는 소리를 지껄이는 국장의 낯빛이 흙바닥에 뭉개진 감자처럼 추레해 보였다. 입맛까지 사라진 국장은 하늘을 쳐다보면 땅바닥이 보이고 땅바닥을 쳐다보면 제 들어갈 구덩이가 보이는 것이었다. 게다가 조석으로 걸려오는 아내의 전화는 가시넝쿨 철조망이 되어 귓속을 후벼 팠다.

"당신만 힘든 줄 알아? 나도 힘들어. 어떻게든 아들 고등학교 졸업할 때까지는 버텨 줘야 할 꺼 아니야. 내가 요즘 잠을 제대로 못 자서 신경정신과까지 들락거린다구 알기나 해?"

일방적으로 전화를 종료한 아내는 성경의 잠언 구절까지 덤으로 문자에 실어 보냈다.

'내 아들아, 여호와와 왕을 경외하고 반역자들과 함께하지 마라.'

그 말인즉슨 원장에게 충성을 다하며 이장과 같은 반역자들과 모의를 꾀하지 말라는 것이었다. 아내는 고등학교 2학년인 아들을 앞세워 신세 한탄을 하고 있지만, 실상은 교회 집사인 자신의 체면에 손상이 될까를 더 염려하고 있었다. 국장은 멀쩡히 다니던 회사를 하루아침에 때려치운 후, 사업이란 것을 한답시고 살고 있던 아파트를 담보 잡혀서 깔끔히 말아먹고 근 5년 세월을 놈팡이로 지낸 씹주구리한 이력을 소유하고 있었다. 교인들은 그런 아내를 만날 때마다 하루빨리 남편의 사람 구실을 바라는 기도와 함께 위로 같은 동정을 드러내 보였다. 그럴 때마다 아내는 고맙다며 눈물을 쥐어짰지만 한편 남편에 대한 분노와 교인들을 향한 수치심에 치를 떨어야 했다. 요양보호사로 몸은 부서지고 교인들의 측은지심에 자존심은 바닥을 치는 인고의 세월 끝에 문중의 먼 친척뻘 되는 사람의 소개로 남편이 간신히 산천면의 전통문화체험관 국장으로 들어앉자 '주여! 원수의 목전에서 인자를 구하셨나이다.' 눈물 콧물 뒤범벅으로 통곡의 기도를 드렸던 것이 불과 1년 전이었다.

'믿음이 작은 자들아 무엇을 먹을까 무엇을 마실까 무엇을 입을까 염려하지 마라.'

국장은 생각나는 대로 답문을 적어 보냈다. 집에서 놀던 5년 동안 아내의 목줄에 이끌려 들락거린 예배당에서 졸다 깨다 간신히 주워들은 구절이었다.

'우리 집에 더 이상 당신이 편안히 쉴 자리는 없소.'

아내에게서 되돌아온 문자는 가시 돋친 비난의 협박성 글귀였다.

"원장님! 나오십니까? 오시는 길에 별일은 없으셨고요?"

마당을 빗질하던 국장이 출근하는 갑숙 씨를 맞았다. 한 번도 든 적 없는 대빗자루에 허리까지 굽혀 배꼽 인사라니…… 그것도 사전에 연습한 듯한 영혼 없는 멘트까지.

"왜 안 하든 짓은 하고 그려요, 적응 안 되게시리."

갑숙 씨는 하도 어이가 없어 "뭐 잘못 처드셨어요?" 소리가 튀어나오려는 것을 간신히 눌러 참았다. 뭔가 사고를 치고 나면 꼭 뜬금없는 짓거리를 하는 터라 되레 겁이 났다. 갑숙 씨는 뭔가 미심쩍은 마음에 자신의 집무실로 향하려던 발길을 주방으로 틀었다.

"실장님! 내가 모르는 뭔 일 있는 거 아녀? 갑자기 국장이 마당을 쓸질 않나 배꼽 인사까지 등골이 오싹허네."

"냅두세요. 그러다 말것죠."

바닥에 퍼질러 앉아 멸치똥을 발라내던 실장은 심드렁하게 대답했다. 갑숙 씨는 못내 석연치 않은 기분에 고개를 갸웃했다. 분명 무슨 꿍꿍이속이 있는 모양이었지만 당장은 짚이는 게 없었다. 갑숙 씨는 꺼림칙한 마음으로 집무실로 향했다.

"원장님! 제가 내년도 사업계획서를 하나 만들어 봤는데 검토 좀 해 주십시오."

갑숙 씨가 지난달 법인카드 영수증을 뒤적이고 있을 때 국장이 대단한 뭐라도 해낸 것처럼 두툼한 서류뭉치를 내밀었다. 이건 또 뭔가……, 국장의 계속되는 뜬금없는 짓거리에 갑숙 씨는 귀찮아지려는 참이었다.

"내년도 사업계획서는 뭣하러…… 하여튼 알았어요."

갑숙 씨는 마지못해 국장이 내민 서류뭉치를 받아들었다. 이

제 곧 그만둘 사람이 내년도 사업계획서는 뭣하러 만들었냐는
소리까지는 차마 할 수 없었다.

"저, 그리고 사무용품 필요한 것이 있어서 정읍에 좀 다녀오
겠습니다."

"그려요. 오는 길에 우체국 들러서 통장 하나 만들어오구요."

갑숙 씨는 국장이 내민 서류철을 저만치 밀쳐놓고 하던 일
을 계속했다. 보나마나 엉터리로 만들어진 서류일 것이 분명했
다. 매번 국장이 만든 사업계획서는 누군가 외부 사람을 불러다
수정 보완해야만 간신히 발주처에 제출할 수 있었다. 뭐든 깔끔
하게 해내지 못하는 국장을 다시 한 번 떠올린 갑숙 씨는 고개
를 휘저은 후 하던 일을 계속했다. 영수증과 정산서를 대조하던
갑숙 씨는 뭔가를 떠올리듯 눈을 끔벅거렸다. 그리고 그 기억의
끄트머리에서 지난달 마을 노인들을 대상으로 사물놀이 강습을
했던 선생에게 받았던 전화 한 통이 딸려 나왔다. 그 선생은 전
화에 대고, 원장님이 인복이 있어서 국장님 같은 넉넉한 인품의
사람을 아랫사람으로 데리고 있다는 덕담을 여러 차례 건넸다.
내용인즉슨, 마지막 수업을 끝낸 자신을 데리고 국장이 산천면
의 중식당에서 식사를 대접했다는 것이었다. 노인들을 지도하
는 모습이 너무 진실해 보여서 개인적으로 대접하는 것이니 부
담 갖지 말고 마음껏 먹으라며 요리와 함께 비싼 술까지 시켰다
는 것이었다. 그날 거하게 대접을 받은 선생은 전화상으로 국장

의 호의를 갑숙 씨에게 고스란히 전했고, 갑숙 씨는 국장이 좀 덜떨어지기는 해도 사람 챙기는 주변머리는 있는 모양이라 생각하며 내심 흐뭇했다. 하지만 그날 먹은 중식당 영수증이 법인카드 영수증철에 버젓이 끼워져 있는 것을 보노라니 실소가 터져 나오지 않을 수 없었다. 국장 자신이 중국음식을 먹고 싶으니 사물놀이 선생을 데려갔을 것이고 게다가 제가 사는 것처럼 호기까지 부렸던 것이었다. 갑숙 씨는 어이가 없기도 했지만, 그런 잔머리라도 굴릴 줄 아니 쫓겨나도 굶어 죽지는 않겠구나, 되레 안심이 되기까지 했다.

"올 때가 되었는디 여직 안 오시네. 전화도 안 받고……"

"실장님! 신경쓰지 말고 얼른 밥이나 잡숴. 그 인간 그러는 게 하루 이틀이어야지."

벽시계를 쳐다보던 실장이 저 멀리 밖으로 눈을 돌렸다. 주방에는 때맞춰 점심상이 차려져 있었다. 밥상머리에 앉으려던 갑숙 씨는 찬물부터 한 잔 들이켰다. 국장을 생각할 때마다 속이 뜨거워지는 것을 어쩔 수 없었다. 사무용품 사러 간다는 국장에게 통장 심부름까지 시킨 내가 잘못이다 자책이 암세포로 변하는 순간이었다.

"점심때 맞춰서 꼭 온다고 했는디……"

"아따, 뭔 밥상을 이렇게 걸게 차렸디야, 다리도 아픈 냥반이. 잡채에 닭볶음까지 애덜 하는 모양으로 사진이라도 한 방

박어 놔야 할랑갑다."

들었던 젓가락을 내려놓은 갑숙 씨는 전화기를 밥상에 들이
댔다.

"저기 오시네요. 그래도 영 늦지는 않는구만요."

대문 밖 주차장 귀퉁이로 급하게 국장의 차가 틀어박혔다.
시간 맞춰 오느라 꽤나 급했던 모양이었다.

"그래도 먹을 복은 있네. 굶어 죽을까 걱정인 내가 창아리 없
는 년이여."

실장이 국장의 밥을 푸는 동안 갑숙 씨는 국장의 국을 떴다.
기름이 둥둥 뜬 소고기미역국이었다.

"제가 딱 맞춰서 왔구만요."

국장은 밥상 가운데 놓인 닭볶음을 저만치 밀어내더니 손에
들었던 케이크를 그 자리에 얹었다. 이것은 또 무슨 해괴한 짓
거린가 갑숙 씨는 어리둥절할 뿐이었다. 상자를 열고 꺼낸 케이
크는 누군가 발로 찬 것처럼 모양이 엉망이었다. 오는 도중 차
안에서 그렇게 된 모양이었다. 그러거나 말거나 싱글벙글 만면
에 웃음을 머금은 국장은 초를 켜고 축하송까지 질러댔다.

"생일 축하합니다. 생일 축하합니다. 사랑하는 원장님 생일
축하합니다."

한바탕 재롱잔치를 펼친 국장은 갑숙 씨의 면전에 촛불이 켜
진 케이크를 디밀었다. 창졸간에 생일을 맞이한 갑숙 씨는 마지

못해 후- 촛불을 불어 껐다. 그렇게 촛불까지 불어 끈 갑숙 씨의 품에 국장은 붉은 장미다발을 안겼다.

"백송이를 준비하려다 아쉬움을 좀 남겨뒀습니다."

겨우 스무 송이 될까 말까 빈약하기 짝이 없는 꽃다발이었다.

"원장님! 생신 축하드려요."

실장이 손뼉을 치며 축하 인사를 건넸다.

"전통문화체험관에서 생일상 받아보기는 처음이네."

"걱정 마십시오. 앞으로 원장님 생일은 제가 책임지고 챙기겠습니다."

앞으로 생일을 책임지고 챙기겠다……. 갑숙 씨는 품에 안은 꽃다발이 갑자기 시래기 다발로 느껴지는 바람에 하마터면 마당에 던져 버릴 뻔했다. 국장은 제 소임을 다 끝낸 사람처럼 닭볶음 접시에서 냉큼 닭다리 하나를 골라 들었다.

"국장님과는 처음이자 마지막 생일상이 되겠네요. 어여 먹자고요."

난데없는 생일상을 차려놓고 객쩍은 소리를 지껄이는 국장을 향해 갑숙 씨는 쐐기를 박았다. 괜히 미련을 갖게 만들었다가는 떼어 내기가 쉽지 않을 것이란 생각 때문이었다. 국장은 손에 든 닭다리를 우적우적 씹어대는 것으로 못 들은 척 애써 태연한 낯빛을 해 보였다.

갑숙 씨의 생일 후유증은 다음 날까지 이어졌다. 실장과 청귤식초를 만들고 있던 갑숙 씨에게 정체불명의 택배 상자 하나가 배달되었다. 내용물은 석류 엑기스로 서울 주소의 낯선 사람이 보낸 것이었다. 갑숙 씨는 운송장의 이름을 몇 번이고 되뇌다 집 주소가 국장의 것과 같다는 사실을 알아차렸다. 갑숙 씨는 이것이 뭐냐는 듯 택배 상자를 사무실의 국장에게 디밀었다. 국장은 딴청 부리듯 "나도 모르겠어요 집사람이 보낸 모양이어요." 하고 마는 것이었다. 갑숙 씨는 쯧쯧 저절로 혀가 차졌다. 운송장에 정읍우체국 소인이 버젓이 찍혀 있건만, 딴청을 부리는 모양이 그야말로 가관이었다. 어제 본인이 정읍우체국에서 보내 놓고도 부인이 보냈다며 둘러치는 꼴이 참으로 어설프고 어리석어 보여서 안쓰럽기까지 했다.

"국장님! 나 지금 우체국에 가서 이 석류 엑기스 국장님 이름으로다가 부인한테 보낼 텡께 그렇게 알어."

갑숙 씨는 측은한 마음과는 다르게 단호하게 내질렀다. 행여 틈이라도 보일라치면 금세 그 틈을 파고들 것이 분명했기 때문이었다. 갑숙 씨의 말을 들었는지 못 들었는지 국장은 컴퓨터 모니터에 얼굴을 처박은 채 말이 없었다. 그래도 일말의 양심은 있는지 낯빛이 불그레 달아오른 모습이었다.

다음 날 택배를 받은 부인은 국장에게 득달같이 전화를 걸어왔고 "어− 어−, 그래 갱년기 여성에게 좋다잖어." 전화를 받은 국장은 마지못해 대꾸를 했다. 어떻게든 갑숙 씨의 마음에 부담을 지워서 내치지 못하게 하려던 국장의 잔꾀는 그렇게 한 줌 연기로 허무하게 사라지고 말았다.

집무실 책상에 앉은 갑숙 씨는 두 사람의 이력서를 놓고 목하 고민 중이었다. 한 사람은 현재 경기문화재단에서 십수 년째 근무하고 있는 경력자였고, 또 한 사람은 한국문화예술위원회에서 몇 년간 계약직으로 근무한 이력이 있는 사람이었다. 경기문화재단 근무자는 더 이상 도심 생활에 지쳤다며 가족까지 데려와 면접을 보는 열의를 보였고, 한국문화예술위원회에서 근무했던 사람은 계약 기간이 만료되어 현재 실업급여로 생활하고 있으며 결혼은 했지만 아이는 없다고 했다. 서류상으로 본다면 마땅히 경기문화재단 근무자를 뽑아야 했지만, 현재 실업 상태인 사람을 구제하는 것도 도리가 아니겠는가, 마음이 쓰일 수밖에 없었다. 이사들을 소집해서 결정해야 할까 아니면 다시 두 사람만 불러서 심층면접을 치러야 할까 고민만 깊어지고 있었다.

"원장님! 저 서울 좀 다녀오겠습니다. 집에 일이 좀 생겼는데 아무래도 제가 가 봐야 할 것 같아서요."

집무실에 얼굴을 들이민 국장은 처진 어깨 아래로 대롱거리는 머리를 달고 있었다.

"뭔 일인데 그려요? 갑자기……"

갑숙 씨는 손에 들었던 두 장의 이력서를 슬그머니 내려놓았다. 아니 저절로 내려졌다.

"저도 자세한 것은 잘 모르겠고 여튼 다녀와서 말씀드릴께요. 비운 날짜는 연차 처리하겠습니다."

국장은 꾸벅 머리를 숙여 보이더니 뒤돌아서 바쁜 걸음을 했다. 갑숙 씨는 그런 국장을 불러 세우지도 못한 채 뒷모습만 바라보았다. 집에 무슨 일이 있다며 뛰쳐나가는 인간을 목을 비틀어 잡아 올 수도 없고 그렇다고 뒤에다 대고 쌍욕을 지껄일 수도 없고 하여튼 대책 없는 인간이었다. 부아가 치밀어 오른 갑숙 씨는 주방의 실장에게로 잰걸음을 했다.

"실장님! 사무국장 왜 또 저러는 거여, 저 인간 또 뭘 쑈하고 있는 거 아녀?"

"나도 몰라요. 같이 쓰레기 치우고 있는디 집사람이 울면서 전화를 했더라구요. 집이 경매로 넘어갔다나 어쨌다나……"

그렇게 떠난 국장은 일주일째 종무소식이었다. 전화를 해도 받지 않고 문자를 보내도 답이 없었다. 막판까지 속을 태운다 싶었지만, 그래 막판에 더 개판으로 굴어야 내치는 사람 맘이 편할 것 아니겠냐 위안을 삼았다.

갑숙 씨는 여전히 두 장의 이력서를 손에 쥔 채 고민 중이었고 9월도 어느덧 사흘만을 남겨 놓은 막바지였다. 황 국장이야

어차피 나가기로 예정되어 있었으니 언제든 와서 짐만 챙겨 가면 될 것이고 누구든 합격자에게 전화를 넣어야 당장 10월 1일부터 출근할 수 있을 것이었다. 배울 만큼 배우고 알 만큼 아는 놈들이니 누구를 데려다 놓은들 지금보다야 낫지 않겠는가. 갑숙 씨는 이력서 두 장을 책꽂이 서류철 갈피에 꽂았다. 오늘 안으로 누구든 맘 가는 쪽으로 전화를 넣으리라 손을 빼내는 순간 서류철 하나가 쑥 미끄러져 내렸다. 헐렁하게 꽂혀 있던 서류철에 손이 닿자 스스로 미끄러져 내린 것이었다. 서류철은 얼마 전 국장이 내년도 사업계획서라며 건넨 것이었다. 갑숙 씨는 그냥 내버릴까 하다가 그래도 뭔 내용인가 첫 장이나 들여다보자 심정으로 표지를 넘겼다. '해외입양아들을 위한 한 달 살이 전통문화체험', 제목이 그럴싸했다. 해서 갑숙 씨는 한 장을 더 넘겼고 또 두 장 그러다 절반 이상을 읽게 되었다.

"원장님! 국장님 오나 봐요. 차가 주차장으로 들어갔다니까요."

실장이 황급히 뛰어 들어와 알렸다. 갑숙 씨는 읽던 서류를 덮어 놓고 집무실을 나섰다. 국장은 그새 젓국에 빠진 오이처럼 시들했다.

"일은 잘 보고 왔어요? 얼굴이 많이 상했네."

갑숙 씨는 큰맘 먹고 먼저 입을 뗐다. 이제 마지막이다 생각하니 닫혔던 문이 빼꼼히 열리는 순간이기도 했다. 뒤돌아보면 미운 기억만 있는 것은 아니어서 아린 구석도 없지 않았다.

"들어가서 말씀 드릴께요."

사랑채에 자리한 국장은 갑숙 씨와 실장을 대상으로 긴 얘기를 짧게 늘어놓았다. 살고 있는 전셋집에 근저당이 잡혀 있어서 경매로 넘어갔고, 후순위인 자신은 땡전 한 푼 받지 못하고 당장 집을 비워 줘야 할 판이며, 한 달 전 치매에 걸린 장모를 딱 일주일만 돌봐달라며 떠맡기고 간 처남은 연락 두절이었다. 국장은 장황한 설명 끝에 긴 한숨을 내쉬었다. 그동안 갑숙 씨의 전매특허나 다름없던 긴 한숨을 국장이 내쉬게 될 줄이라고는 꿈에도 생각 못 한 일이었다.

"아니 아무리 후순위라고 전세금을 한 푼도 못 건진다니 그게 말이나 되는 소리래요. 무슨 그런 개떡 같은 법이 다 있데요."

후루룩— 실장이 식은 커피를 털어 마셨다. 집주인이 옆에 있다면 틀림없이 멱살이라도 틀어잡았을 폼이었다. 실장은 알아들을 수 없는 뒷말을 구시렁거리며 연신 콧김을 뿜어냈다.

"원장님께는 죄송하지만 지금 짐을 싸야 할랑가 봐요. 집안이 초상집이나 다름없어서 당장 올라가 보려구요. 인수인계만큼은 깔끔히 해 주고 떠나야 하는데 끝까지 면목 없네요."

국장은 갑숙 씨를 향해 끝내 고개를 들지 못했다. 갑숙 씨도 맘이 편치 않았다. 헤어지는 모양이 꼭 좋을 수만은 없지만 그렇다고 한쪽이 거지꼴로 사라지는 것도 가슴에 남을 일이었다. 갑숙 씨는 국장이 자리를 뜬 뒤에도 한참을 그렇게 앉아 있었다. 참, 지지리 못난 인간 인생도 엉킨 실타래처럼 꼬이기만 할 뿐 나아질 기미가 없었다. 휴— 긴 한숨을 쏟아낸 갑숙 씨는 집무실로 향했다. 이런 마당에도 아직 처리해야 할 일은 산더미였다. 산다는 게 뭔가 가슴이 헛헛해지는 순간이기도 했다. 집무실에 앉았어도 일이 손에 잡히는 것은 아니었다. 이런저런 생각으로 마음만 복잡할 뿐 정리되는 것이 없었다.

"원장님! 그만 가 볼게요. 짐이라고 해 봐야 옷가지하고 책 몇 권이 전부여서 챙기고 말고 할 것도 없네요. 몸은 떠나지만 마음은 여기 두고 갈랍니다. 달리 제가 드릴 말씀도 없고 그저 고맙고 죄송할 따름입니다."

음울한 국장의 목소리가 들렸다. 책상 의자에 우두커니 앉았던 갑숙 씨는 집무실 문을 열고 나갔다. 양손에 큼직한 옷가방을 든 국장 옆에 스무 권 남짓한 책을 끄나풀로 묶어 든 실장이 나란히 서 있었다. 모르는 사람이 보면 꼭 쫓겨나는 부부 꼴이었다.

"당장 쫓겨나면 치매 걸린 장모하고 처자식은 어쩌려고 무작정 떠난다고 나서는 거여. 참말로 대책 없어. 그 지경이 됐으면 무릎이라도 꿇어서 눌러앉을 생각을 해야 하는 거 아니냐고. 내 복에 무슨 멀쩡한 사무국장을 바라겄어. 그 짐일랑 얻어 논 집에다 옮겨놓고 가족이나 서둘러 모셔와."

갑숙 씨는 국장을 향해 새로 얻어 놓은 집 열쇠를 힘껏 집어 던졌다. 제 발 앞에 떨어진 열쇠를 바라보고도 차마 어쩌지 못하는 국장을 대신해서 실장이 얼른 열쇠를 집어 들었다. 실장은 국장의 팔을 잡아끌고 돌아서면서 "원장님, 복 받으실 꺼여요." 헛소리를 질러댔다. 갑숙 씨는 소리나게 쾅 집무실 문을 닫고 들어섰다. 속이 미쳐나는 바람에 또 찬물을 벌컥벌컥 들이켰다. 그래 내가 그 서류철만 보지 않았어도 이런 미친 짓은 하지 않았을 거여. 그 사업계획서가 꼭 대박 날 거라니까. 스스로 거짓 최면을 거는 것이었다.

* 이 소설은 2020년 10월, 강원도 횡성 〈예버덩 문학의 집〉에서 창작되었습니다.

길
위
의
남
녀

"춥지 않소?"

"아니요. 괜찮아요."

여자의 입에서 하얀 입김이 뿜어져 나왔다. 봄이라곤 하지만 아직 겨울에 가까웠다. 사용한 지 오래된, 버려진 집이나 다름없는 낡은 한옥은 방 한 칸만 온전할 뿐 지붕의 한쪽 귀퉁이와 외벽은 오랜 비바람에 상처투성이였다. 다행히 방구들은 살아 있어 불을 넣을 수 있었다.

"오늘이 신혼여행 마지막 날인데 이렇게 보내도 되는 건지……"

"신혼여행도 수많은 날 중 하루일 뿐인걸요."

여자는 바닥에 배를 깐 채 한쪽 다리를 흔들면서 명랑하게 웃어 보였다. 이제 갓 사춘기에 접어든 계집아이처럼 티 없이 맑은 모습이었다. 남자는 그런 여자를 더 이상 쳐다볼 수 없어

비스듬히 돌아누웠다. 지난 3일 동안의 신혼여행도 사정은 비슷했다. 남자는 여자에게 신혼여행을 국내로, 그것도 대중교통을 타고 다니자고 제안했다. 여자는 순순히 그러자고 했다. 남자와 여자는 남쪽 바닷가에서 삼 일을 보냈다.

"좀 먹을래요?"

여자는 열차에서 먹다 남은 비스킷을 배낭에서 꺼냈다.

"……아니, 괜찮소."

신혼여행 마지막 밤, 오랫동안 비워 두었던 고향집에서 저녁 식사 대신 비스킷이라니……. 남자는 뭔가 큰일을 저지르고 뒤늦게 그 사실을 깨달은 아이처럼 두려움이 엄습했다. 귀에 이어폰을 꽂은 채 음악을 들으며 비스킷을 깨물어 먹는 여자의 하얀 잇속은 풋사과처럼 싱그러워서 남자의 마음은 더 아릴 수밖에 없었다. 여자를 근심 없이 온전히 먹여 살릴 수 있을까. 남자는 목구멍에 뭔가 걸린 듯 마른 침을 삼켰다. 지금껏 남자는 온전히 자신 한 몸을 건사하기도 버거운 삶을 살았고, 게다가 지독한 술꾼이었다. 겉은 멀쩡해 보일지언정 속은 어두운 동굴 속이나 다름없었다.

"난 말이오, 할 줄 아는 게 별로 없는 사람이오."

'난 말이오, 용기가 별로 없는 사람이오.'라고 말했어야 옳았다. 하지만 남자는 그럴 용기마저 없었다.

"이제 당신은 많은 일들을 해야 할 거예요. 나와 동행하게 되었으니 하나님께서 당신을 가만두시지 않을 거거든요."

남자는 여자의 하나님에게 뭔가 착오가 있었던 것이라 생각했다. 여자는 겨울 삭정이 같은 남자에게 맡겨질 그런 사람이 결코 아니었다. 문풍지 사이를 비집고 들어오는 찬바람보다 더한 냉기가 남자의 갈라진 입술을 시리게 파고들었다.

"그만 불을 껐으면 좋겠소. 눈이 부셔서……"

남자는 어둠 속으로 숨어들어야만 했다. 지난 세월, 남자는 마주할 무엇이 나타날 때마다 줄곧 숨을 곳을 찾았다. 매번 어떤 일의 클라이맥스를 비껴갔던 남자는 제대로 된 승리도 패배도 맛보지 못한 채 늘 곁길 어딘가 어정쩡 서 있을 뿐이었다.

남자는 그쯤 지친 서울살이를 접고 떠나왔던 고향마을로 다시 내려갈 작정이었다. 10년 남짓 서울살이는 남쪽 산골 출신인 남자에게 고장 난 폐와 절름거리는 좌절을 기념처럼 남겼을 뿐이었다.

"저……, 작품을 사고 싶어서요. 조리실 풍경."

남자는 하나뿐인 누이의 조력을 받아 처음이자 마지막일지 모를 전시회를 열었다. 비틀어 짠 물감처럼 영혼까지 쥐어짜서 겨우 완성한 그림들이었다. 남쪽 소읍의 중학교에서 급식조리사로 일하고 있는 누이는 이혼 후 아이 셋을 혼자 키우고 있었다. 어느 모로 보나 도움을 청할 처지는 아니었지만 남자는 혀를 깨무는 심정으로 손을 벌렸다. 〈조리실 풍경〉은 누이를 향한 남자의 죄책감과 부채감의 산물이었다. 여자는 그런 누이의 모습이 담긴 〈조리실 풍경〉을 사겠다고 했다. 뿌연 수증기 속에서 땀인지 눈물인지 모를 그것을 닦아 내는 누군가의 누이들이 또 그렇게 누군가의 밥을 짓고 있었다. 남자는 선뜻 답을 하지 못한 채 그림 속 누이를 바라보았다. 남자의 그림을 사겠다는 작자가 나선 것은 처음이었다.

"……생각을 좀 해 봐야 할 것 같습니다. 팔아야 할지 말아야 할지 고민 되는 물건이라서……"

〈조리실 풍경〉은 누이의 것이었다. 작가가 그렸더라도 작가의 것이 될 수 없는 그런 그림들이 있기 마련이었다. 누군가의 영혼을 담아버리면 그 무거움 때문에 소유의 자유를 누리기가 힘들었다.

"슬프지만 아름다운 그림이에요. 고흐의 '감자 먹는 사람들'과 밀레의 '이삭 줍는 여인들'이 오버랩 된 형상이랄까."

남자는 혼자서 고향 집을 보수했다. 여자는 아직 어머니 문제가 해결되지 않은 상태였다. 남자는 흙 기와를 사 와서 허물어진 지붕을 얹고 갈라진 벽에 붉은 황토를 이겨 발랐다. 쏴아- 쏴아- 뒷산 대숲에서 불어오는 바람이 유년처럼 싱그러웠다. 어릴 적 남자는 그 뒷산 대숲에서 불어오는 새벽바람을 부러 크게 들이마시곤 했다. 아직 새벽달이 비치는, 대숲에서 불어오는 맑은 바람을 들이마시면 공부를 잘하게 된다는 풍문 때문이었다. 나중 알게 된 사실이지만 부모들의 아침잠 많은 아이를 깨우기 위해 지어낸 얘기였다.

봄이 다 지나고 매미가 극성으로 울어댈 쯤 여자는 남자에게로 왔다. 어머니와 단둘이 찍은 사진액자를 가슴에 품은 채로였다. 집에서 사용하던 냉장고와 세탁기 그리고 전자레인지는 덤이었다. 여자는 어머니와 살던 집을 팔아서 오빠에게 건네고 사용하던 가전제품을 챙겨왔다. 여자에게 그 낡은 가전제품은 어머니의 삶이 고스란히 배어 있는 재현이나 마찬가지였다. 코드를 꽂으면 어머니와의 일상이 무성영화처럼 다시 이어지는 것이었다. 남자는 새것보다 헌것에 더 편안을 느끼는 사람이어서 그것들이 그저 달가울 뿐이었다.

"상추부터 심어요. 다산 정약용 선생도 쌈이 제일 좋은 음식이라며 즐겨 먹었다잖아요."

잡초가 우거진 텃밭을 바라보는 여자의 눈망울이 이슬처럼 반짝였다. 하지만 남자는 텃밭이 전부인 시골살이를 이어갈 수 있을지 두려웠다. 남자는 여자의 말처럼 일단 상추 씨앗을 사다가 뿌리기로 했다. 남자와 여자는 하루 세 번 다니는 버스를 타고 읍내 오일장으로 향했다. 개천을 따라 길게 이어진 오일장은 제법 사람들로 북적였다. 거개는 인근 소도시에서 바람 쐬러 나온 외지인들이었다. 남자와 여자는 촌로에게서 담배상추 씨앗을 샀다. 남자는 어릴 적 담배상추를 먹어 본 기억이 있었다. 와삭와삭 씹히는 경쾌함과 고소함이 어떤 상추보다 으뜸이었다. 장을 둘러본 남자와 여자는 개천가 평상에서 잔치국수와 삶은 달걀을 먹었다. 국숫집이 개천을 따라 난전처럼 죽 이어져 있었다.

"당신처럼 반듯한 사람이 왜 하필 나처럼 헐렁한 사람을 선택한 건지 모르겠소. 난 누가 봐도 부족하기 이를 데 없는 사람인데 말이요."

남자는 막걸리 한 대접을 죽 들이켠 후 삶은 달걀을 천천히 씹어 삼켰다. 멸치 육수에 삶은 달걀은 짭조름하고 구수했다. 남자는 술이 한잔 들어가자 낯빛이 불콰하게 달아올랐고 뱀의 대가리 같은 주사가 꿈틀거렸다. 술은 남자의 지난한 삶을 가학하는 도구이자 피어나지 못하고 멈춰 버린 욕망의 출구였다. 그동안 자신을 상대로 이어지던 그 자살 같은 고문이 스멀스멀 여자에게로 행해지는 순간이었다.

"하나님은 당신을 통해서 나를 고난 가운데 놓으실 것이라는 사실을 잘 알고 있어요. 당신은 아직 준비되지 않았고 우리는 한 몸이기에 당신이 준비될 때까지 시간이 걸릴 거예요. 그 시간의 길이는 당신에게 달려 있구요."

"찐빵 위에서 피어오르는 연기 같은 말만 하는구려. 당신은 내가 어떤 삶을 살았는지 알고나 그런 소리를 하는 거요?"

남자는 여자를 향해 부러 사나운 눈빛을 해 보였다. 여자의 말은 부드러웠지만 손발이 꽁꽁 묶인 듯 꼼짝할 수 없었다.

"아버지는 연탄 배달을 한 차례 끝내고 들어오시면 연탄불에 양미리나 노가리를 구워서 소주 한 컵을 들이켜고 또 리어카를 밀고 나가셨어요. 나는 겨울방학이면 늘 아버지의 연탄 리어카를 밀어야 했구요. 멋모르고 따라나섰던 집에서 같은 반 남자아이와 맞닥뜨릴 때도 있었어요."

여자는 남자의 눈을 투명하게 바라보았다. 옛날얘기를 하듯 남자를 타이르듯 아버지를 그리워하듯, 여자의 눈은 아주 많은 의미를 담고 있었다. 남자는 술기운 탓이었음에도 불구하고 사뭇 움츠러들지 않을 수 없었다. 전혀 흔들리지 않는, 그 어떤 의연함이 깃들어 있는 여자의 눈빛이 남자를 옴짝달싹할 수 없게 만들었다. 남자의 술잔 든 손이 파르르 떨렸다. 알 수 없는 부끄러움이 심장 속에 회오리바람을 만들었다.

"그게 뭐 어쨌다는 거요? 나도 고생은 할 만큼 해 본 사람이요."

남자는 부러 큰소리를 내보았지만, 소리는 목구멍 밖에서 겨우 굴러떨어지는 정도였다.

"전 어머니 대신 당신을 선택했어요. 그 말이 무슨 말인지 알죠?"

"……"

여자는 편치 않은 어머니를 겨우 부축해 부동산에서 매매 계약서에 도장을 찍는 순간 남자에게 문자를 보냈다. '전 어머니 대신 당신을 선택했어요.' 여자가 가리키는 곳에 도장을 찍는 어머니의 손끝이 바람 앞의 꽃잎처럼 사르르 떨렸다. 어머니도 여자도 각자 정든 집을 떠나서 새로운 삶을 살아야 한다는 어쩔 수 없는 두려움에 직면해 있었다. 여자는 그런 어머니의 등을 가만히 쓸어 주었다. 어머니는 괜찮다는 듯 고개를 끄덕였다. 어머니의 신산한 낯빛에 여자를 시집보내고 자신은 소멸하겠다는 어떤 의지가 깃들어 있었다. 여자는 울고 싶었지만 울지 않았다. 눈물을 보인다면 간신히 지켜내고 있을 서로의 보이지 않는 약속이 그만 왈칵 무너져 내릴 것만 같았기 때문이었다.

"당신 고향은 어머니 품처럼 따뜻해요. 대나무 향도 좋구요."

"난 꽤 촉망받는 그림쟁이였소. 그리고 언젠가 꼭 좋은 그림을 그리고 말거요."

남자는 이미 꺾어버린 붓을 아니 꺾여버린 붓을 자존심처럼 치켜들었다. 하지만 남자는 더 이상 여자의 눈을 마주할 수 없어서, 더 이상 여자 앞에서 술잔 들 용기가 없어서, 스스로 취한 척 먼 곳을 바라보았다.

남자는 전시회가 끝나고 근 한 달이 지나서야 여자에게 전화를 걸었다. 아직도 〈조리실 풍경〉을 살 의사가 있는지 물었다.

"전화 하실 줄 알았어요. 전시회 다녀온 그날 밤 〈조리실 풍경〉이 내 방에 걸리는 꿈을 꾸었거든요."

남자가 여자에게 전화를 건 것은 전날 만난 누이 때문이었다. 누이는 비정규직 총파업 때문에 버스를 대절해 광화문에 왔다고 연락을 해 왔다. 남자는 생수 서너 병을 사서 광화문으로 찾아갔다. 거기 햇볕 가리개용 종이 모자를 쓴 누이가 수많은 누이들 틈바구니 속에서 투사처럼 구호를 아니 악다구니를 쓰고 있었다. 부끄러움이 많아서 남들에게 말도 제대로 못 건네던 누이였다. 남자는 그런 누이를 차마 대면할 수 없었다. 저렇게 살아왔구나 이렇게 살아내는구나. 남자는 누이를 먼발치로 바라보다 그만 쓸쓸히 돌아섰다.

"제가 있는 곳에서 멀지 않은 곳이군요. 직접 전해 드리겠습니다."

남자는 화곡동 꼭대기의 셋집을 정리한 채 서울시에서 운영하는 예술창작센터에 석 달 기한으로 입주해 있었다. 서울에서의 마지막 생활이라 여기며 이것저것 정리 중이었다. 우연히도 여자의 집은 창작센터에서 그리 멀지 않은 곳이었다.

"죄송하지만 집 안까지 옮겨 주실래요? 저 혼자서는 액자의 무게를 감당할 수 없을 것 같아서……"

여자의 집은 빌라 3층이었고, 실내는 시간이 멈춘 듯 고요했다. 여자는 안방에 누워 있는 자신의 어머니에게 남자를 인사시켰다. 한눈에 보기에도 병색이 짙은 신산한 모습이었다. 남자는 집 안에 못과 망치가 있는지 물었고, 여자의 방에 손수 〈조리실 풍경〉을 걸어 주었다. 누이들의 고된 숨소리와 맞닥뜨린 방 안의 묵은 고요가 창밖으로 스멀스멀 쫓겨났다. 손을 씻으러 화장실에 간 남자는 막힌 세면대 앞에서 잠시 고민했다. 한 발 더 내딛는 것이 내 안의 또는 이 집의 어떤 질서를 흐트러뜨리는 것은 아닐까. 남자는 마음의 빗장을 풀 듯 배수관을 뜯었다. 배수관은 머리카락과 쇠 버캐로 묵직하게 막혀 있었다. 오랫동안 그렇게 막혀 있었던 모양이었다.

"어머니가 잠들었을 때 가끔 집 밖을 나갈 수 있어요. 그날도 오랜만의 외출이었구요."

여자는 진하게 내린 커피와 사과를 깎아서 작은 앉은뱅이상에 내왔다. 남자는 여자에게 물어볼 수 있는 것들이 많았지만 커피만 후-후- 불어 마셨다. 이야기가 진척되고 서로의 벽이 허물어지는 것에 대한 그 허허로움을 남자는 겪고 싶지 않았다. 그냥 누구든 벽을 사이에 둔 채 일정한 여백을 두고 싶은 것이 남자의 마음이었다. 남자는 뒤집어진 호주머니처럼 전부 드러내 보였던 자신의 지난 감정들 때문에 이미 몸도 마음도 몹시 헐거워진 상태였다.

"저⋯⋯, 그림값을 주시면 저는 그만 돌아가겠습니다."

남자는 남은 커피를 고개까지 젖혀 깔끔하게 비워 냈다. 뭔가 더 얘기를 이어 가려던 여자는 잠깐 멈칫하더니 자신의 방으로 들어가 미리 준비해 두었던 봉투를 남자에게 내밀었다. 남자는 봉투 안의 것을 확인도 하지 않은 채 잠바 안주머니에 집어넣었다. 사전에 그림값에 대한 상의를 한 적도 없었지만, 자신의 그림이 돈으로 환산하면 얼마의 값어치가 될지 남자는 그마저도 알지 못했다.

"세면대 수리는 감사해요. 엄마가 좋아하실 거예요."

남자는 뭐라고 대꾸를 하려다 입을 다물었다. 잠깐 겪었을 뿐이지만 좋은 사람이라는 것을 알 수 있었다. 오랜만에 살아 있는 사람에게서 뿜어져 나오는 아련한 향기를 들이마신 느낌이었다. 향기가 없는 사람들은 자꾸만 독한 향수를 뿌려댔다. 남자는 여자에게 등을 보인 채 돌아섰다. 남자의 가슴에는 그 어떤 것을 맞이할 마중물조차 말라버린 상태였다.

남자와 여자는 마루에 앉아 커피를 마셨다. 어느덧 여름이 지나고 가을로 접어들고 있었다.

"품팔이라도 다녀야겠소. 가을이니 일손 필요한 곳이 있겠지."

담벼락의 늙은 감나무에서 제법 많은 감이 영글고 있었다. 남자가 태어나기도 전부터 그 자리를 지키고 있던 감나무였다.

"걱정하지 말아요. 우리가 할 일이 있을 거예요. 하나님께서 계획 없이 이곳으로 보내시진 않았을 테니까요."

여자는 그저 커피 맛이 좋은 듯 깊게 들이마실 뿐이었다. 남자도 덩달아 뜨거운 커피를 후루룩후루룩 들이마셨다. 내장이라도 덴 듯 속이 아렸다.

"고향이라고 찾아왔지만 마땅히 비빌 언덕이 없구려. 땅이라도 있다면 농사라도 지을 텐데……"

"우리가 지낼 수 있는 집이 있다는 것만으로도 감사해요. 이렇게 마루에 앉아서 가을볕을 쬐며 차를 마실 수 있다는 게 어디에요."

"다른 사람이 들으면 꽤나 좋은 집인 줄 알겠소."

"개를 키우고 싶어요. 내가 아주 어릴 때 집에서 셰퍼드를 키웠거든요. 이름이 사자였는데 하도 커서 등에 타고 다녔어요."

"그럽시다. 개는 역시 토종 똥개가 제일 아니겠소. 진돗개를 한 마리 구할 수 있으면 좋겠지만."

남자와 여자는 밥통에 카스텔라를 쪄서 띄엄띄엄 산소처럼 놓여 있는 산중의 집들을 돌았다. 혹시 마음에 드는 강아지가 있을까 살펴보기 위함이었지만, 정작은 노인분들께 인사를 드려야겠다는 마음에서였다. 문이 닫힌 채 빈집들인 경우가 많았고 문이 열렸더라도 한쪽은 요양병원이나 저세상으로 먼저 가고 혼자 집을 지키고 있는 경우가 대부분이었다. 집 안의 노인들은 남자를 알아보지 못했고, 누구 아들이라고 아버지 함자를 대고서야 간신히 알아보는 정도였다. 거짐 팔순 이쪽저쪽인 노인들은 하나같이 찾아오지 않는 자식들 얘기를 늘어놓았다. 아쉽게도 마음에 드는 똥개는 찾을 수 없었다. 외래종 사이의 믹스견 몇 마리를 만났을 뿐이었다.

"저기가 내가 다녔던 초등학굔데 구경가겠소? 이미 폐교되어서 썰렁할 테지만……"

남자는 저 멀리 길가 언덕배기의, 흑백 영화 속에서나 볼법한 낡은 교사(校舍)를 가리켰다.

"좋아요. 가 보고 싶어요."

여자가 남자의 팔짱을 낀 채 명랑하게 웃었다. 여자의 한쪽 손에는 보자기에 싼 빈 밥솥이 들려 있었다. 남자는 까닭 없이 힘이 났다. 줄곧 혼자 살아왔거나 일부러 타인에게 거리를 두었던 그 텅 빈 곳에 따뜻한 물이 고이는 것 같았다.

"봄이면 영산홍이 교정 곳곳에 무더기로 피어올랐더랬소. 미술시간이면 아이들이 저마다 그것을 흉내 내느라 붉은색 크레파스나 물감이 제일 먼저 동나기 일쑤였고. 아마 영산홍이 교화(校花)였던가 그랬을 거요."

교문이 사라지고 없는 학교는 낡고 초라했지만, 그 옛날 정취는 그대로 살아 숨 쉬는 듯했다. 아직 옛 모습 그대로 남아 있다는 사실만으로도 고마운 일이었다.

"당신이 어릴 적 이곳에서 화가의 꿈을 키웠군요."

"……"

녹슬어서 기둥만 남아 있는 철봉과 군데군데 칠이 벗겨진 이승복 동상이 운동장 가에서 고즈넉이 삭아들고 있었다. 남자와 여자는 지천인 개망초를 피해 교사로 들어섰다.

"와~ 이거 트로피들이잖아요. '인디아나 존스'에 나오는 보물들 같아요."

현관으로 들어서자 벽면 한쪽의 유리가 깨진 진열장에 트로피 몇 개가 버려진 것처럼 널브러져 있었다. 세월의 더께가 내려앉은 그것들은 마치 폐교의 역사를 대변하는 것처럼 보였다. 웅변대회·마라톤대회·합창대회…… 미술대전. 남자는 마음처럼 발이 묶인 채 한동안 멍하니 서 있었다. '은상, 제10회 전라남도 어린이 미술대전. 담양 남면초등학교 안암분교 장동현' 너무 오래전 일이었다. 인솔교사인 미술 선생님을 따라 광주 서석초등학교에 가서 영산홍 그림을 그렸다. 남자가 받은 트로피는 학교에 진열되었고, 상장과 상품만 집으로 가져올 수 있었다.

"그만 갑시다. 날이 어두워질 모양이오."

"아직 당신이 공부했던 교실도 보지 못했는걸요."

여자는 뾰로통한 얼굴로 남자를 올려다봤다.

"다음에 환할 때 오면 되지 않겠소."

남자는 여자의 손을 잡아끌었다. 산중 가을 하늘은 빨리 어두워졌다. 저 멀리 운동장 끝으로 검붉은 노을이 꺼져 가고 있었다.

"저는 제 분수에 웃도는 것을 좋아하지 않습니다."

여자에게 〈조리실 풍경〉을 넘겨주고 온 며칠 후 남자는 다시 여자의 집을 찾았다. 남자는 간단히 집 바깥에서 여자를 만나고 돌아갈 생각이었지만 여자는 집 밖으로 나갈 수 없으니 남자를 집 안으로 들어오라고 했다. 남자는 잠바 안주머니에서 여자가 건넸던 봉투를 꺼냈다. 절반쯤 덜어진 상태였다.

"드셔 보세요."

여자는 가스레인지 위의 펄펄 끓은 냄비에서 죽 한 그릇을 가져왔다. 여자는 어머니에게 먹일 죽을 쑤고 있었다.

"……"

남자는 쟁반 위의 김이 피어오르는 사기그릇 속 죽을 무연히 바라보았다. 거뭇거뭇 작은 알갱이와 푸른빛의 뽀얀 녹두 알갱이가 부옇게 퍼진 쌀알 속에 묻혀 있었다. 남자는 아무 말 없이 수저를 들어 입속으로 죽을 떠 넣었다. 거뭇거뭇 작은 알갱이는 곱게 간 소고기였다.

"어머니는 소고기녹두죽이나 황태죽을 좋아하세요. 가끔 야채죽도 드시구요."

여자는 진하게 내린 커피를 들고 와 앉았다. 남자는 여자에

게서 풍겨져 오는 진한 커피 향을 맡으며 죽을 삼켰다. 커피와
는 또 다른 고소한 풍미가 있었다. 남자는 거절하기 뭣하여 마
지못해 수저를 들었지만, 따뜻한 죽은 움츠려 있던 남자의 마음
을 풀어놓았다.

"봉수가 누우 와서?"

어머니가 방문을 열고 거실로 나왔다. 어머니는 입안에서 손
수건을 뺀 채 남자와 여자를 향해 간신히 말을 했다. 손수건이
빠진 어머니의 얼굴은 반쪽 턱이 없는 윤곽을 그대로 드러냈고,
늘 누워만 있던 다리와 몸피는 뼈 위에 거죽만 남은 야윈 모습
그대로였다.

"예, 엄마. 지난번에 세면대 고쳐 준 화가 분이 오셨어요."

"어─ 고마서."

어머니는 부끄러운 듯 한쪽 손으로 얼굴을 가린 채 남자를
향해 웃어 보였다.

"어머니가 고맙데요. 제 이름은 봉숙이구요."

여자의 얼굴에 보일 듯 말듯 미소가 일렁였다. 어머니는 어
떤 뜻인지 모를 두 사람을 향한 손짓을 해 보인 후 다시 방 안으
로 들어갔다.

"저, 이것…… 너무 많이 왔습니다."

남자는 거실 바닥에 내려놓은 봉투를 여자의 앞으로 밀어 놓
았다. 남자는 며칠 동안 고민을 했고 결국 절반을 돌려주기로

결심한 터였다. 남자에게 필요 이상의 어떤 상황이 펼쳐진 적은 없었다. 겨우 숨을 쉬고 살아갈 수 있을 정도의 선에서 삶은 이어져 왔고 또 그런 삶에 익숙해져 있었다.

"저는 제값을 치렀고, 이것은 이미 제 것이 아니에요."

여자는 봉투에 아무런 관심이 없다는 듯 커피를 홀짝였다. 남자는 여자의 반응과는 상관없이 봉투를 두고 일어서야겠다고 생각했다. 빈 죽그릇에 마음이 쓰였지만 더 이상 앉아 있다가는 어쩌면 봉투를 다시 들고 일어설지도 모른다는 불안이 엄습했다.

"화가 야바 머이 자르 주 아쇼?"

어머니가 가위와 보자기를 들고 와 남자에게 내밀었다. 남자는 갑작스런 어머니의 제안에 당황했다.

"어머니는 바깥출입을 거의 안 하세요. 다리도 불편하지만 남에게 얼굴을 보이기 싫어하시거든요. 오빠가 가끔 깎아 드리는데 다녀간 지 한참 되었나 봐요. 어쩐 이유에서인지 저에게는 머리를 맡기지 않으세요. 후- 후-"

어머니의 머리카락은 귀밑으로 푸석하게 얽혀 있는 심란함으로 병자의 모습 그대로를 대변했다. 탈색된 듯 완전한 회백색의 머리카락은 이상한 서글픔과 더불어 어떤 평안함까지 드러내 보였다. 그것은 아마 죽음에 가까운 사람에게서 느낄 수 있는 고요 같은 것이었다. 남자는 평생 남의 머리카락을 깎아 본

적 없지만, 어머니의 손에서 가위와 보자기를 받아들었다.

"오늘 제가 이발사로 데뷔하는 날이군요. 솜씨가 있다 싶으면 아예 밥벌이로 나서 보겠습니다."

남자는 용기를 내었고, 어머니의 목에 보자기를 두른 채 왼손에 빗을 그리고 오른손에 가위를 들었다. 진짜 이발사라도 된 듯 기분이 달뜨기까지 했다. 사그락 사각, 머리카락을 잘라 내는 소리는 썩 경쾌하지 않았다. 쇠락한 노인의 삶이 한 줌씩 떨어져 나갈 뿐이었다. 오래전 자신의 어머니를 여읜 남자는 가슴 한쪽이 자꾸만 허물어지는 듯 차오르는 듯 알 수 없는 감정이 교차했다. 남자에게 머리를 맡긴 어머니는 여자를 한동안 물끄러미 바라보았다. 어머니는 여자에게 산이 움직이듯 그렇게 천천히 눈을 감았다 떴다. 어머니의 눈 속에 여자와의 지난 삶이 한가득 추억으로 녹아 있었다. 여자는 그런 어머니를 향해 가만히 고개를 끄덕여 보였다.

"나 교회 좀 데려다 주세요."

일요일 아침, 여자는 깨끗이 씻고 단정한 옷으로 갈아입었다. 손에는 성경책이 들려 있었다.

"어릴 때 선물 준다고 해서 친구 따라 뒤 번 가 본 적은 있는데…… 아마 여름성경학굔가 그랬을 거요."

남자는 작은 벽거울 앞에서 말끔하게 변해 가는 여자의 뒷모습을 빈 공책에 스케치했다. 여자는 방금 거울 속에서 걸어 나온 사람처럼 아주 말간 모습이었다.

"버스 시간이 어떻게 돼죠?"

"얼추 예배시간에는 도착할 수 있을 거요. 마을 초입 다리 옆에 허물어진 집 있잖소, 그 집 다섯 식구가 일요일이면 성경책을 옆구리에 끼고 늘 교회를 다녔소. 아주머니가 벙어리여서 천대시 당했는데 교회 가는 모습은 이상하게 성스럽기까지 하더라구. 머리에 기름을 바르고 낡은 옷이지만 깨끗하게 차려입은 아주머니는 내 기억 속에 전혀 다른 사람이었소."

"언젠가 내가 결혼을 한다면 남편이랑 나란히 앉아서 예배드리는 기쁨을 달라고 하나님께 기도했어요."

"서두르시오. 버스 놓치면 족히 한 시간은 걸어야 할거요."

"우리에게도 차가 한 대 있었으면 좋겠어요. 좋은 차는 아니더라도……"

남자가 어릴 적 들렀던 교회는 예전 모습 그대로였다. 돼지우리였던 자리에 사택과 식당이 새로이 지어진 것이 다를 뿐이었다. 남자는 여자를 예배당에 들여보낸 채 교회 한 켠의 벤치에 앉았다. 남자는 예배당 안으로 들어서는 것이 어색했고, 여자는 그런 남자에게 억지를 부리지 않았다.

"형제님! 안녕하세요?"

승합차 한 대가 교회 마당으로 들어섰고, 대여섯 명의 할머니들이 그 안에서 꾸물꾸물 기어 나왔다. 비슷한 파마머리에 비슷한 손가방 하나씩을 든 채로였다. 운전석에서 내린 비교적 젊어 보이는 40대의 사모인지 성도인지 모를 여자분이 반갑게 인사를 건넸다.

"아, 예–"

남자도 머리를 숙여 답례를 했다.

"예배 끝나고 식사하고 가세요. 오늘 점심 짜장면이에요."

여자분이 건네는 말에 남자는 그냥 웃어 보였다.

"에구– 못 보던 낯짝이네. 하나님이 보내셨나."

"목사님이 여호수아 같은 사람을 보내 달라고 그렇게 기도하시더니 응답받으셨나 보네."

"내 눈에는 좀 션찮어 보이긴 한 데 하나님 뜻을 어찌 알겠어. 뭔 쓸데가 있으니 보내셨겠지. 정 쓸데가 없으믄 운전이라도 시키지 뭐."

예배당으로 향하는 할머니들은 남자를 흘끔거리며 한마디씩 품평을 했다. 남자는 쑥스러운 웃음을 지어 보였다. 남자의 어머니도 살아 계신다면 그만한 나이였다.

가을처럼 볕이 익어 가는 오후, 남자와 여자는 마당에서 개집을 만들었다. 마루 밑에 있던 묵은 널빤지 몇 개를 꺼내 톱질을 하고 못을 박았다. 토방에서 먹고 자는 사자를 위한 일이었지만 정작 녀석이 좋아할지는 의문이었다.

"암놈을 하나 더 데려올걸 그랬나 봐요. 외롭지 않을까요?"

"우리가 있는데 뭘 외롭겠소. 이제 우리는 한 식군데."

"캥- 캥-"

사자가 아직 여물지 않은 목으로 짖는 소리를 냈다. 남자는 그날 여자가 예배 드리는 동안 우연찮게 벽화를 그리게 되었다. 이어폰을 귀에 꽂은 채 여자의 예배가 끝나기를 기다리던 남자는 한 무더기의 학생들을 보았다. 여러 개의 페인트 통과 붓을 든 학생들이 식당 벽면에 밑그림을 그렸다 지웠다를 반복했다. 산과 나무는 그럴듯하게 그려 냈지만 정작 예수의 형상은 그릴 때마다 다른 사람이 되었다.

"아저씨! 해 보고 싶으세요? 별로 기대는 하지 않지만 기회는 드릴게요."

학생들의 뒤에서 멀뚱히 지켜보던 남자는 그만 웃고 말았다. 중학생쯤 되어 보이는 남학생이 제 손에 들고 있던 목탄을 불쑥 남자에게로 건넸다. 인근 중고등학교에서 봉사활동을 나왔다고 했다. 원본 그림은 예수가 십계명이 적힌 돌판 두 개를 산 위에서 들고 있는 모습이었다. 양쪽 손으로 든 돌판이 자칫 날개처럼 보이기도 해서 돌판의 면을 잘 살려야만 하는 꽤나 난이도를 요하는 그림이었다.

"우와~ 아저씨 개멋져요."

남자는 벽에 밑그림을 그려 주고 없는 색은 섞어서 만들어 주었다. 그리고 살짝살짝 붓 터치를 해 주었다. 그런 이유로 남자는 예배가 끝난 후 아이들 틈바구니에 섞여 짜장면을 먹었다. 여자는 바삐 오가며 할머니들의 심부름을 했다. 오랜만에 맛보는 짜장면이었다.

"지난번에 똥개 새끼 얻겠다고 집집이 문안 다니던 부부 아녀?"

"아~ 그 잿등 장씨 아들 내외구먼. 광주에서 미술대학인가 댕기다가 서울로 유학 갔다던 ……"

"아 근디. 이 촌구석은 또 뭣허러 기내려왔데. 뭐 먹고 살 것이 있다고."

할머니들의 참견과 품평은 면 가닥처럼 길고 쫄깃했다. 남자와 여자는 식사가 끝나고 목사님 부부와 차를 마셨다. 승합차에서 내리던 여자분은 예상대로 사모님이었다.

"저 좀, 아니 하나님 좀 도와주십시오. 교회에 젊은 사람이 없어서 저희 부부가 순교하기 직전입니다."

목사님은 남자와 여자를 번갈아 쳐다보았다. 웃고 있었지만 꽤나 간절한 표정이었다.

"예, 목사님! 순종하겠습니다. 하나님께서 저희 부부를 이곳으로 이끄신 이유가 있었네요."

남자의 동의도 없이 여자가 선뜻 답했다. 남자는 머쓱했지만 달리 도리가 없었다. 남자와 여자는 즉석에서 새신자 등록을 하고 승합차 키를 넘겨받았다. 남자는 새벽예배와 수요예배 그리고 주일예배 때 인근 마을을 돌며 신도들을 실어 나르는 일을 맡게 되었고, 여자는 주일학교 교사를 맡게 되었다. 남자에게는 얼마간의 사례비도 책정되었고, 신도들을 실어 나르는 외에 승합차는 자차처럼 사용할 수 있었다.

"내가 염려하지 말라고 했던 말 기억하죠?"

여자는 사자의 머리를 쓰다듬으며 남자를 바라보았다. 사자는 집까지 실어다 준 권사님에게서 얻었다. 어미가 새끼를 여덟 마리나 낳아서 젖이 모자란다고 했다. 그래서 그런지 놈은 자꾸만 여자의 가슴패기를 파고들었다. 마당 가운데 교회 로고가 박힌 승합차가 소처럼 드러누운 채 물끄러미 쳐다보고 있었다.

남자는 아침 일찍 혼자서 집을 나섰다. 그 옛날, 안개를 헤치며 등교하듯 뚝방길을 지나 논둑길을 걸었다. 학교가 가까워져 올수록 모여든 아이들로 좁은 길은 긴 행렬을 이뤘다. 그 많던 아이들은 다 어디로 가 버렸는지 잘살고 있는지, 소식이 궁금하기도 했고 그냥 듣지 못할 소식으로 남아 있어도 좋을 듯싶기도 했다. 빈 운동장에서 고라니 한 마리가 후두둑– 뛰어갔다. 남자는 진열장 안의 제 트로피를 가만히 바라보았다. 빈 들녘에서 바람이 일 듯 남자의 가슴 한 켠에서 말간 불씨가 피어올랐다. 여자가 좋아할까. 남자는 조심스럽게 진열장에서 트로피를 꺼내 들었다. 후— 후—, 남자는 시간처럼 내려앉은 그것의 먼지를 소년처럼 해맑게 불어 날렸다.

* 이 소설은 2021년 7~9월 서울 〈연희문학창작촌〉에서 창작되었습니다.

트
럭

빗소리다.

늦은 가을비답게 제법 영근 소리로 떨어져 내린다. 쓸데없
는 잡념으로 일찍부터 깨어 있던 동욱은 간신히 상체를 일으켜
방문을 열어젖힌다. 펼쳐진 마당 앞으로 굽이굽이 섬진강 물길
이 훤히 내려다보인다. 다리 공사 일꾼들이 빌려 기거하고 있
는 언덕배기 기와집은 앞가슴으로 절경을 품고 있다. 집세의 거
의 전부가 경치 값이라 해도 고개가 끄덕여질 정도다. 뒷집 암
탉이 소프라노로 홰치고, 집 앞 굽이진 강물이 베이스로 바닥을
훑는다. 서로 상생하는 그 절묘한 부조를 들으며 동욱은 문지방
을 베고 누워 담배를 빤다. 날이 밝았을 시각이지만 하늘은 여
태 이불속이다. 긴 여정 속의 하루로 본다면 오늘은 운이 좋은
날이 될 것이다. 적어도 밖에서 하는 허드렛일은 하지 않을 것
이기 때문이다. 뱉어낸 담배 연기가 아득히 강물을 쫓아 흘러간

다. 그것도 시절이 될 모양이다. 어제 일기예보를 들은 일꾼들은 시마이 하면서 곧장 집으로 갔고, 갈 곳 없는 동욱만 홀로 숙소로 빌린 너른 기와집을 지키고 있다. 섬진강 동쪽과 서쪽을 잇는 다리 공사는 이제 막바지다. 동편소리와 서편소리를 가르는 기준이 섬진강이라는 얘기를 이곳 다리 공사를 하며 들었다. 막걸리 한잔 걸치고 강둑에 서면 목구멍 안 열리고는 못 배길 절경이다. 소리가 흥한 이유가 강 때문이라는 구전은 틀린 말이 아니다. 끙─ 상체를 일으킨 동욱은 어제 먹다 남은 재첩국 냄비를 끌어다 빈 대접에 소주를 붓는다. 스르르─ 빈 창자를 할퀴는 발톱이 불어난 강물처럼 제법 앙칼지다. 밥을 나르는 점방집 춘자의 눈망울이 냄비 속 재첩 알맹이로 동동 떠다닌다. 오늘은 혼자만 있으니 발품 팔지 않아도 된다고, 고프면 들르겠다고 기별을 넣어야 할 모양이다. 혼자 마시는 술은 쉬 닳기 마련이어서 몇 번 입술을 적셨을 뿐이지만 대접은 금세 밑을 보인다. 술기운 탓이겠지만 허물어진 마음 귀퉁이 사이로 흘깃흘깃 자꾸 뒤가 돌아봐진다.

아버지는 화물 운송회사에서 허드렛일을 하는 사람이었다. 짐도 실어주고, 숙직도 서고, 창고 관리도 하고, 두루두루 자질구레한 일들을 했다. 스무 살이 되기 전부터 그곳에서 일했던 아버지는 그 일을 천직으로 알고 살았다. 세상이 어떻게 돌아가는지, 남들이 어떻게 살아가는지 보지 못한 채, 일정한 동선을 따라 움직일 뿐이었다. 기름때 절은 작업복을 입고 선한 웃음을 베어 문 채 시키는 일을 군소리 없이 해내는 아버지는 모두에게 좋은 사람이었다. 자신의 감정이나 피로보다 다른 사람의 기분을 더 고려했던 아버지는 줄곧 머리를 조아리고 살았다. 아버지는 자신에게 주어지는 아주 작은 것에 오랫동안 감사하는 사람이기도 했다. 근로자의 날, 회사는 값싼 플라스틱 반찬통 세트를 나눠 주었고 아버지는 그것을 두고두고 고마워했다. 그런 때문인지 아버지는 다른 직원이 출근하지 않는 근로자의 날에도 출근을 당연시했다. 마루에 걸터앉아 안전화 끈을 단단히 고쳐 매는 모습에서 어떤 사명감이 느껴지기까지 했다. 스스로 부지런을 떨어 존재감을 증명하는 아버지는 화물 운송회사 밖으로 나가 본 적도 나가 볼 생각도 없는 사람이었다. 서른을 넘기고서야 아버지는 같은 회사에 근무하던 늙은 트럭기사의 딸을 소개받아 결혼했다. 아버지보다 세 살 연상이었던 어머니는 어릴 때 앓은 소아마비로 한쪽 다리를 절었다. 처음으로 여자를 얻고 가정을 꾸린 아버지는 매 끼니마다 밥을 한 그릇씩 더 먹었다. 그것은 자신에게 내리는 일종의 상금이었다. 스스로 생각해도 자신이 너무 대견해서, 무언가 해 주고 싶어서, 밥을 한 그릇씩 더 먹었다. 현재에 충실한 아버지의 일상은 순항 중이었고 그 여정에 동욱이 덤으로 태어났다.

곡성역 대합실. 열차를 기다리는 동욱의 곁에 주인을 지키는 똥개처럼 춘자가 바투 앉아 있다. 아직 숙취가 가시지 않은 동욱은 연거푸 하품을 하고, 그런 동욱 옆에서 춘자는 잘근잘근 오징어 다리를 씹고 있다. 춘자의 이빨 사이에서 물어 뜯기는 오징어 다리가 제 다리라도 되는 양 섬뜩한 동욱은, 어쩌면 춘자가 역전까지 따라붙은 것이 우연이 아닐지도 모른다는 의심을 한다. 오징어 다리는 쓸데없이 씹고 있을 뿐, 뭔가 결전을 앞두고 각오를 다지는 것처럼 보이는 춘자의 이빨은 단단하기 이를 데 없다. 재첩국 몇 술에 소주 두 병을 간단히 털어 마신 동욱은 문지방을 베개 삼아 까무룩 잠들었고 터질 듯한 오줌보 때문에 어쩔 수 없이 눈을 떴다. 습관처럼 담배를 피워 문 동욱은 마루 끝에 서서 바지를 까내렸다. 밤새 쑥 올라온 반듯한 죽순 같은 그것이 저 멀리 섬진강을 향해 뜨거운 오줌 줄기를 쏘아댔다. 희미한 연기를 피워 올리며 갈겨지는 오줌 줄기는 도도한 섬진강 물길에 비견할 바는 못 되더라도 실개천 정도는 이룰 만했다. 부르르- 몸을 떤 동욱은 마무리하듯 반듯한 죽순을 탈탈 털어 자신의 바지 속으로 다시 집어넣었다. 벽시계의 시침은 오후 3시를 넘기고 있었고, 그사이 불어난 강물은 강둑을 가득 채운 채 흘러가고 있었다. 기척도 없이 춘자가 다녀갔는지 보자기에 싸인 밥 쟁반이 마루에 놓여 있었다. 동욱은 밥 쟁반을 물끄러미 바라보다 포터에 물을 부었다. 떫은 감을 씹은 것처럼 입 안이 텁텁했다. 연일 계속된 상판 작업으로 몸이 고되기도 했지만, 빈속에 털어 넣은 소주가 내리 잠을 불러온 모양이었다. 동욱은 마루에 걸터앉아 후루루- 컵라면을 빨아 마셨다. 칼칼한 컵라면 국물이 쓰린 창자에 사포질을 했다. 늘 하는 생각이지만 음주 후 컵라면 해장은, 자해나 마찬가지였다. 비는 계속해서 내리고 강물은 따라서 불어나고 있었다. 소나무 널빤지로 짜인 마룻바닥에서 한기가 올라왔다. 동욱은 몸을 움츠린 채 군불이라도 때듯 또다시 담배를 피워 물었다. 힐끗, 기둥에 걸린 달력을 뒤돌아본 동욱은 길게 연기를 뱉어 냈다. 며칠 전, 서울 소재의 구청으로부터 한 통의 전화를 받은 후 내내 마음이 복잡했다. 억지로 잊고 살았던 아버지를 떠올리자 가슴 한쪽에 기포가 차오르는 느낌이었다. 지금껏 아버지의 트럭이 굴러다녔다는 사실도 신기했지만, 그동안 동욱에게 연락이 닿지 않았다는 사실도 믿기 어려웠다. 아버지의 임종을 지키는 것으로 아버지와의 모든 관계는 끝난 것으로 여겼던 동욱은 뜻하지 않게 아버지의 트럭까지 임종을 지켜야 할 모양이었다. 동욱은 이래저래 복잡한 심경에 또다시 눈을 감아 버렸다.

빗소리에 취한 듯 다시 잠이 든 동욱은 아주 긴 다리 어디쯤서 있었다. 다리는 너무 길어서 끝이 보이지 않았다. 다시 돌아가야 할까 아니면 계속 걸어야 할까 막막할 따름이었다. 한 발

자국도 떼지 못한 동욱은 성장을 멈춘 유년의 모습으로, 손에 쥔 초코파이를 불안한 듯 핥고 있었다. 혀는 아주 달콤했지만 심장은 자꾸만 오그라드는 느낌이었다.

동욱은 가쁜 숨을 몰아쉬며 잠에서 깨어났다. 늘 암울했던 과거를 안고 살아가는 동욱은 현재도 불안한 꿈의 연장이었다. 완전히 잠을 털어 내지 못한 동욱은 한참을 우두커니 쭈그려 앉아 있었다. 영원히 사람과 세상 사이에 끼지 못한 채로 그렇게 우두커니 살아갈 수밖에 없을 것이라는 절망이 뼛속을 파고들었다.

"요로고 대합실에 앉았응께 미자년이랑 고등학교 때 서울로 날랐을 때가 생각나네…… 그년은 아직 영등포 어디서 미싱질 험서 산다등만 잘 살랑가 모리겠고."

오징어 한 마리를 다 뜯어 잡수신 춘자는 이제 삶은 계란을 까기 시작한다. 편의점에서 이것저것 담아온 봉지 속에는 아직 바나나우유와 어묵바와 맛동산과 호빵 두 개가 남아 있다. 지금 상태로라면 열차가 출발하기도 전에 그것들을 전부 해치울 태세다. 타야 할 기차는 무궁화호인데 잡수시는 속도는 KTX급이다.

춘자는 동욱의 밥만 챙긴 것이 아니라 동욱의 동태까지 살피고 있었음이 분명했다. 아직 잠이 덜 깬 채 마루 끝에 우두커니 앉아 있던 동욱은 곡성차부에 전화를 넣어 택시를 불렀다. 며칠 동안 비는 계속될 것이고, 다리 공사는 쉬게 될 것이라는 생각 때문이었다. 아버지의 트럭을 그대로 방치할 수 없다면 언제든 다녀와야 했다. 도착한 택시를 타고 막 골목을 벗어나 신작로로 접어들 때 스쿠터에 밥 쟁반을 실은 춘자가 급하게 앞을 가로막았다. 어이쿠− 택시기사가 급하게 브레이크를 밟았지만 헤드라이트에 비친 춘자는 눈 하나 깜짝하지 않은 채 뒷좌석의 동욱을 노려봤다. 도망치려는 먹잇감을 감지한 맹수의 눈빛, 영락없는 그것이었다. "소리 소문 없이 도망쳤다가는 불알을 까번진다고 울 엄니가 단단히 전하라고 헙디다." 때때로 하던 농담이 진담처럼 느껴지는 순간이었다. 한동안 그렇게 동욱을 노려보던 춘자는 밥 쟁반이 실린 스쿠터를 길가에 버려둔 채 대뜸 택시 뒷좌석에 올라탔다. 기사는 이 모든 상황이 황당하고 기가 막힌지 룸미러를 통해 춘자의 얼굴을 넋 나간 듯 쳐다봤다.

"기사님! 아, 멋허쇼? 요금 올라가는디…… 싸게 갑시다."

우비를 벗던 춘자는 호기롭게 외쳤고, 여러모로 자신이 상대할 급이 아니라는 판단이 선 기사는 입을 꽉 다문 채 액셀러레이터를 밟았다.

저 멀리 철로의 어둠을 밀어내며 기차가 들어온다. 사다리 같은 철로는 결코 좁혀지지 않는 삶의 간극처럼 완곡한 평행선이다. 급한 숨을 토하고 삼킨 기차가 천천히 역사를 빠져나간다. 기차에 올라앉자마자 춘자는 동욱의 팔부터 휘감는다. 보기에는 팔짱이지만 감아쥔 완력으로 봐서는 올가미나 다름없다. 동욱은 올가미를 풀어 보려 팔을 비틀었지만 어림없다. "아따 암시랑토 안 해, 우리 낯바닥 알아볼 사람 아무도 없당께." 겨우 네댓 명, 그것도 늙은이들이 전부인 객실은 낡은 여인숙처럼 피곤한 채로 졸고 있다. 열차는 투박한 바퀴 소리로 현재를 밀어내며 전진한다. 캄캄한 터널로 들어서는 순간, 차창에 후줄근한 동욱의 얼굴이 비친다. 머리칼은 아무렇게나 뻗쳤고 낯빛은 피곤에 젖었다. 동욱은 두려움을 씻어 내듯 소맷자락으로 얼굴을 닦아 낸다. 아무것도 묻어나지 않은 소맷자락을 확인한 동욱은 휴- 안도의 한숨을 내쉰다. 열차의 쇠발굽은 헐떡거리며 밤의 심장부를 쫓고, 동욱은 자꾸만 잠이 쏟아진다. 피곤한 몸을 일으켜 눈을 떠 보면 낯선 소읍의 어디쯤 닿아 있다. 낯선 것은 비단 창밖 풍경만은 아니다. 그동안 장마도 아니었는데 너무 오랫동안 빗속에 갇혀 살았다.

어느 날 아버지는 혼자서 소풍을 떠났다. 급한 화물을 먼 항구도시까지 운반해야 했지만 기사가 없었다. 어떤 이유인지 몰라도 담당 기사가 펑크를 내버린 것이었다. 당장 기사를 구할 수 없었던 사장은 아버지에게 바람이나 쐬고 오라며 트럭 한 대를 내줬다. 아버지의 운전 솜씨는 보잘것없었다. 그저 회사 앞마당에서 이리저리 트럭을 옮겨 물건을 싣고 내릴 자리를 잡아

주는 정도였다. 당장 기사는 없고 물건은 급했기에 아버지는 마지못해 운전대를 잡았다. 다음 날 오전에야 집에 돌아온 아버지의 얼굴은 피곤이 덕지덕지 붙어, 밤새 귀신과 씨름이라도 하고 온 사람 같았다. 하지만 그런 아버지의 얼굴에 이상한 생명력이 꿈틀거렸다. 그것은 그동안 아버지에게서 보았던 건강함이나 활력과는 좀 다른 야성 같은 것이었다. 아버지는 자청해서 화물차 운전하는 횟수를 늘려 갔다. 팔뚝이 굵어지고 머리가 헝클어지고 말투가 거칠어졌으며 눈빛이 이글거렸다. 집에 돌아온 아버지는 주먹 쥐듯 수저를 잡고 허겁지겁 밥을 먹어댔다. 왠지 모르게 그런 아버지에게서 섬뜩한 거리감이 느껴졌다. 불룩 솟은 배를 득득 긁어대며 코를 드르렁드르렁 골아대거나 북— 북— 방귀까지 뀌어대는 아버지를 동욱은 신기한 눈으로 바라봤다. 어머니는 동욱보다 더 아버지를 낯설어 했다. 새벽녘 아니면 밤늦은 시각, 집에 들어서자마자 아버지는 어머니의 치마 속으로 불쑥 손을 집어넣곤 했다. 당하는 어머니는 곤욕스러워했고, 지켜보는 동욱은 조마조마했다. 불안한 징후를 감지한 어머니는 아버지의 트럭 운전을 한사코 말렸다. 하지만 매번 건성 대답을 하는 아버지는 트럭 운전을 그만둘 생각이 없어 보였다. 그도 그럴 것이 트럭 운전을 하지 않는 아버지는 땡볕에 세워 둔 삽자루처럼 한없이 무기력해 보였다. 아버지는 달리고 싶은 야생마처럼 한사코 트럭 운전하기를 고집했다. 그쯤 어머니는 물기를 잃어 가고 있었다. 누군가 탱글탱글하던 토마토에 빨대를 꽂고 쭉 즙액을 빨아 마셔 버린 모양이었다. 어머니는 물기를 잃어가면서 입까지 닫아걸었다. 깊은 우물을 끌어안은 사람처럼 끝없이 가라앉았다. 신음 소리처럼 들리는 어머니의 절뚝거림이 집안 깊숙이 보이지 않는 균열을 내고 있었다.

동욱을 막아선 빨간 신호등. 동욱의 서울 진입은 빨간 신호등에 가로막힌다. 잔뜩 충혈된 눈으로 뭔가를 캐묻듯 한참을 노려본다. 동욱은 심판대에 선 사람처럼 식은땀이 흐르고 심장이 오그라든다. 아무 두려울 것이 없어도 늘 두려움에 떠는 동욱은 스스로 작아져서 흔적도 없이 사라져 버릴 때가 종종 있다. 낯선 상황과 낯선 사람들을 피해 얼마나 많이 뒷걸음치고 도망 다녔던가. 아주 긴 기다림 끝에 신호등은 동욱의 서울 진입을 허락한다. 자정을 넘어 도착한 서울은 막상 갈 곳이 요원하다. 서울은 이제 동욱에게 너무 낯선 도시로, 흔들리는 자동차의 불빛과 낡은 간판 같은 우중충한 하늘은 자꾸만 발뒤꿈치를 물어뜯는다.

"오빠가 살았던 동네보텀 가 보더라고, 전에보텀 꼭 한 번 가 보고 싶었응께."

손을 흔들어 빈 택시를 불러들이는 춘자는 명랑하고, 동욱은 우울하다.

"······창천동으로 가 주세요."

이 야심한 시각에 그것도 떠나온 지 십수 년이나 지난 동네를 찾아간들 무슨 의미가 있을까. 시들한 감정 한편에 미련의 끄트머리 같은 그리움이 따라붙는다. 혼자가 아니라서 그나마 다행이라는 생각이 들고 쓸데없이 따라붙어 귀찮던 춘자가 살갑게 느껴진다.

"그랑께 나 시댁 동네가 거그 창천동이라는 데그만."

"춘자야! 집에 전화는 한 거냐? 장 여사 걱정하실 텐데."

살짝 열렸던 마음이 빛의 속도로 닫혀 진다.

"아먼, 역전에서 기차 타기 전에 폴쎄 해 부렀제. 이참에 강바람맹키로 살랑살랑 팔랑거리는 오빠 맴얼 단단히 붙잡아 버리라고 신신당부를 허등만."

춘자는 섬진강변에서 장 여사라 불리는 홀어머니와 함께 식당 겸 작은 점방을 운영하고 있었다. 아버지는 평생 섬진강 어부로 살다가 춘자가 중학교 입학하던 해 빗물에 쓸려 갔고, 구례까지 가서 겨우 시신을 찾아왔다.

"소주나 한잔 마셨더라면 좋았을걸. 이상하게 속이 울렁거리네."

동욱은 창밖 풍경에 눈을 둬 보지만 모든 것이 낯설다. 하늘은 짙은 화장으로 멍 자국을 가렸고 달빛은 푸르딩딩하고 반짝이는네온은 자살하듯 저를 태운다. 동욱의 혓바닥은 종잇장처럼 말라붙고, 벌컥벌컥 마실 소주 한 병이 간절하다.

아버지는 1톤 트럭 한 대를 사서 정식으로 트럭 기사가 되었다. 트럭을 갖게 된 아버지는 자신의 심장을 바꿔 단 것처럼 달떠 보였다. 하지만 어머니와 동욱의 심장은 오히려 그 트럭으로 인해 점점 쪼그라드는 형국이었다. 한밤중, 오줌 때문에 잠에서 깬 동욱은 마당 가운데 괴물처럼 웅크리고 있는 트럭을 보았다. 불온한 기운을 머금은, 처치해야 할 괴물이 망령처럼 서 있었다. 동욱은 맨발인 채로 마당으로 나갔다. 한동안 트럭과 마주한 동욱은 바닥에 버려진 벽돌 한 장을 들어 트럭의 얼굴을 향해 힘껏 던졌다. 저 괴물만 없어진다면 아버지도 예전의 아버지로 돌아올 것이고, 어머니도 다시 웃음을 되찾을 수 있을 것이었다. 괴물의 면상이 여지없이 깨졌고 조각조각 금이 갔다. 동욱은 괴물의 일그러진 얼굴을 보면서 통쾌함과 분노의 눈빛을 쏘아댔다. 결코, 어린 나이에 맛볼 수 없는 야릇한 희열이었다. 뭔가 깨지는 소리를 듣고 일어난 아버지와 어머니는 급하게 마당으로 뛰어나왔다. 동욱은 그런 아버지와 어머니를 향해 자랑스러운 얼굴을 해 보였다. 내가 괴물을 쓰러뜨렸다는, 이제 안심해도 된다는, 호기로운 웃음을 지어 보였다. 찰싹, 아버지의 거센 손바닥이 환하게 웃고 있는 동욱의 얼굴을 후려쳤다. 동욱의 눈동자 속에서 아버지의 모습도 그렇게 조각조각 금이 가는 순간이었다. 부서진 트럭의 얼굴과 씩씩거리는 아버지의 얼굴을 번갈아 쳐다보던 동욱은 스멀스멀 곰팡이 같은 증오가 피어올랐다. 아버지의 트럭은 브레이크가 파열된 게 분명했다.

며칠 동안 집을 비웠던 아버지는 낯선 여자 한 명을 싣고 돌아왔다. 한눈에 봐도 싸구려 헤픈 여자였다. 그때부터 기이한 동거가 시작되었다. 아버지는 어머니와 동욱이 보는 앞에서 스스럼없이 여자의 엉덩이를 더듬거나 가슴을 만졌다. 그런 아버지에 대한 어머니의 저항은 더욱 굳게 입을 봉해 버리는 것이었다. 집안에는 언제 터질지 모를 폭탄이 장착된 상태였다. 째깍째깍 초침 소리와 더불어 폭발 시각이 가까워 오고 있었다. 어머니는 밤마다 농을 뒤져 그동안 뜨개실로 짰던 스웨터와 목도리 그리고 조끼 등을 한 올 한 올 풀어냈다. 꼬불꼬불한 실이 올올이 풀려나갈 때마다, 집안을 조이고 있던 이음매들이 하나둘 풀려나가는 느낌이었다. 집은 점점 헐렁한 채 틈이 벌어지고, 그 틈 사이에서 삐걱삐걱 비명이 새어 나왔다.

동욱이 살았던 집은 사라지고 없다. 경사진 골목과 낮은 집들 그리고 허름한 입간판들도 찾아볼 수 없다. 술 취한 아저씨들의 고추는 빠짐없이 보았을 전봇대도, 빙글빙글 경광등이 돌아가던 후줄근한 방범초소도 보이지 않는다. 녹슬어서 군데군데 구멍 난 철대문을 밀면 그곳에 먼 유년의 기억이 있을 테지만, 이제 높이 솟은 거대한 시멘트 덩어리들만이 달빛을 가린 채 근엄하게 서 있을 뿐이다.

"동네 참 거시기 허네이. 사방디가 꽉 맥혀가꼬 눈한차 가슴 한차 답답해 죽겄구만."

춘자는 시선 둘 곳이 마땅찮은지 멀쩡한 하늘을 바라본다. 섬진강 처녀가 자맥질하며 살 수 있는 곳은 아님에 분명하다.

"맨 끝집 언덕이어서 쉽게 찾아볼 수 있을 줄 알았는데, 전부 깎아 버린 통에 어디가 언덕이었는지 어디가 우리 집터였는지 도무지 짐작도 못 하겠다."

동욱은 쓴 담배를 피워 문다. 예상은 했지만 실체를 확인하고 나니 허탈한 마음이다.

"그랑께 나 고향얼 오빠 고향이다 생각허고 살아브러. 인자 다리는 고만 잇고 인연이나 좀 잇어 보자니까."

춘자는 동욱의 허리가 제 것이라도 되는 양 양팔로 힘껏 휘감는다. 갑자기 허리가 잡힌 동욱은 다른 사람이 볼까 주위를 두리번거린다. 동욱은 서른 살이 다 되도록 여자를 모르고 살았다. 계속 떠돌다 보니 여자를 만날 기회도 없었지만, 아버지의 간을 빼먹고 달아나 버린 여자를 생각하자면 무섬증이 일어서 그냥 고개가 저어졌다.

"차럴 오래 타서 그란지, 허리는 뿌라질라 그라고 콧물은 차꼬 흘러내리는 통에 춘자는 씨러지기 일보 직전이네."

춘자는 저 멀리 여관 입간판을 바라보며 동욱의 가슴을 파고든다. 동욱은 춘자의 정수리에서 풍기는 아릿한 냄새에 그만 정신이 몽롱하다. 어머니의 허리춤에서도 그런 냄새가 나곤했다. 젖내 같기도 하고 풀내 같기도 하고 밥내 같기도 한…… . 집 앞 난간에 서면 영천시장과 독립문로타리가 훤히 내려다보였다. 어머니와 동욱은 그 난간에 서서 귀가하는 아버지의 모습을 찾곤 했다. 안전화를 신은 채 터벅터벅 언덕길을 오르는 아버지의 모습을 발견하면 어머니와 동욱은 대문을 열고 어디까지 마중을 나가기도 했다. 셋이서 오르는 언덕은 꽃길을 걷듯 싱그러워서 어머니의 절뚝임마저 꽃잎 떨어지는 소리를 냈다. 하지만 아버지가 트럭으로 언덕길을 오르면서부터 더 이상 마중은 필요 없게 되었다.

아버지의 뜨개옷이 다 풀려지던 날 어머니는 소리 없이 사라졌다. 자신의 가슴에 박힌 가시보다 더 큰 가시를 동욱의 가슴에 박고 사라져 버린 어머니는 다시는 집을 찾지 않았다. 어머니가 빠져나가 버린 구멍 난 가슴을 메우려는 듯 아버지는 투박한 손으로 술병을 그러쥐었다. 그렇게 날이 밝았고 종종 출근하지 않는 날이 늘었다. 소리를 지르고 깨부수고 울부짖고…… . 상스러운 여자에게서 비롯된 추락한 자신의 권위를 비웃으면서 또 술을 마셨다. 술에 잡힌 아버지는 버둥거렸지만 이미 빠져

버린 늪처럼 자꾸만 잠겨 들 뿐이었다. 그럴수록 아버지는 더 그악스럽게 술병을 틀어쥐었고 집안은 빈 술병처럼 나동그라졌다. 여자는 늘어나는 아버지의 주사와 망가져 가는 살림을 보면서 점점 신경질적으로 변해 갔다. 여자는 자주 진절머리가 난다고 했다. 괴성을 지르며 머리를 헝클어트리는 여자를 보면서 동욱은 진절머리가 무엇인지 배웠다. 진절머리를 호소하기 한참 전부터 여자는 집안 살림을 챙기기 시작했다. 이미 아버지가 거지반 말아먹어 버린 집안 살림 중에서 돈이 될 만한 것을 찾는 여자의 눈은 아버지의 꺼져 가는 눈빛과는 달리 묘한 광채로 번뜩였다. 자신의 몸도 가누기 힘든 지경으로 추락한 아버지는 그런 여자를 상대할 수 없었다. 술병을 이기기도 버거워 보이는 아버지가 눈을 부릅뜬다고 한들 달라질 건 없었다. 여자의 가랑이 사이로 웃음처럼 자꾸 뭔가가 사라져 갔다. 이제 아버지에게 남은 것은 오직 트럭 한 대뿐이었다. 그것은 아버지 인생의 클라이맥스를 장식할 상징물이었다. 몰락한 가정과 가장의 또 다른 모습이기도 한 트럭은 이제 아버지와 1:1로 마주 서 있었다. 아버지는 한 손에 소주병을 든 채 마당의 트럭을 노려보는 것으로 하루를 시작했다. 증오의 눈빛인지 연민의 눈빛인지 도무지 짐작할 수 없는 얄궂은 눈빛이었다. 동욱은 그런 아버지의 모습을 보면서 자살하는 중이라고 생각했다. 술로 죽음을 재촉하는 아버지의 몰골은 아주 비참한 지경이어서 마주하기가 어려운 정도였다. 결국, 아버지는 풍선처럼 배가 불러왔고 시커멓게 얼굴이 타들어 갔다. 동욱은 그런 아버지의 모습을 지켜보면서 천천히 초코파이를 베어 삼켰다. 언젠가부터 동욱은 여자가 박스째 사다 놓은 초코파이로 연명하고 있었다. 부풀어 오르는 아버지의 배를 보면서 달달한 초코시럽을 핥았고, 누렇게 끔벅거리는 눈을 쳐다보면서 마시멜로를 뜯어 먹었다. 아버지는 하루가 다르게 꺼져 가는 중이었지만 동욱은 아버지가 더 오래 살기를 바랐다. 동욱이 달달한 초코파이를 핥아 먹는 그날까지 언제까지나 아버지가 살아 있어 주기를 바랐다. 동욱은 자꾸만 감겨 드는 아버지의 눈을 똑바로 들여다보면서 아주 천천히 단맛을 음미하고 싶었다. 언젠가, 동욱은 꺼져 가는 아버지의 눈을 빤히 쳐다보면서 초코파이를 핥고 있었고, 그런 동욱을 발견한 여자가 기겁을 하며 뺨을 후려쳤다. 뺨을 맞은 동욱은 아무렇지도 않은 듯 입가에 묻은 초코시럽을 혀로 핥았다. 여자는 흠칫 놀라 밖으로 나가 버렸고 동욱은 좀 더 가까이서 아버지의 눈을 들여다보았다. 거기, 어두운 우물 속에 갇힌 한 아이가 잔뜩 웅크린 채로 울고 있었다.

아버지의 트럭은 서대문구청 뒤편 주차장에 덩그러니 세워져 있다. 시커멓게 타들어 간 아버지의 모습처럼 쇠잔하게 낡아진 모습이다. 동욱은 정말로 아버지라도 대면한 것 같은 착각에 묵직한 뭔가가 북받쳐 오른다. 스스로 감정을 추스르기 어려워서 인지 부르르 떨리는 손으로 간신히 담배를 피워 문다.

"요거 데불고 가믄 어떠까 싶은디, 오빠가 나한테 주는 결혼 선물로 말여."

동욱은 뱉어 내려던 담배 연기를 그만 읍— 삼키고 만다. 무슨 말인가를 춘자에게 하려 했지만 켁— 켁— 매운 기침만 쏟아진다.

"아따 뭔 화장실은 이라고 또 가고 잡다냐. 긍께 엇제녁에 살살했어야제, 오빠만 좋아라고 막 해브러가꼬 암만해도 나 거시기가 탈이 났능갑네."

어기적어기적 부러 갈지자걸음으로 화장실을 찾는 춘자를 보던 동욱은 그만 정신이 아찔하다. 술에 취해 정확히 기억이 나지는 않지만 술을 사 들고 여관으로 앞장서 간 이는 분명 춘자였다. 세상사 다 그렇지 않느냐, 나도 어린 나이에 아버지 떠나보내고 서럽게 살았다 등등 너스레를 떨어대면서 연거푸 동욱에게 술을 권했고 그 이후로는 기억이 없었다. 간신히 추측할 수 있는 것이라고는 아침에 일어나니 둘 다 걸치고 있는 것이 하나도 없었다는 정도였다.

동욱은 손바닥에 쥐고 있는 트럭 열쇠를 물끄러미 바라본다. 이 물건이 왜 내 손에 있는가, 얼떨떨하고 입맛이 쓰다. 분명 금간 유리와 같은 기억의 산물이지만 왠지 모르게 마음 한 귀퉁이를 물고 늘어지는 이 스산함은 무얼까. 자동차세와 범칙금 등 동욱이 물어야 할 세금은 따로 없었다. 누가 타고 다녔건 이런저런 상황은 깔끔하게 처리한 모양이었다. 단지 보름이나 지난 주차료를 납부해야 했지만 담당자에게 사정 얘기를 하니 일주일 정도로 감해 주었다. 외관상으로는 분명 폐차 수준이지만 그렇다고 막상 폐차를 하자니 썩 마음이 내키지 않는다.

"제우 하룻저녁 지났을 뿐인디 섬진강 바람이 쐬고자서 더는 못 있것네. 구내식당에서 점심이나 한 그릇씩 묵어블고 언능 내리갑시다."

트럭을 상대로 목하 고민 중인 동욱의 코앞에 춘자가 자판기 커피를 들이민다. 커피를 받아들던 동욱은 불현듯 이 모든 상황이 그동안 지나온 자신의 모습과 너무도 다름을 깨닫는다. 동욱은 어떤 다리 공사 현장을 가든 한 달 이상 머문 적이 없었다. 사람과 사이가 깊어지는 것에 대한, 다리가 완공되어 이쪽저쪽이 맞닿는 것에 대한, 두려움 때문이었다. 파괴된 유년의 기억은 결합과 합치에 대한 불안으로 이어졌고 그 목전에서 늘 도망치기 바빴다. 하지만 동욱은 계속해서 다리 공사 현장을 찾았고 또 사람을 그리워했다. 고치를 깨고 싶은 자아와 고치 속에 숨어 있고 싶은 또 다른 자아가 각기 별개의 모습으로 동욱 안에 존재했다. 하지만 동욱의 선택은 매번 같아서, 간조를 받은 이튿날이면 안개처럼 사라지곤 했다. 사람들은 뜨내기를 금방 알아봤고 말 없이 떠나도 으레 그러려니 했다. 그리고 또 낯선 다리 공사 현장을 찾았다. 하지만 지금의 섬진강 다리 공사 현장에서는 얼추 3개월이 넘도록 머무르고 있었다. 떠나려 몇 번을 맘먹었지만, 이상하게 도로 주저앉곤 했다. 동욱은 쓰기도 하고 달기도 한 커피를 홀짝홀짝 음미하듯 마신다.

"아따 참말로 엇저녁에는 뿔난 빠가사리 맹키로 설쳐대등만 뭔 늑장이까 모르것네이. 그나저나 속병은 없는가 시동이나 한 번 걸어 봅시다."

동욱의 손에 들린 열쇠를 휙— 낚아챈 춘자가 트럭에 올라탄다. 부릉—부릉— 액셀러레이터를 밟아대자 매캐한 연기와 함께 엔진 돌아가는 소리가 가열차다. 자동차세팀 직원이 열쇠를 건네주면서 "차를 좀 볼 줄 아는 사람이 탔던 모양이에요. 겉모습은 그래 보여도 부속들은 자주 교체를 했는지 멀쩡하더라구요." 했던 말이 떠오른다.

"갈 길이 솔찬히 멀것구만, 백세 노인한테 백 키로 이상으로 달리자믄 예의가 아닐 것인게, 그나저나 구내식당으로 밥부텀 묵으러 갑시다."

"구내식당은 무슨, 널린 게 밥집인데."

"나가 다 생각이 있어서 안 그요. 엇저녁에 내 배 속에 받은 씨한테 첫 끼니럴 나랏밥으로 딱 믹에야 이담에 그놈이 공무원이 될 것이다 그 뜻이요."

동욱은 커피가 흘러내리는 입을 다물지 못한 채 춘자를 쳐다본다. 아버지의 인생을 송두리째 흔들어 놓은 것이 트럭이었다면, 동욱의 인생을 송두리째 흔들어 놓을 대상은 분명 춘자가 확실했다.

"송서방! 시방 내리오고 있담서? 저간에 사정 얘기는 춘자년한테 대충 들었네. 나 시방 도배장이들 불러다 작은방 풀 바르고 있그만. 인자 한 식군디 이런저런 개릴 것이 뭐 있겄는가. 그려 그려 진말은 만나서 허고 모쪼록 조심히 내리오소이~"

서울을 막 빠져나와 고속도로를 접어들었을 때 장 여사에게 전화가 걸려 왔다. 동욱은 "예?" "아, 예―" "예―" 연신 고개를 주억거렸고, 간신히 전화를 끊은 동욱은 춘자를 쳐다봤다.

"오빠! 이거 영 고물인 줄 알았등만 솔찬히 잘 나가네. 셋이 타고 다니기 딱이여."

룸미러를 들여다보며 코딱지를 파던 춘자가 제 배를 살살 쓸어내린다. 동욱은 그런 춘자를 향해 무슨 말인가를 하려다 그냥 액셀러레이터를 밟는다. 트럭은 아무리 밟아도 시속 80km를 넘지 못한다. 아버지에게 트럭이 세상을 향한 질주본능이었다면, 동욱에게 트럭은 도저히 예측 불가능한 판도라의 상자임에 틀림없다. 그 옛날 아버지가 트럭을 몰고 세상 속으로 달려 나갔듯 동욱은 이제 춘자를 향해 질주해야 할 모양이었다.

"암만 생각해도 요 트럭은 아버님이 오빠랑 나한테 주신 선물인 것 같당께."

"……돌아가신 때가 이때쯤인 것 같기도 하고."

숨이 꺼져 가는 아버지의 모습은 죄를 지은 사람처럼 아주 처참했다. 불에 그슬린 것처럼 얼굴은 시커멓고, 부른 배는 관 뚜껑이 닫히지 않을 정도였다. 소리 소문 없이 장례를 치른 여자는 동욱을 거들떠보지도 않고 사라졌다. 마지막 남은 트럭에 몸을 실은 채로였다. 장대비가 퍼붓던 어느 날 아버지의 동료 트럭기사와 함께 나란히 앉아서 여자는 즐거이 떠나갔다. 눈물도 흘릴 수 없었던 동욱은 초코파이 한 상자를 품고 있었다. 여자가 떠나가면서 동욱에게 마지막으로 적선한 그것이었다. 텅빈, 트럭마저 빠져나가 버린 마당을 바라보면서 동욱은 초코파이를 목구멍으로 밀어 넣었다. 장대비가 쏟아붓는 텅 빈 마당은 영화의 엔딩 장면처럼 휑뎅그렁했다. 내내 울음을 참고 있던 동욱은 입안의 초코파이와 함께 꺽- 꺽- 울음을 토해 냈다.

"오빠의 거시기한 과거는 섬진강에 싹 다 씻어 날려 버리소. 상처는 내 이 넓은 가슴으로 보듬어 안아 줄랑께."

춘자는 기어에 얹어진 동욱의 오른손을 가져다 제 가슴에 살포시 올려놓는다. 따뜻하고 보드랍고 물컹한 그 무엇이 동욱의 손끝에서 전신으로 전해진다. 그동안 응어리진 뭔가가 녹아내리는 것 같기도 하고, 고였던 눈물이 흘러내리는 것 같기도 하고, 마음이 푸근하다.

"……"

"오빠! 내가 솔직허니 물어볼 것이 있는디, 그동안 못 떠난 이유가 나, 긍께 춘자 때문이제?"

"……그냥, 섬진강 때문이라고 해 두자."

"그려, 접수허것어. 섬진강이 춘자고 춘자가 곧 섬진강인께 로."

아버지의 트럭에 춘자를 싣고 또 춘자의 말처럼 배 속의 씨앗도 싣고 동욱이 섬진강을 향해 달린다. 멀리 섬진강을 바라보노라면 한없이 평안해지고 한없이 너그러워지는 느낌이었다. 빨랫줄에 걸린 하얗고 긴 천조각처럼 나풀나풀 휘어져 흐르는 모습이, 마지막으로 떠나던 어머니의 절뚝거리는 걸음걸이 같기도 하고 길게 토해 내던 아버지의 죄스러운 숨소리 같기도 하고 텅 빈 집에 홀로 남겨진 어린 동욱 같기도 하고 다 그랬다.

순천 아랫장 주막집 거시기들

그날, 봉만은 아주 뜨겁게 순천을 경험했다. 봉만은 정오쯤 순천터미널에 도착했고 마중 나온 문목은 그런 봉만을 짐짝 부리듯 차 안으로 디밀었다. 문목은 전후 설명 없이 차를 몰았고, 잠깐을 달려 어느 재래시장으로 들어섰다. 시장통 입구에는 '대한민국 생태수도 순천 아랫장'이라는 대형 간판이 걸려 있었다. 지방의 재래시장치고는 꽤 규모가 컸지만 안타깝게 장날이 아닌지라 주변 풍경은 한산한 모습이었다. 주차장에 차를 세운 문목은 군데군데 좌판이 펼쳐진 채소골목과 생선골목을 지나 '장터맛집' 식당으로 들어섰다. 밖의 상황과는 달리 식당 안은 사람들로 붐볐고 그 틈바구니에서 여자 한 명이 문목을 향해 손을 흔들어 보였다. 테이블에는 남자 둘 여자 하나 도합 세 명이 앉아 있었다.

"나가 말한 그 학원허다 망해묵은 동상이요. 잘 좀 살펴주쇼."

문목은 자리에 앉자마자 화투패 던지듯 봉만을 내던졌다. 봉만은 그들에게 문목과의 관계와 순천을 방문하게 된 이유를 짧게 설명했고, 그들도 자신들의 신상을 차례로 소개했다. 문목은 봉만의 서울 소재 대학 1년 선배로, 졸업 후 고향인 순천에 내려와 신학대학을 다시 다녔고, 목사 안수를 받아 한동안 목사질을 했지만, 지금은 사설 장애인 단체에서 승합차 운전을 하고 있었다.

"그려, 긍께 순천 바닥은 오늘로다 생전 첨으로 발도장을 찍었다 그 말이제?"

"아―, 예."

"아따, 오늘 서울 촌놈 박 텄쳐블까 어쩌까?"

봉만은 순간 얼굴이 화끈 달아올랐다. 잘해야 네댓 살 윗길일 테지만, 대뜸 반말 조로 치고 들어오는 것도 그렇고 한껏 거드름을 피우는 것까지 여지없이 강스파이크 싸대기 감이었다. 전 순천시의원이었다는 그는 160cm가 될까 말까 작은 키에 가무잡잡한 낯빛으로 유난히 큰 머리통을 달고 있었다.

"형님! 아 놀래겠소 살살허쇼. 살아 보겠다고 내리왔는디 다시 올라가블믄 어짤라고 그라요."

문목이 실실 웃으면서 양념을 쳤다. 문목은 순천에 내려오기만 하면 살 곳은 물론 직장까지 알아봐 줄 테니 복잡한 생각일랑 말고 그냥 여행 삼아 다녀가라고 종용했다. 원체 말이 좋은 사람이라 절반을 깎아 들어야 했지만, 요즘처럼 각박한 세상에 그만큼 호의를 베풀기도 어려운 일이라서 얼굴이나 볼 겸 내려온 것이었다. 문목은 순천 외곽에 아버지에게 물려받은 3층짜리 건물을 가지고 있었다. 그 건물 2층에서 목회를 했지만, 목사다운 품행을 보이지 못한 관계로 교인들은 '주여! 주여!' 외치며 진짜 주님을 찾아 떠났고, 그 2층을 봉만에게 무상으로 내줄 테니 기거하는 동안 살길을 찾아보라고 했다.

"오늘언 어째 부랄덜 숫자가 한참 모질래요. 다 털어도 알탕한 냄비 꺼리도 안 되겠구만."

"예, 오널 중차대헌 일로다가 모다 서울덜 올라가는 모양입디다."

"그란디 여그는 못 보던 낯짝인디, 아랫장 거시기들 새로운 맴버요? 낯바닥이 희부꾸룸허니 대번에 신삥 티가 나브요이~"

찬거리를 날라온 식당 아주머니가 상가번영회장과 댓거리를 하는가 싶더니 갑자기 봉만을 향해 돌직구를 날렸다. 멀뚱히 앉았던 봉만은 갑자기 날아든 돌직구에 그야말로 야마가 돌 지경이었다. 이것이 순천문화인가, 투박한 사투리에 예측불허 끼어들기 참견질까지 흡사 신호등 없는 대로변에 들어선 느낌이었다.

"듭시다. 물어도 안 보고 생선구이 집으로 모셨는디 입에 맞을랑가 모르겠소."

머리가 위쪽 포물선 모양으로 벗겨진 상가번영회장이 봉만에게 수저 들기를 권했다. 웃장 상가번영회장은 장사는 웃장에서 하고, 술은 꼭 아랫장에서 마신다고 했다. 봉만은 고개를 끄떡해 보인 채 주방 쪽 가격표를 살폈다. 생활이 무너지고는 어디서든 가격표부터 힐끔거리는 것이 습관이었다. 1인 2만 원 정도는 되겠지 짐작했지만, 가격표에는 1인 1만2천 원으로 적혀 있었다.

"아야, 딱 한 토막 들고 가브러야. 사람 수대로 네 토막씩 아니냐."

봉만이 젓가락으로 갈치살을 떼려 하자 문목이 제 앞접시 위로 갈치 한 도막을 올려놓는 시범을 해 보였다. 구워진 생선은 '갈치·서대·장대·삼치' 네 종류였다. '서대·장대'는 처음으로 맞닥뜨린 생선이었다.

"도토리묵도 들어 보세요. 이 집 별미예요. 저는 이 도토리묵 때문에 이 집에 오거든요."

밥상 세로 변에 앉은 여성 화가가 봉만의 앞으로 묵 접시를 옮겨 놓아 주었다. 보통 다섯 명이면 세 명 두 명 나눠서 두 테이블에 앉는 것이 일반적이지만, 조금 비좁다 싶을 정도로 다섯 명이 한 테이블에 둘러앉았다. 그것이 암묵적인 식당 규칙인지 다섯 명 앉은 테이블이 몇 군데 더 보였다. 묵뿐만 아니라 밑반

찬으로 나온 대부분의 것들이 서울에서는 먹어 보기 힘든 손이 많이 가는 것들이었다. 양념장을 끼얹은 깻잎, 들깻가루로 볶은 머윗대, 새우 호박볶음, 가지무침, 묵은지 고등어조림, 시금치 무침, 고들빼기 김치, 갓김치…….

"어때요?"

묵 한 덩어리를 금방 삼킨 봉만을 향해 화가가 들이대듯 눈을 반짝였다. 한껏 기대가 담긴 낯빛이었다. 화가는 봉만보다 서너 살 아래로 호기심이 많은 사람처럼 보였다.

"아, 예 정말 부드럽고 도토리 냄새가 입안에 확— 풍기는 게 진짜 도토리묵 같습니다."

"아따, 당아 시작도 안 했당께, 참말로 순천 다이렉트로 받아 블믄 마빡 깨져블고 골딩이 쏟아져븐다니까."

봉만은 장대 살점을 꼭꼭 씹으면서 이것이 순천 맛이구나 음미했다. 은근히 쫄깃하면서 구수한 맛이 묘하게 감겨들었다.

"근데, 서울은 무슨 일로들 가셨데요? 모임 날을 집안 대소사보다 윗길로 여기시는 분들인데."

"오늘 국회에서 여순사건 특별법 의결을 한다더라고. 그러니 유족회에서 힘도 실어 줄 겸 응원하러 갔는 모양이여."

상가번영회장이 소주잔을 가운데로 디밀었고, 문목만 뺀 넷이서 술잔을 부딪쳤다. 문목은 원래 체질상 술을 못했다. 하지만 담배는 목사질 할 때도 아니 대학 때부터 줄곧 가까이했다.

"특별법도 급한 일이지만, 그동안 여수 순천 사람들은 여순 사건에 대해서 왜 입을 닫고 살았던 거예요? 여수 순천 사람들만 여순사건을 알지 다른 지역 사람들은 전혀 모르는 것 같더라고요. 나도 순천으로 시집와서야 알게 됐다니까요."

화가가 삼치 머릿살을 발라내듯 틈을 파고들었다. 그런 예리함이 그림 그리는 데도 필요한지 모르겠지만 대화 중 상대방을 단속하고 몰아세우는 데는 제법 요긴해 보였다. 한국화를 한다지만 설치 쪽이 더 그럴싸해 보였다.

"아따, 그 복잡한 속내를 송화백 같은 외지인딜이 어치케 알 겠는가. 좌익 프레임이 얼매나 무서운 것인지 안 당해 본 사람은 모른당께. 그 연좌제란 것이 얼매나 고약헌 것이냐믄 말이여, 사관학교나 공무원 시험은 아예 꿈도 못 꿨고, 일반 직장 취직이나 승진에도 막대헌 지장이 있었당께. 그라고 이웃 간에 서로 손가락총질로 죽고 죽인 가족들이 내동 그 마을에서 날마다 얼굴 맞대고 살아가는디 대놓고 떠들어 대기가 쉬웠겄능가. 그라니 집구석에 뭔 웃음소리가 있을 것이며 뭔 희망이 있었겄냐고, 갱신히 숨이나 쉬고 살았던 거이제."

갑자기 시의원 얼굴이 붉어지더니 말투까지 한결 급해졌다. 시의원은 테이블 위의 빈 소주병을 들었다 놓더니 주방 쪽을 향해 손가락 하나를 세워 보였다. 테이블 위의 빈 소주병 두 개가 바짝 긴장한 채로 차려 자세를 해 보였다.

"형님! 여순사건 때 억울하게 돌아가신 집안사람이라도 계시오? 무지하니 흥분하시네."

"아따 이 사람아 그것얼 말이라고 허고 있는가. 당시에 생목숨이 1만 명이나 죽어났다고 신문이고 방송이고 안 떠들어쌌든가. 요리 따지고 저리 따지믄 사돈에 팔촌까지 일가친척 안 걸리는 사람이 누가 있었겠는가."

"형님 말씀이 백번 지당허요. 나가 잘못했소. 혈압에는 요 시금치가 좋답디다 얼른 드쇼."

문목이 시금치 접시를 시의원 앞으로 밀어주며 너스레를 떨었다. 시의원은 문목이 밀어준 시금치를 젓가락 가득 집어서 입속으로 넣었다. 코미디를 하는 것인지 만담을 하는 것인지 제법 장단이 맞는 상대였다.

"그만 묵어. 여가 밥집이제 술집이여. 참말로 웬수덜이 따로 없네이~. 구시통에 처 담가서 싹싹 씻어가꼬 새놈맹이로 다시 건져 낼 수도 없고, 아랫장 거시기들 말고 아랫목 거시기덜로 간판얼 갈아 달어랑께."

식당 아주머니가 테이블 위에 소주 한 병을 올려놓더니 빈 묵 접시와 가지무침 접시를 집어들었다. 말투는 철 수세미인데 심성은 기름기 자르르한 갈치 뱃살이었다.

"아짐, 말 참 잘했소. 자고로 술 퍼묵는 인간들은 내장을 발라갖고 소금 뿌려서 옥상 줄에다 걸어브러야 써. 꾸덕꾸덕 말라서 요라고 구워 놓믄 좀 맛나겄소."

"집이는 지발 그 입 좀 닫고 계셔. 낯바닥은 누가 봐도 목사
님인디 입은 누가 들어도 어물전 장똘뱅이랑께."

식당 아주머니는 간단히 문목을 제압했다. 식당 아주머니가
당산고목이라면 문목은 행길잡초쯤 될까 말까였다. 쩝– 쩝– 마
른 침을 삼킨 문목은 빨려들어 간 자라목으로 찍소리 못 한 채
찌그러졌다. 성도들이 '주여! 주여!' 외치며 떠나간 이유를 짐작
하고도 남을 만했다.

"장 원장은 여순사건에 대해서 잘 모르시지요?"

번영회장이 봉만의 빈 술잔을 향해 소주병을 들어 보였다.
번영회장은 감정이 느껴지지 않을 정도로 무심한 듯 술잔을 채
워 주었다. 진짜 술꾼들이 드나드는 허드렛 술집에서 쌓인 진득
한 내공이 느껴졌다. 표현하지 않지만, 이상하게 따뜻함이 전해
지는 그런 사람이었다. 봉만은 그것이 세파의 힘이라 생각했다.
거센 물살 속에서 부딪혀 깎이고 다듬어진 돌멩이처럼 사람과
사연의 난곡을 그렇게 겪어 냈을 것이었다.

"예, 역사 교과서에서 스치듯 배운 것이 전부이고, 일전에 우
연찮게 손양원 목사님 영화를 보면서 여순사건에 대해서 조금
알았습니다."

봉만이 번영회장의 손에서 소주병을 받아 그의 술잔을 채워
주었다. 술병 든 손이 추위 들린 것처럼 떨렸다. 낮술에 피곤함

까지 겹쳐서 알딸딸했다. 사실 봉만은 사람들의 얘기를 건성으로 흘려듣고 있었다. 맘 속 복잡한 심사 때문에 자꾸 생각이 흐트러졌다. 봉만은 한때 대형학원에서 나름 잘나가는 강사였다. 돈도 제법 벌었고 아파트도 장만해서 결혼도 했다. 몇 년 하다보니 직접 학원을 차리면 쉽게 돈을 벌 수 있을 것 같아 빚을 얻어 아파트 상가에 강의실 6개짜리 단과반을 개설했다. 처음에는 그럭저럭 되었지만, 학령인구는 점점 줄었고, 스타강사를 앞세운 대형 학원과 인터넷 강의가 몇 안 남은 학생까지 쓸어가면서 동네 학원은 빠르게 무너져 내렸다. 직접 강의를 하면서 용케 7년을 버텼지만 결국 늘어나는 월세와 강사료를 감당할 수 없어 최근 파산신청을 하고 말았다. 봉만은 학원이 몰락하는 과정과 반대로 신경은 날카롭게 치솟았다. 그 누구에게도 분풀이할 대상을 찾지 못한 봉만은 아내를 대상으로 모든 것을 쏟아냈다. 아내는 처음에는 위로했고 나중 피하다가 최근에는 거죽만 남은 사람처럼 피폐해지고 말았다. 봉만은 결국 아내가 스스로 못된 길을 선택하지 않을까 걱정이 앞서 먼저 이혼을 제안했다. 아내는 응하지 않았지만, 봉만은 소 끌고 가듯 가정법원으로 데려갔고, 현재는 법원 확인기일을 받아놓은 상태였다. 산다는 것이 참 별것 아니구나 싶기도 하고, 쌓아 올리는 것과는 상관없이 허물어뜨리는 것은 한순간이구나 허탈하기도 했다.

"우리 기독교사에서 손양원 목사님 빼고는 또 얘기가 안 되지 않겠습니까. 나가 생각하기로는 손 목사님이 특별하신 이유는 다들 좌로 우로 갈라져서 서로 죽이니라고 혈안이 되었을 때 그와 반대로 사람 살리는 데 앞장섰기 때문이 아닐까 생각헙니다. 자신의 두 아들을 죽인 좌익학생을 사형 직전에 살려내셔서 양자로 삼아 키우셨는디 그것이 평범한 인간의 맘으로 될 일입니까."

식사 시간이 지나고 있었지만, 여전히 식당에는 들고나는 사람들로 북적였다. 시장의 생선좌판과 식당 안의 손님들만 보더라도 순천 사람들의 생선 사랑을 알 만했다. 봉만은 주머니 속 전화기를 꺼내들었다 도로 집어넣었다. 아무리 이혼 조정 중이라지만 아직 한집에 살고 있는 아내에게 이렇다 저렇다 말도 없이 내려온 것이 맘에 걸렸다. 아내는 지금 일용직 소개소를 통해서 식당 설거지를 하고 있을 것이었다. 아내는 눈 뜨면 전화기 들여다보는 것이 일이었다, 일용직 소개소에서 그날그날 띄우는 일거리를 낚아채기 위해 한순간도 핸드폰을 손에서 놓지 않았다. 큰 빚이야 당장 어쩔 수 없는 일이지만, 고1 딸아이에게 들어가는 비용은 어떻게든 감당해야만 할 천형 같은 것이었다.

"아매 나가 그 손양원 목사님 사람 살리는 정신을 이어받아서 요라고 순천과 순천 시민을 아조 뜨겁게 사랑하는 것은 아닐까 그런 생각이 듭니다. 나는 머리끝에서 발끝까지 순천과 순천 시민을 위해서 아조 뜨겁게 사랑해불 각오가 돼 있어븡께 담 지방선거 때는 순천 시민을 위한 나의 온전한 사랑 정신을 펼쳐보일 수 있도록 여러분이 힘 좀 팍– 팍– 실어 달라 그 말입니다."

봉만이 손양원 목사의 영화를 보게 된 것은 순전히 아내 때문이었다. 아내는 그쯤 생일이었고, 생일선물로 자신이 다니는 교회의 부흥회에 꼭 한 번 동행해 달라고 부탁했다. 바쁘기도 했지만, 교회라면 가 본 적 없는 봉만은 탐탁지 않았지만 참석을 허락했다. 아내의 흔들리는 눈빛이 너무 가엽기도 하고 애처로운 탓이었다. 아내는 제법 당당하고 명랑한 사람이었지만 언젠가부터 눈빛이 자주 흔들렸다. 봉만은 그런 아내의 변화가 자신 때문이라는 사실을 알고 있었다. 자꾸만 나락으로 떨어지는 봉만은 가정도 함께 나락으로 떨어뜨리고 있었다. 영화를 보던 아내는 어느 순간 손수건으로 입을 틀어막은 채 숨죽여 울었다. 한국전쟁이 발발해 다들 배를 타고 피난을 떠나려 할 때 "이 세상 어디에 피난처가 있단 말인가. 오직 주님의 사랑하는 울타리 외에는 피난처가 없다." 홀연히 성경 가방을 들고 배에서 내린 손양원 목사의 얘기가 들려질 때였다. 현실 속에서 피난처가 없었기에 아내는 매일 새벽 교회를 찾았던 것일까. 아내의 한 줌 마른 어깨가 가시넝쿨처럼 가슴을 할퀴었다.

"겪어 보니 순천 사람들이 좀 뜨겁긴 하더라고요. 여기 말로, 속도 몸뗑이도 아조 불덩어리여서 뽀짝 다가섰다가는 껍딱 벗어진당께요."

화가는 정말 도토리묵을 좋아하는 모양이었다. 식당 아주머니가 다시 내온 묵 접시에 혓바닥 같은 수저를 들이밀어 날름날름 입속으로 가져갔다.

"우리 동상 하품 허잖소. 참말로 이라고 선찮게 대접헐 것이요. 위로도 좀 해 주고 맛난 것도 팍팍 사 주라고 내동 거시기 했드만 영 맘에 안 드네이~. 이라고 삐딱허니 나가블믄 '순천 아랫장 주막집 거시기들' 공중분해 시켜블 수가 있으니까 알아서들 처신허쇼덜."

문목이 소주병 궁둥이로 탁자를 탁– 탁– 두 번 쳤다. 영락없는 사춘기 불량청소년의 모습이었다. 아무 생각 없이 행동하고 웃는 천진난만을 지금껏 유지하고 있는 비결을 묻고 싶을 정도였다. 아주 가끔은 어린아이와 같은 그의 모습이 까닭 없이 부러울 때가 있었다.

"좌우지간 양철때기들 사짜들하고는 겸상 자체를 말아야 한다니께. 회장님, 더 시끄럽기 전에 대그빡 집으로 옮기는 것이 좋겠습니다. 그라고 총무 의견으로다가 오늘부로 문목사 회원에서 제명시킬 것을 정식으로 건의 드립니다. 같이 어울렸다가는 우리까장 격 떨어징께 일찍 정리허는 쪽으로다가 결제 부탁 드리겠습니다."

식당 밖으로 나간 일행은 한적한 담벼락 그늘 아래서 담배 한 대씩을 피워 물었다. 후– 담배 연기를 불어 내던 봉만은 생경한 풍경을 맞닥뜨렸다. 좌판의 할머니들이나 점포의 상인들이나 장 보러 나온 사람들이나 표정이 제각각 살아 있었다. 사람들 얼굴 표정이 이렇게 다양한 것이었나, 새삼 깨닫게 되는 순간이었다. 서울의 거리에서 아파트에서 지하철에서 마주치는 사람들 대부분은 표정이 없었다. 봉만 자신도 표정을 잃어버린 지 오래였고, 아내의 얼굴도 마찬가지였다. 가슴 한쪽에 구멍이라도 난 듯 싸-하게 아렸다.

"맛난 것은 '장터맛집'에서 훑어 자시고 우리 집이는 이빨 쑤시로들 오셨소? 난봉질도 본처 첩 입장 봐감서 한 번썩 순서를 바꽈끼는 것인디 그라고 염통머리 없이 굴다가는 그 잘난 거시기 댕강 썰어서 고추전으로 지져 내는 수가 있응께 알아서들 무게 중심 잡으시요이~"

'61호 명태전' 집 아주머니가 손바닥만 한 뒤집개로 부침개를 뒤집으며 알은체를 했다. 잘못하면 그 쇠주걱으로 등짝을 후려 맞을 수도 있을 것 같았다. '61호 명태전' 집은 시장 상가 안쪽에 있었다. 미음자 모양의 넓은 마당을 축으로 빙 둘러 현대식 건물들이 늘어서 있고, 그중 한 곳이 바로 61호 집이었다. 61호 앞마당의 원형 철판 테이블에 앉으니 흐릿하게 햇살이 내리비쳤다. 투명한 플라스틱 재질로 하늘이 보일 수 있도록 천장이 만들어져 있었다.

"오늘은 서울 거시기도 와브렀응께, 기분으로다가 조개전 한 장 추가해 주쇼. 순천만 뻘이 워나게 좋아나서 조개가 아조 달디 달아."

시의원이 봉만을 향해 한쪽 눈을 찡긋해 보였다. 오고 가는 인사말이 서울에서라면 성희롱 신고감이었다. 하지만 성적으로 들리기는커녕 막혔던 허파가 뚫린 것처럼 신바람이 새어 나왔다.

"순천에 오셨으니까. 순천만 막걸리도 맛보셔야죠. 막걸리도 아조 달디 달아."

화가가 시의원이 한 것처럼 봉만에게 한쪽 눈을 찡긋해 보였다. 봉만은 화가가 따라주는 순천만 막걸리를 받으며 마음이 나른해졌다. 얼마 만에 느껴 보는 평안일까, 늘 긴장과 화로 가득하던 몸뚱이가 하늘하늘 풀어지는 기분이었다.

"조개를 봐서 그란가 오늘 고추가 아조 빳빳허니 천장 쑤시겄어. 그것덜 염탐허니라고 동태 눈깔은 아조 밖으로 튀어나와 브렀당께. 얼른 잡쉬, 뜨걸 때 빨아 잡쉬야 제맛이제 모다 몸띵이 식어블믄 입맛도 사라지는 법이라서 쎄바닥 대기도 싫어징께."

고추전 조개전 동태머리전, 세 접시가 테이블에 놓였다. 처음 보는 동태머리전은 양쪽 손바닥을 펼쳐 놓은 것처럼 큼직했다. 저걸 어떻게 먹는다는 것인가, 입맛보다 겁부터 났다.

"우리 동상을 위해서 나가 또 동태머리전 빨아묵기 시범을 보여야 쓸랑가벼. 자 요라고 들고 쪽– 쪽– 빨아서 볼라묵어. 요 동태머리전은 체면 차렸다가는 천신도 못 허니까 얼릉 들고 뽈아묵어. 그냥 속 편허게 동태 주둥이랑 입박치기 헌다 생각허믄 될 꺼여."

문목이 권하고 다른 사람들이 지켜보는 통에 봉만은 어쩔 수 없이 동태머리전을 손바닥 절반만큼 떼어서 입속에 집어넣었다. 예상했던 대로 가시 같기도 하고 뼈다귀 같기도 한 걸거치는 것들이 먹잘 것 없이 입안 가득 들어찼다. 당장 뱉어 내고 싶었지만 보는 눈이 있어 그러지도 못하고 그냥 입안에서 그것들을 굴려댔다.

"와마 참말로 서울 촌티 내니라고 애쓰네. 내동 빨아묵으라고 갈차주등만…… 아, 뻬따구는 혀를 요라고 굴려서 발라내야 헐 것 아니겄는감."

시의원이 제 입으로 뼈를 발라내는 시늉을 해 보였다. 봉만은 그제야 한가득 물고 있던 뼈를 하나씩 입속에서 빼낼 수 있었다. 주변에서까지 눈들이 웃고 있었다. 졸지에 시선을 한몸에 받는 꼴이었다. 거지반 뼈를 빼내자 그제서야 혀가 맛을 감지했다. 머리뼈 맛과 주변의 붙어 있던 살맛이 어우러진 묘한 맛이었다. 고소한데 뭔가 깊은 맛이 우러나는, 하여간 먹어 보기 전에는 이해가 어려운 독특한 맛이었다.

"어, 최사장인가? 그렇잖아도 전화 지다리고 있었네. 응, 그

려? 일이 될라고 그리 되었는갑네. 참말로 애쓰겠네. 인자 억울
허게 돌아가신 분덜 눈이나 지대로 감을 수 있겠구만. 오는 대
로 날 잡아서 잔치 한 번 허세. 아먼, 여수 순천에 이보다 더 큰
경사가 어디 있었는가."

걸려 온 전화를 받는 번영회장의 벗겨진 이마가 환하게 빛나
보였다. 그 너른 이마에서 운동회를 해도 될 듯싶었다.

"최사장님이 뭐라세요? 서울 가신 일이 잘 되었대요?"

"응, 여순사건 특별법이 인자막사 국회에서 월등헌 숫자로
통과되었다능만. 현장에서 소식을 들은 유족덜이 눈물바람으로
만세를 부르고 야단이었다네."

"아따 참말로, 내 가심이 다 요라고 울렁거린디 그 양반덜이
야 오죽 허겄습니까. 여러 차례 실패를 봤는디 드디어 통과가
돼브렀네요. 아랫장에 우리 주막집 거시기덜 이름으로다가 플
랑카드 몇 장 걸고 축하떡이라도 돌려야 안 쓰겄습니까."

시의원이 앉은 자리에서 벌떡 일어섰다.

"아랫장 상인 여러분! 손님 여러분! 급보가 있어서 알려드리
겠습니다. 방금 국회에서 여순사건 특별법이 통과되었답니다.
여수 순천 분덜 가슴에 응어리졌던 한이 인자사 풀릴라는 모양
입니다. 이런 기쁜 날 우리가 가만히 있으믄 쓰겄습니까. 당시
에 돌아가신 양반덜 무덤 속까장 들릴 정도라다가 박수 한 번
크게 칩시다."

여기저기 박수가 터져 나오고 뭐라고 소리치는 사람들이 보였다. 봉만은 그런 광경이 그저 생경할 뿐이었다. 오래전 단풍 구경을 갔다가 수많은 색깔을 발견하고 놀랐을 때와 비슷한 느낌이었다. 사람이 만들어 내는 입체적 형상도 가을 단풍처럼 각양각색이었다. 그런 광경을 바라보는 봉만은 저도 모르게 따라서 박수를 치고 말았다. 여순사건 특별법이 통과된 것에 동조한 박수가 아니라 사람들의 꿈틀거리는 생명력에 보내는 박수였다.

"여순사건 특별법 통과 기념으로다가 우리 아랫장 거시기덜 국토순례라도 한번 해야 하는 거 아닙니까? 그러면 나가 맨 앞 장서 태극기를 흔들 텐디."

"문 목사님다운 발상이에요. 맨 앞에서 태극기, 딱 어울리네요."

문목이 설레발치자 화가가 추임새를 넣었다. 조개전 한 점을 입속에 넣은 봉만은 꼭꼭 씹었다. 쫄깃하고 짭조름하면서 향긋한 맛이 입안에 감돌았다. 비단 그것은 꼭 조개의 맛뿐만 아니어서 오래전 잊고 있던 맛인 듯 뭔가를 일깨우는 맛이었다. 막걸리까지 죽- 들이켠 봉만은 갑갑하던 어깨를 폈다. 그동안 늘 움츠려 있던 어깨가 술기운 때문인지 감상 때문인지 저절로 펴지는 느낌이었다. 무엇이 그렇게 움츠려 살게 했는지 뒤돌아 생각해 봐도 마뜩이 떠오르지 않았다. 그저 하루하루 쫓기듯 살아온 날들밖에 기억에 없었다.

"문목이 여순사건 때 있었다믄 틀림없이 빨치산이 되얐을 것이여. 선동질하는 것이나 단순과격 한 성질머리나, 우두머리 빨치산 말고 말단 행동대원으로 딱이다께."

"형님, 그러니까 형님이 매번 선거에서 미끄러지고 돈도 깨지는 것 아닙니까. 나가 태극기를 흔든다고 했지 언제 인공기를 흔든다고 했습니까? 제발 집중 좀 합시다 집중. 정치인이 될라믄 기본적으로 남의 말에 집중할 줄 알아야지, 형님은 매번 형님 말만 하다가 결국 엉뚱한 소리로 표를 날려 먹잖아요."

"아따, 참말로 문목은 어쩔 때 보믄 안 믿는 사람보다 더 징허당께. 혹시 문목이 믿는 예수님은 나가 아는 그 예수님허고 쪼까 다른 분이던가?"

시의원이 시큰둥하게 쏘아붙였다. 문목이 형 같기도 하고 시의원이 형 같기도 한, 두 사람의 대화는 어린아이의 그것과 같아서 때 없이 순수했다. 봉만은 두 사람의 대화에 끼려야 낄 수 없을 것 같았다. 이제 다 닳아지고 없는 그것이 단지 그리울 뿐이었다.

"자 오늘은 테이블마당 막걸리 한 빙에 찔룩게 튀김 한 접시썩 써비스요. 여수 순천에 경사가 났는디 요런날 인심 안 쓰믄 장사 때려 접어야제라. 여수 순천 나고 나 낳제, 나 낳고 여수 순천 낳답디여."

주인아주머니가 찔룩게라고 부르는 칠게 튀김 한 접시와 순천만 막걸리 한 병씩을 테이블마다 돌렸다. 봉만은 그동안 갑옷처럼 껴입고 있던 그 무엇이 자꾸만 거추장스럽고 불편하게 느껴졌다. 스스로 세운 어떤 기준이나 경계의 의미가 자꾸만 모호해지는 것이었다. 그동안 봉만은 더 분명한 기준과 경계를 세우고 지키려 날카롭게 자신을 다림질했다. 그렇게 제 살을 깎아 모서리와 각을 세운 봉만은 점점 도심의 빌딩을 닮아 갔다. 한 줌 자투리도 허용하지 않는 그야말로 실용성만을 따져 지은 건물의 또 다른 모습이었다.

"언능 묵어 봐. 순천 아니믄 요란 것을 어디서 묵어 보겠냐."

문목은 입안에 넣은 찔룩게 튀김이 뜨거운 듯 후– 후– 입바람을 불어내 쉬었다. 여지없이 열 살 어린아이의 모습이었다. 거죽은 시들지언정 영혼은 시들지 않는 재주가 있는 모양이었다. 봉만은 별 기대 없이 찔룩게 튀김을 입속으로 가져갔다. 바사삭– 튀김옷과 게 껍데기의 바숴지는 식감이 고소한 맛과 절묘한 조화를 이뤘다. 찔룩게 튀김은 주종에 상관없이 특급 안주임이 분명했다.

"이왕 빨치산 얘기가 나와서 말인디 당시에 유명한 순애보가 있더라고."

"회장님 아직 계셨데? 나는 진작 가셔버린 줄 알았네."

"송 화백, 시방 우리 회장님 놀리는 거여? 우리 회장님이 과묵 하나로다가 상가번영회장까장 오르신 양반이라는 사실을 설마 잊은 것은 아니것제?"

화가가 번영회장을 놀리는 것인지 시의원이 번영회장을 놀리는 것인지 헷갈렸지만 다들 얼굴이 벙글거렸다. 번영회장은 겸연쩍은 듯 자신의 이마를 한쪽 손바닥으로 쓱- 쓸어 올렸다.

"당시 14연대 항거를 주도했던 군인 중에 김지회 중위라는 이가 있었던 모양이여. 그런디 광주도립병원 간호사로 근무허고 있던 김지회 중위 아내 조경순이 뭔일로 잠시 여수에 내려와 있었다등만. 남편인 김지회 중위가 진압군에 쫓겨 지리산으로 올라가게 되자 조경순이도 그이를 따라서 빨치산이 되었다는 거여."

"아, 저도 얼추 들은 것 같습니다. 그 조경순의 아버지가 제주도 조천면에서 목사님이었다고 하더라고요."

"응, 문목도 아싱마. 나가 하고 싶은 말이 그것이여. 항간의 얘기로는 그 김지회 중위가 좌익이었기 때문에 명령에 불복했다고 하는디 그것이 아니라 아내 조경순의 고향 사람들을 인정상 토벌할 수 없어 그랬다는 거여."

봉만은 아내에게 문자를 보냈다. '나 순천에 문 목사 만나러 왔소', 무언가 더 쓰고 싶었지만 목이 메인 것처럼 더 이상 손가락이 움직여지지 않았다.

"그런디 더 재밌는 것은 말이여, 그때 김지회 조경순 부부한테 걸린 현상금이 자그마치 50만 원이었다는 거여. 당시에 소위

월급이 1만 원이었다니까 꽤 큰 금액 아니겠는가. 그도 그럴 것이, 김지회 조경순 부부의 애틋한 사랑 얘기가 빨치산의 사기를 높이고 일반 양민들까지 빨치산을 마음으로나마 동조하게 했던 모양이여. 그 난리통에 러브스토리라니 얼마나 사람들 가슴에 심금을 울렸겠는가."

"그래서 그 두 사람은 어떻게 됐데요? 살았어요, 죽었어요?"

화가가 다급하게 물었다. 봉만도 화가만큼 두 사람의 끝이 궁금했다.

"그것이…… 김지회 중위는 뱀사골 어귀에서 토벌군에 사살되었고, 조경순은 나중 생포되어서 총살당했다는 모양이여."

"아, 너무 슬퍼요."

"그거야 모르지. 우리 입장에서야 슬프겠지만 당사자들이야 더없는 사랑을 했으니……"

봉만은 총살당하는 조경순의 얼굴을 떠올렸고, 조경순의 얼굴 위에 아내의 얼굴이 오버랩 되었다. 조경순과 아내는 같은 얼굴인 듯 다른 모습이었다. 얼굴은 자꾸만 멀어졌고, 다가서려 눈을 그러모아 보았지만 형상은 점점 흐릿해질 뿐이었다.

"회장님, 그런 의미로다가 순천 아랫장 주막집 거시기덜 사랑 전달식을 거행허시지요."

"이-, 그러까."

번영회장은 잠바 안쪽 주머니에서 봉투 하나를 꺼냈다.

"장 원장! 요것언 말이요. 다름 아니라 '순천 사랑 상품권'이라는 것인디 우리 거시기 회원덜 마음을 모은 것이니께, 사양 말고 받아 주쇼. 장원장이 순천에서 자리를 잡고 살아볼까 살피러 내려온다는 소식을 전해 듣고 우덜끼리 맘얼 조까 모았소. 요놈으로 댕기심서 구석구석 살펴보고 맛난 것도 자시고 하실 일이 있을지 살펴도 보고 여비로 쓰시라 그 말이요. 생판 모르는 남한테도 밥 한 끼 살 수 있는디 문 목사 동상한테 우리가 이 정도는 해야지요. 순천하믄 사랑, 사랑 하믄 또 아랫장 거시기 들 아니겠소."

봉만은 번영회장이 건넨 상품권에 얼떨떨했다. 이런 목적 없는 도움은 처음 받아보는 것이어서 어떻게 처신해야 할지 난감할 뿐이었다.

"동상, 부담 갖일 필요 없어. 요 동네 인심이 원래 그렁께, 그러려니 허고 그냥 받아둬. 함 열어 봐, 선물은 원래 그 자리에서 까 보는 것이 예의라고 안 하등가."

봉만은 문목의 말대로 봉투를 열어보았다. 가로 글씨로 '순천사랑상품권'이라 씌어 있고 그 아래 숫자 10,000이 박혀 있는 종이가 얼추 50장은 되어 보였다. 봉만은 손에 받아든 것이 상품권이 아니라 콧속으로 훅– 끼쳐 들어오는 순천만 갯내 같아 코끝이 아렸다. 사실 봉만은 살아보려고 순천에 온 것이 아니라 그동안의 삶을 정리할 맘으로 내려온 것이었다. 아내와 이혼 후 봉만은 살아갈 자신이 없었다. 봉만은 바람처럼 떠돌다 진짜 바람이 될 생각이었다. 그런 봉만의 가슴 한구석에 묘하게 바람 한 줌이 일었다. 저 멀리 순천만 갯벌에서 불어온 바람 한 줌이 꺼져 가는 가슴에 숨을 불어넣는 것이었다.

"인자 입가심으로 딱 한 잔씩만 더 찌끌고 인납시다. 오늘만 날이 아닝께……"

시의원이 주인아주머니를 향해 막걸리 세 병을 더 주문했다. 순천의 한잔은 그냥 한잔이 아닌 모양이었다.

"퍼묵기는 또 지들끼리 오지게 퍼묵고 집집이 기사 노릇은 또 내 담당이구만. 사랑? 연설하고들 계시네. 당신들이 모임 때마다 기사 노릇 해봐, 사랑 소리가 그렇게 보드랍게 나오는지……"

부르르— 주머니 속 전화기가 진동했다. '나도 가 보고 싶네 순천', 아내가 보내온 짧은 답신이었다. 봉만은 담배를 피우러 가는 척 자리에서 일어섰고, 아내의 번호에 통화버튼을 눌렀다.

"어, 당신이야? 오늘 미라 학교에서 돌아오면 같이 순천에 올래? 순천 사랑 상품권이 생겼거든. 고속열차 타면 두 시간이면 오지 않을까?"

봉만은 아내의 답변을 기다릴 틈도 없이 빠르게 말했다. 듣고만 있는 아내의 전화기 속 뒤쪽으로 식당의 분주한 소음이 들렸다. 봉만은 막차를 향해 뛰어가는 사람처럼 마음이 급했다.

"여보! 듣고 있는 거야?"

전화기 속에서 숨죽여 훌쩍이는 아내의 콧물 소리가 들렸다. 봉만은 그만 목이 콱 막혔다. 그 어디에도 피난처가 없는 아내의 흐릿한 얼굴이 그렁그렁 눈앞에 어른거렸다.

"여보! 순천 동태머리전이 말이야……"

봉만은 아내를 향한 무슨 말인가를 하려 꽉 막힌 목을 열었지만 생각지 않은 말이 튀어나오고 말았다. 봉만은 더 이상 말을 잇지 못한 채 다시 목이 막히고 말았다. 아내와 함께 아니 미라와 셋이서 동태머리전을 먹으면서 퉤- 퉤- 입안의 가시 같은 뼈를 뱉어 내도 좋을 것이었다.

* 이 소설은 2022년 7월 진도 〈시에그린 한국시화박물관〉에서 창작되었습니다.

포커페이스

형광등 불빛 아래 반짝 몸을 뒤집는 포커카드는 야릇한 광채를 발산한다. 표면에 공기가 미끄러지도록 특수코팅 된 카드는 아무리 섞어도 섞이지 않는, 그래서 끝까지 비밀일 수밖에 없는 진실을 감추고 있다. 서로 맨살이 닿지 않기에 동정을 모르는 그것은 칼날 같은 비정함까지 품고 있다. 탁― 탁― 모서리를 부딪치며 틈을 비집고 들어가서 물을 베듯 누군가의 아킬레스건을 단숨에 끊어 놓는다. 모서리의 코팅이 벗겨지고 보푸라기가 일면 카드는 푸르르― 추락하는 날개처럼 쓰레기통으로 던져진다. 부연 담배 연기 속에서 그것들을 그러쥐고 있던 또 누군가 유령의 얼굴을 매단 채 그렇게 기척도 없이 사라진다.

　사쿠라가 천 원짜리 한 장을 손끝으로 튕겨 낸다. 아세톤으로 지우다 만 빨간색 매니큐어가 눈가의 얼룩진 마스카라처럼 너저분하다. 밤이 깊어질수록 사쿠라의 몰골은 한겨울 아슬아슬 흔들리는 뒷골목 간판을 닮아 간다.

"받고 오천 더, 재미로 치는 건데요 뭘."

염소의 입꼬리가 미세하게 치켜 올라간다. 판돈으로 육천 원을 밀어 넣는 손에 어떤 확신이 드러나 보인다. 사쿠라는 깜박 최면에 걸린 듯 고민에 빠진다. 사쿠라는 늘 생각이 많다. 잃어버린 과거의 기억을 찾듯 생각의 조각들을 짜 맞추려 하지만 좀처럼 그러잡히지 않는 그것들은 묵직한 배 속의 숙변처럼 피로감만 가중시킬 뿐이다.

"그럼 나도 따라갈까? 의리 없이 혼자 죽을 순 없잖아. 조태숙 하면 또 의리 아니겠어."

똘아이가 육천 원을 튕기듯 내던진다. 똘아이는 카드보다 술에 더 관심이 많아서 이제나저제나 그만 판을 접고 술이나 마시자는 소리가 안 나올까 기다리는 중이다. 똘아이는 소주 한 병부터 눈동자는 사납게 희번덕거리고 목소리는 앙칼지게 변한다. 덮어둔 바닥패처럼 묻어둔 과거가 스멀스멀 기어 나오는 것이다.

"십 투페어."

만 원짜리 한 장을 밀어넣고 오천 원짜리 한 장을 제 앞으로 끌어당긴 사쿠라가 10자 두 장과 5자 두 장을 나란히 늘어놓는다.

"어이구, 누님 큰일 하셨네. 그래 그걸 여태 들고 계셨어. 팔 저리게시리 크-크-"

진작에 패를 버리고 나앉은 뺀질이가 담배 연기를 뿜어내며 키득거린다. 투 페어를 그러쥔 사쿠라의 속내를 애진작에 꿰뚫고 있던 뺀질이는 능글맞은 웃음을 지어 보인다. 큼지막한 두 눈을 재빠르고 능숙하게 그리고 태연하게 굴릴 줄 아는 뺀질이는 고시원을 드나드는 사람들의 일거수일투족을 사무실 작은 쪽창을 통해 하루 종일 스캔한다.

"아, 긍께 이사장은 벌써 눈치 까고 알아서 일찍 죽었잖아요. 좀 딸리믄 눈치라도 있어야지."

염소는 바닥에 깔린 3자 옆으로 엎어 놓았던 두 장의 카드를 뒤집어 비스듬히 포갠다. 3 트리플. 가무잡잡한 얼굴에 찢어진 듯 그어진 두 눈, 그리고 유난히 두툼한 입술에 안도감이 깃든 미소가 번진다. 판돈을 향해 두 팔을 펼치는 염소의 품이 여자라도 껴안을 듯 흐뭇하다. 염소에게 있어 오늘의 판은 특별히 중요하다. 오늘 판돈을 따느냐 잃느냐에 따라서 내일 KTX를 탈 수도 있고 무궁화호를 탈 수도 있고 아니면 차비를 구걸할 수도 있다.

"교수님! 기분 좋으세요? 어쩌나 미안해서……"

똘아이가 바닥에 엎어진 두 장의 카드를 뒤집는다. 똘아이의 손놀림은 군더더기 하나 없이 날렵하고 매끈하다. 일본 남자들의 사타구니를 쓸어줄 때도 똘아이는 그렇게 하늘거리는 수초처럼 날렵한 손동작을 해 보인다. 어려서부터 손이 빠르다는 소리를 들었던 똘아이는 제 특기를 살려 일찌감치 일본 원정매춘의 길로 나섰다. 관광비자 체류기한인 90일 동안 똘아이는 일본에서 개처럼 거시기를 핥고 한국에 들어와 또 개처럼 똥을 싸질렀다. 그러는 사이 어느새 서른을 넘어서고 말았다. 이제 그 짓도 20대 팔팔한 애들에게 밀리고, 때마침 터진 코로나 상황으로 쉽게 드나들 수도 없어, 이태원 고시원에 몸을 의탁한 채, 체류 중인 일본인들을 상대로 콜을 받으며 생활을 이어 가고 있다. 똘아이는 다이아몬드 다섯 장을 보란 듯 죽 펼쳐 보인다. 플러쉬……, 염소의 일그러진 입술 사이에서 가느다란 한숨 같은 신음이 새어 나온다.

"자, 밑천 떨어지신 분들 방 보증금 빼드립니다."

뺀질이가 어금니를 드러내 보이며 예의 그 능글맞은 웃음을 지어 보인다. 똘아이와 몸은 섞지만, 방값만은 제대로 받아 챙기는 뺀질이는 돈에 관한 한 바늘 한 끗 들어갈 틈이 없다. 게다가 어찌나 눈치가 빠른지 엎드릴 때는 홍어나 가오리가 되고, 빳빳이 고개를 치켜들 때는 제 발기된 거시기보다도 더 높이 턱주가리를 치켜세운다.

"한번 돌 때가 됐는데 이상스럽네. 이번 판 카드 누가 돌렸어? 밑장빼기 한 거 아니여?"

똘아이가 판돈을 쓸어 담는 틈을 이용해 염소가 재빠르게 천 원짜리 한 장을 빼낸다. 반짝 눈을 빛낸 똘아이는 염소의 손등을 탁 친다. 천 원짜리를 쥔 염소의 손이 바닥의 동전에 부딪혀 쨍그르 소리를 낸다. 똘아이는 휙— 천 원을 낚아채고 염소는 억지웃음으로 상황을 모면하려 하지만 붉어진 얼굴이 묘하게 일그러진다.

"보증금이라…… 차라리 어금니를 뽑고 말지."

사쿠라는 제 어금니가 안녕한지 확인이라도 하듯 혓바닥을 위아래로 굴려 본다. 벼랑 끝의 새집이나 다름없는 한 평 고시원에서까지 쫓겨난다면 그 다음은 천상 노숙이라는 현실을 새삼 상기하는 표정이다. 고시원생 대부분은 사람들에게 괄시당하고 돈에 허덕이다 가슴에 피고름이 들어찬, 게다가 누추한 목숨을 연명하려 꾸덕꾸덕 마른 떡 한 조각을 눈물로 삼켜야 했던 얼룩 같은 기억의 소유자들이었다.

"이사장! 내 방 보증금이나 좀 빼 줘. 고기 좀 사 먹게. 어째서 쇠고기라면에는 쇠고기가 없는 거여. 지상파 고발프로그램에 제보해야 하는 거 아녀."

염소는 천 원짜리 몇 장뿐인 밑천을 검지 손가락으로 쓱— 쓸어 본다. 바닥난 자존감을 감추려 자꾸만 지어내는 억지웃음은 도리어 염소의 영혼에 스크레치를 만들 뿐이다.

"보증금 빼 간 지가 언젠데 헛소리슈. 하여간 방값만 밀려 봐, 알짤 없을 테니까."

하루 중 꼭 한 끼는 라면으로 때워야 하고 재수 좋으면(?) 두 끼를 라면으로 때워야 하는 염소에게 라면은 그야말로 주식이나 다름없다. 염소는 그나마 낯짝이 두꺼워 고시원생들의 구걸 깡통에 종종 숟가락을 디밀 수 있다. 하지만 첫 끼를 해결하는 오전 중에는 고시원생들이 일어나는 시각도 제각각이고 또 일어났더라도 제 방 안에서 빵부스러기나 미숫가루로 때우는 게 보통이어서 좀처럼 구걸 여건이 만들어지지 않는다. 때문에, 염소는 당연하다시피 첫 끼를 고시원에서 제공하는 라면으로 해결한다. 하지만 오후에는 뜨신 국에 밥을 말아 반찬과 함께 떠 넣을 때가 종종 있다.

낮 12시쯤 일어나 아침 식사 대신으로 커피 한 잔을 마시고 다시 드러누웠다가, 오후 4시경 점심으로 밥다운 밥을 챙겨먹는 사쿠라가 있기에 그나마 가능한 일이다. 사쿠라가 찜질방을 가거나 쇼핑을 가는 날이면 염소는 자신과 하등 관계없는 연극 대본을 부채처럼 펼쳐들고 장시간 주방에서 죽친다. 그 모양은 흡사 먹잇감을 기다리는 끈끈이주걱이나 개미귀신과 다를 바 없다. 염소는 지방에서 연극배우로 활동하다 진짜 배우가 되겠다는 청운의 꿈을 품고 상경했지만 대학원을 다니면서 허송세월을 했을 뿐 이렇다 할 배역을 맡아본 적도, 자신을 끌어 줄 하다못해 나일론 끈 한 가닥도 잡지 못했다. 그나마 염소가 허접한 대학로의 삼류극장에서 주인의 말을 듣지 않는 염소 역할을 단역으로 해낸 것이 성과라면 성과였다. 염소의 연기에 특별한 호기심을 비친 연출가가 "혹시, 전생에 염소셨어요? 나는 무대에 진짜 흑염소 한 마리가 올라온 줄 알았다니까."라며 엄지손가락을 치켜세웠을 뿐이었다. 염소는 자신과 아무런 소용도 없는 연극 대본을 신분증처럼 펼쳐 든 채 하염없이 얻어걸릴 누군가를 기다리다 냄비에 라면 물을 붓거나 아니면 거금 오천 원을 들고 구청 구내식당으로 향한다. 그럴 때는 영락없이 가을비에 흠뻑 젖은 추레한 염소 꼴이었다.

"사장님! 왜 개패를 주고 난리에요. 남의 인생 망칠 일 있어요? 나 올인했단 말이에요."

"뭐? 그럼 일찍 죽으면 되겠네."

똘아이가 힐끗 뺀질이를 흘겨본다. 똘아이는 뺀질이에게 그야말로 올인 중이었고 뺀질이는 나름 똘아이에게 물리지 않으려 요리조리 빠져나가기 신공을 펼치고 있었다. 얼굴빛에 싹– 핏기가 가신 똘아이는 싸늘한 표정으로 에쎄 한 가치를 빼어 문다. 후– 강풍으로 연기를 뱉어 내는 똘아이의 행동거지에 묘한 야료가 묻어난다. 판이 끝나고 뺀질이가 똘아이의 빤쓰를 벗기려면 애 좀 먹게 생겼다. 그러거나 말거나 바닥패에 머리를 처박은 염소는 간절한 마음으로 밑천을 헤아리고, 뺀질이와 똘아이의 얼굴을 싹– 훑은 사쿠라는 "아이고 다리야" 일어서더니 "오줌 좀 싸고 와야겠다" 사무실 문을 열고 나간다.

누군가 한 사람 자리를 비워도 판은 돌아간다. 하지만 애써 그러쥐고 놓지 않는 시간처럼 빨리 돌아와 주기를 간절히 바란다. 속을 전부 빼 먹히고 껍질만 남은 채로 간신히 버티고 있는 유령들은 늘 불안과 초조를 혹처럼 달고 산다. 피어오르는 담배 연기처럼 분위기는 꽤나 탁하다. 똘아이는 부연 담배 연기 속에서 뺀질이를 향한 독기를 드러내 보인다. 남자라면 어지간히 상대해 본 똘아이지만 뺀질이는 결코 만만한 상대가 아니다. 똘아이는 몸 바쳐 봉사한 뭔가를 얻어내려 하고, 뺀질이는 서로 몸이 근질거려 합을 맞춘 것 아니냐는 태도로 일관하는 중이다. 똘아이는 고시원에서 안방마님 행세로 수위를 높이는 중이고, 뺀질이는 행여 문제가 생길까 철저히 제 집사람을 고시원에 발걸음 못 하게 단속 중이다. 그러면서 또 둘은 밤마다 그 짓거리를 한다. 어디까지나 싸움은 싸움이고 그 짓은 그 짓이기 때문이다. 물어보나 마나 따져보나 마나 둘 다 프로가 맞다.

"자 커피나 한 잔씩 마시고 합시다. 근데 왜 222호는 맨날 신발을 신고 복도를 다니는 거예요. 지 발은 무슨 임금님 발이고 우리 발은 무슨 거지 발인가."

"라면도 한꺼번에 두 개씩 끓여 잡숫고 냄비도 안 닦습디다. 도대체 무슨 발품으로 밥을 벌어먹는 위인이신지……"

커피를 넉 잔 타서 들어온 사쿠라가 건수라도 잡은 사람처럼 설레발을 치자 염소가 기다렸다는 듯 장단을 맞춘다.

"지난번에 짱구 니가 설거지 하고 가라니까 문 쾅 닫고 나가 버리든. 사람 무안하게시리, 어디 그리 싸가지 없는 시키가 있나 그래. 복도 다닐 때는 꼭 마스크를 쓰고 다니라고 몇 번을 말해도 나 몰라라 노마스크야. 고시원에 확진자 생기면 지가 다 책임 질라나."

"저런 놈은 아주 본드로 입구멍하고 콧구멍을 막아 버려야 정신을 차린다니까요. 딱 보니 아줌마들 상대로 노래방 도우미나 뛰는 갑든데 뭐."

뺀질이가 총을 들자 똘아이가 영점 조준을 한다. 밤마다 서로의 들어간 것과 튀어나온 것을 정밀하게 맞춰 보는 사이니 그쯤이야 눈 감고도 해낼 일이다.

"이번 달에 내보내야겠어. 술 처먹고 들어와서 싱크대에 오바이트를 하지 않나 샤워기를 깨 먹질 않나……. 여자들도 왔다 갔다 하는데 방문을 열어 놓고 팬티만 입고 자빠져 자고 인간성이 아주 제로인 놈이야."

더러워진 입안이라도 씻어 내듯 뺀질이가 커피로 와글와글 헹굼질을 한다. 하지만 뺀질이의 커피 헹굼질이 외려 이빨 사이의 치석에 들러붙어 충들이 더 활개 치지 않을까 걱정되는 지경이다.

"새끼 뽈딱 선 게 천장 뚫겠더라고, 이십 대라 그런지 빳빳하니 한 썽질 하게 생겼던데."

되새김질하듯 주절주절 내뱉는 염소의 말에 저마다 이빨을 드러내 보인다.

"그런데 참 이상시러바. 고시원이 코로나 최고 위험지역이라는데 사람들은 바글바글 모여드니 무슨 조홧속인 줄 모르겠다니까."

"누님, 그만큼 세상 살기가 어렵다는 말씀이잖아요. 비정규직이나 일용직 알바들이 수입이 없는데 무슨 수로 버티겠어요. 근데 여기서 버티는 것도 한계가 있을 거예요. 벌써 방값 밀려서 사정하는 인간들이 하나둘 생겨나잖아요."

"도대체 세상이 우예될라고 이래 박해지나 점점 좋아지지는 못할망정."

"언니야, 언니야는 언니 걱정이나 해라 그거 지금 버린 거 맞나?"

"아이구야, 내가 이걸 와 버렸지?"

받아든 넉 장의 카드에서 클로버 A를 내던진 사쿠라가 똘아이의 참견에 반짝 정신을 차린다. 사쿠라는 지금껏 결정적 순간에 늘 잘못된 선택을 했다. A를 들고 있어야 할 때 버렸고 A를 버려야 할 때 들고 있었던 사쿠라의 지난날은 결국 20년이란 세월을 미끄러지며 돌고 돌아 이태원 쪽방으로 다시 걸어 들어오는 황망한 뒤안길을 만들었다.

"누님도 참! 버린 카드에 뭔 미련을 그렇게 두세요. 지 알아서 잘 흘러가겠지."

뺀질이는 허리를 길게 펴서 창밖을 훑어본다. 지난주 일요일, 두 달째 방값이 밀린 205호의 짐을 출입구 계단에 내놓고, 방에다 자물쇠를 채운 후부터 뺀질이는 자주 창밖을 흘깃거린다. 나이트 삐끼를 하는 녀석은 자신의 짐 중 밥그릇이나 냄비 그리고 세면도구 등을 내던지며 한동안 지랄을 떨더니 옷가지와 이불만 챙겨서 휑하니 사라졌다. 그리고 그날 오후 "씨발놈! 내가 물로 보였다 이거지 싹 다 태워서 잿가루로 만들어줄 테니 기대해라. 휘발유 한 통이면 끝나." 씩씩거리며 협박전화를 했다. 방값도 못 내는 놈이 무슨 짓을 할 수 있겠나 무시하면서도 신경이 쓰이는 것은 어쩔 수 없었다.

똘아이는 무릎 위에 얹어 둔 커다란 과자 봉지에서 짱구를 한 주먹 집어 입속으로 쑤셔 넣는다. 다음 카드가 어떤 무늬의 어떤 숫자가 들어와야 좋을지 영 감이 잡히지 않는다. 습관적으로 짱구를 바삭바삭 씹어대는 똘아이는 늘 방구석에 열 개쯤 짱구 봉지를 쌓아 두고 지낸다. 업소로부터 콜이 들어올 때조차 짱구를 들고 나가는 똘아이는 일을 마치고 돌아오는 택시 안에서도 바삭바삭 짱구를 씹어댄다. 언젠가, 제 배 위에서 땀을 뻘뻘 흘리며 그 짓을 하는 놈을 빤히 바라보며 와삭와삭 짱구를 바수어대다 싸대기를 맞고 쫓겨난 적도 있다. 놈은 못 볼 것이라도 본 사람처럼 잔뜩 겁에 질려 "게다노모(일본 나막신을 낮추어 부르는 말)" 소리와 함께 급하게 몸뚱이를 빼냈다. 어느 곳에서도 온전히 뿌리를 내리지 못한 똘아이는 이리저리 굴러차이다 음산한 바람결에 떠도는 잡귀들의 집이 되었다. 이미 영혼 깊숙이 똬리를 튼 불안으로부터 벗어날 길 없는 똘아이는 짱구를 씹어대면서 그렇게 순간을 견디는 중이다.

"아따, 이 사람들하고 카드 못 치겠구만. 아무거나 버려브러 다음 장이 뭐가 들어올지 어찌 알아서 계산하고 말고 해."

염소는 받아든 넉 장의 카드를 확인도 하지 않은 채 그중 한 장을 집어 들어 호기롭게 내던진다. 어제 학과장으로부터 전화를 받은 염소는 종일 어두운 방 안에서 천장을 바라본 채 누워 있었다. 다음 학기부터는 시간 배정이 어려울 것 같으니 알아서 살길을 찾으라는 내용이었다. 연극배우가 되고 싶었지만 이렇다 할 연줄을 잡지 못한 염소는 겨우 지방의 모교에서 연극이론 수업 한 강좌를 하고 있었다. 그나마 시간 강사라도 하는 터라 덜 위축되었지만 이제 그마저도 할 수 없다면 진짜 유령이 되고 말 것이었다.

"교수님! 가실 거예요 마실 거예요?"

천 원 베팅이 돌고 있었지만 염소는 멍하니 자신의 카드만 쳐다보고 있다. 베팅을 기다리고 있는 똘아이가 염소의 허벅지를 검지로 쿡 찌른다. 각자의 앞에는 두 장의 카드가 엎어져 있고 또 한 장의 카드가 반듯이 누워 있다. 엎어진 두 장 속에는 수많은 비밀이 숨어 있다. 눈에 훤히 드러나 보이는 넉 장까지의 카드는 헛패에 불과할 뿐이다. 보이는 넉 장의 카드는 보이지 않는 두 장의 위장술이거나 바람잡이일 뿐이다. 보이는 카드만 쫓다 보면 종종 보이지 않는 카드에 덜미가 잡히고 만다.

"아이고 미안합니다. 내일 수업 준비 때문에 신경이 쓰여서…… 내가 수업 준비 하나만은 철저하지 않습니까."

건성으로 천 원을 내던진 염소는 엎어진 두 장의 카드를 다시 확인한다. 내일 마지막 수업을 앞둔 염소는 받아 든 헛패처럼 막막하다. 그동안 시간 강사라는 허울을 뒤집어쓴 채 잘도 버텨왔다. 왕복 교통비를 빼고 나면 겨우 점심값이나 남을 급여를 받으며 다닐 수 있었던 것은 그나마 교수님 소리를 들을 수 있었기 때문이었다. 내면은 닳아진 구두 밑창처럼 너덜너덜했지만 학생들로부터 또 주위 사람들로부터 교수님 소리를 들으면 굽은 허리가 펴지곤 했다. 그러면서 혹시나 진짜로 정교수가 되지는 않을까 헛된 희망을 품었다. 하지만 이번 학기 모교에서 희곡 과목 교수를 채용하면서 그동안 담당하던 수업마저 없어지게 되었고 정말로 의지가지없는 신세로 전락하고 말았다. 서울에 올라올 때 품었던 훌륭한 연극배우의 꿈을 외면한 채 혹시나 하는 뺑카에 기대를 걸었던 부정한 마음이 결국 제 구덩이를 판 셈이다.

"아! 날이 바뀌네 고마. 날이 바뀌었으니 운빨이 좀 따를라나."

사무실 벽에 걸린 부엉이 시계가 막 12시를 넘긴다. 꼼지락 꼼지락 사쿠라가 외투 주머니 속에 손을 넣어 만 원짜리 한 장을 집어 낸다. 3만 원을 잃고 2만 원이 남았다. 사쿠라는 고시원생 중 유일하게 제 방에 도어락을 설치하고 있다. 이렇다 할 짐도 쓸 만한 물건도 없는, 속된 말로 몸뚱이가 전부인 고시원 생활에 도어락이라니……. 사쿠라는 입에도 도어락을 설치한 것처럼 개인 신상에 대해서는 일절 발설하지 않는다.

　"그동안 죽– 별일 없었는디 날이 바뀐다고 뭐 달라질 게 있으 라고요."

　히든카드를 받아든 염소의 얼굴에 살풋 미소가 번진다. 3·4·5·6·7, 스트레이트. 히든카드에 3자가 떴다. 염소는 뺀질이 와 사쿠라의 바닥패를 확인하면서 다시 한 번 안도의 표정을 짓 는다. 7 원페어를 바닥에 깔아 놓고 있는 뺀질이는 한눈에 봐도 뺑카가 확실했다. 엎어진 두 장이 아무리 재주를 부린다고 해도 투페어 이상은 보기 어려웠다. 그에 반해 사쿠라는 패에 상관없 이 따라온 게 확실했다. 이리저리 맞춰 봐도 족보와는 영 거리가 멀다. 염소는 흥분을 감춘 채 5천 원을 점잖게 밀어 넣는다.

　"또 꽝인가 보네. 패가 들어와야 뭘 해 보든 말든 할 거 아니 야."

　패를 던져 버린 똘아이는 아무 울림도 없는 폴더폰 덮개를 열 었다 닫았다 반복한다. 벌써 1주일째 콜이 없다. 코로나도 코로

나지만 일본과의 경제 단절이 시작되고 덩달아 환율까지 널뛰기를 하면서 콜이 뚝 끊기고 말았다. 그렇다고 싸구려 매춘부들처럼 이놈 저놈 상대할 수도 없는 노릇이었다. 한 번 저급 손님을 받으면 그날로 일명 통치 소리를 듣는 슬리퍼 매춘부로 전락하는 것이었다.

"오천 받고 오천 더."

염소가 던진 5천 원에 뺀질이가 5천 원을 더 얹는다. 따라갈까 말까 사쿠라는 손에 쥔 패를 곰곰이 들여다보고 염소는 뜨악한 얼굴이 되어 뺀질이의 바닥패를 다시 한 번 확인한다. 집이 나올 확률도 없지는 않지만 확률이 현저히 떨어져 보였다. 염소는 고개를 들어 뺀질이의 얼굴을 쳐다본다. 예의 그 한쪽 입술을 치켜 올리는 능글맞은 웃음을 짓고 있는 뺀질이는 해 볼 테면 해 보라는 표정이다.

"누님, 날 새겠소. 어찌실 꺼요? 갈라믄 가고 죽을라믄 죽고."

"……난 죽을래요."

날 샐 동안까지 길게 버티는 것이 목적인 사쿠라는 패를 접고 물러앉는다. 히든카드를 받아 든 염소의 손이 미세하게 떨리는 모습을 놓치지 않은 뺀질이는 그 부풀어 오른 심장에 낚싯바늘을 드리운다. 필경 염소는 낚싯바늘을 덥석 물 것이고, 뺀질이는 되도록 팽팽하게 낚싯대를 잡아당길 심산이다. 지하 클럽에서 독일제 고성능 스피커를 들었을 때도 염소는 스스로 제 입에 바늘을 꿨다. 밤마다 고시원은 쿵쾅거리는 소리로 원생들의 항의가 빗발쳤다. 파워풀한 사운드와 볼륨이 흔들어 대는 진동은 골이 울리는 정도여서 도저히 잠을 청할 수 없는 지경이었다. 밤마다 잠을 설치게 되면서 원생들 중 옆 고시원으로 옮겨 가는 사람까지 생겨났다. 그때 염소는 스스로 바늘을 물고 구청과 경찰청 그리고 국민신문고에 민원을 제기했다. 염소의 글은 담당공무원을 은근히 협박하는 내용과 피해자로서의 호소력이 어우러져 각 기관별로 단속이 나왔고 사태는 볼륨을 일정 데시빌 이하로 낮추어 영업하는 것으로 일단락되었다. 염소는 뺀질이의 비위를 맞추려면 뭔가라도 해야 했다. 뺀질이는 염소에게 거하게 술을 한잔 사 주고 한 달 방값까지 제해 줬다.

"여기까지 와서 죽을 수는 없고 받아야지."

염소가 바지 주머니 속에 꼽쳐 두었던 내일 담뱃값 5천 원을 마지못해 꺼내 든다. 염소의 손은 히든카드를 받아들었을 때보다 눈에 띄게 떨린다. 5천 원이건 5천만 원이건 마지막이란 누구에게나 똑같은 벼랑이었다. 염소는 자신의 손에 들린 스트레이트를 조심스럽게 그리고 간절하게 바닥에 늘어놓는다.

"진작 말씀을 하시지, 그럼 일찍 죽었을 텐데. 피 같은 내 돈 5천 원만 날렸네."

뺀질이는 의미심장한 웃음을 지어 보이며 패를 접는다. A집을 접은 뺀질이는 느긋하게 담배 한 가치를 피워 문다. 염소는 벌겋게 단 얼굴로 판돈을 쓸어 담았다. 뺀질이가 일부러 카드를 접었다는 사실을 눈치챈 염소는 또 다른 바늘을 목구멍 속으로 밀어 넣는 기분이다.

"다시물이 다 우러나왔나 모리겠네. 국수나 먹고 합시다. 출 출한데."

사쿠라가 잠시 휴식을 알린다. 다들 동전은 제자리에 두고 지폐만 챙겨서 일어선다. 줄곧 빨아댄 담배로 입술은 바짝 말랐고, 상대의 패를 흘끔거리느라 탁해진 눈빛은 무덤 속처럼 침침하다. 구부러진 허리를 펴고 오므렸던 다리를 뻗는 폼이 노인의 육신과 흡사하다. 뻣뻣하고 느릿한 기지개 뒤로 켜켜이 쌓인 한숨이 길게 이어진다.

"언니 이참에 아예 국숫집을 차리지 그래. 이만하면 영감들 좀 꼬이겠구만. 국수도 팔고 뽕도 따고 후-후-."

"부침개도 잘 부치시잖어. 빈대떡도 같이 하면 해 볼 만하지."

사무실에서 주방으로 자리를 옮긴 유령들은 국수 그릇에 코를 박고 면발을 빨아들인다. 국물을 과거처럼 들이마신 똘아이가 진담 같은 인사치레를 하고 뺀질이가 뒤이어 양념을 친다. 조그만 가게, 식당이든 술집이든 뭐든 하나 알아보는 중이라는 말을 사쿠라는 입실할 때부터 광고하듯 나불댔다. 하지만 계절이 두 번이나 바뀌었지만 사쿠라는 여전히 하는 일 없이 가게를 알아보는 중이라는 말로 일관했다.

"우리는 누님 입맛에 길들여져가지고 누님이 가게 차리면 안 갈 수가 없어. 아 국물 진짜 시원하네."

빼질이는 요령껏 공치사를 늘어놓는다. 사쿠라의 그 모든 것이 가짜였지만 국물 맛은 진짜였다. 빼질이는 지금껏 고시원을 경영하면서 들고나는 수많은 사람을 겪었다. 그러는 동안 사람을, 특히 사람의 말을 믿어서는 안 된다는 사실을 깨달았다. 사람의 입에서 나오는 말은 거품과 같아서 순간 사라져버리면 그만이었다. 과거도 미래도 아무것도 증명할 실체가 없는 사람들의 그것에는 생명이 없었다. 때문에 빼질이는 사람들의 일거수일투족을 관찰했고 오직 확인된 사실만 믿었다. 사쿠라는 전화기도 대포폰이고 신분증도 가짜였다. 고시원 처음 입실 때 제출한 사쿠라의 민증 사본은 사진만 본인의 것이지 전부 엉터리였다. 빼질이는 새로운 고시원생이 입실하면 행정안전부 간편서비스를 이용해 민증의 진위여부를 확인한다. 가짜 신분증을 소지한 고시원생이 어떤 문제를 일으키지 않는다면 그냥 두고 볼 테지만 어떤 문제를 일으킨다면 즉각 파출소에 신고한다. 사쿠라의 민증은 주민번호와 발급일자가 일치하지 않았다. 아마도 인터넷이나 브로커를 통해 중국에서 만들어진 것을 구입한 모양이었다. 사쿠라는 외출할 때도 마스크 위에 얼굴이 식별되지 않을 정도의 어두운 선캡을 덮어썼다.

"김치만 맛있으믄 딱인데…… 홈쇼핑 김치 맛은 다 그게 그거더라고. 지금쯤 멸치젓 넣고 김장김치 담았을 텐데 시골에 전화해서 김치 좀 보내라고 하까?"

염소는 게걸들린 것처럼 후루룩후루룩 목구멍으로 면발을 빨아들인다. 따순 국물을 들이켜다 보니 그동안 똥구멍에 처박아 두었던 고향이 떠오른 모양이었다. 하지만 염소의 김장김치에 답하는 사람은 아무도 없다. 지금껏 염소가 가족인 누군가와 통화하는 모습을 보거나 들은 적도 없고, 더더군다나 그를 찾아온 일가친척 나부랭이도 없었다. 보통 지방에서 상경한 고시원생의 경우 그 일가붙이들이 결혼식이나 행사차 서울에 올라올 때면 겸사겸사 한 번 찾기 마련이었지만 고시원 생활 5년 차인 염소에게는 단 한 번도 그런 일이 없었다.

"내일은 태숙이 니가 뭘 좀 해 봐라. 손맛이 매워서 뭘 해도 맛있을 거 아이가."

"언니야! 내가 기숙사 생활을 너무 오래 해가지고 음식을 통 몬 배웠다. 할 줄 아는 거라고는 달랑 오징어볶음하고 김치볶음밥뿐인데."

"태숙 씨는 음식을 하는 것보다 먹는 데 더 소질이 있잖아요. 그러니까 해오던 대로 간혹 족발이나 아구찜 같은 거 한 번씩 시켜 주는 걸로……"

염소는 손사래까지 치며 사쿠라의 말을 막는다. 똘아이가 가끔 음식을 해 먹을 때가 있었지만 염소는 슬그머니 주방을 빠져나가 버리곤 했다. 전자부품조립회사를 다니며 지금껏 기숙사 생활을 했다는 똘아이의 말이 말짱 거짓말이라는 사실을 염소는 제 빈 주머니 들여다보듯 빤히 알고 있다. 염소는 남산약수터에 물을 뜨러 다니며 인근 호텔을 홀로 드나드는 똘아이의 모습을 종종 목격했다. 주로 일본인 관광객들이 드나드는 중급 호텔이었다. 베란다에서 일본말로 통화하는 모습까지 종종 보았던 염소는 똘아이가 하는 음식만큼은 아무리 배가 고파도 먹지 않는다. 일본 남자들의 자지를 수없이 주물렀을 손으로 음식을 한다는 생각만으로도 끔찍했다. 마치 제 입으로 일본 남자의 자지를 빠는 기분이 들어 속이 울렁거렸다.

"따뜻하니까 좋네."

국수 사발을 두 손으로 꼭 받쳐 든 똘아이는 창밖을 내다본다. 가는 눈이 한두 방울씩 흩어져 내린다. 12월 초, 겨울로 접어드는 밤 풍경은 어딘지 모르게 낯설어 보인다. 활활 타고 있는 간판들은 차디찬 대리석 묘비처럼 보이고 그 밑을 오가는 사람들은 하나같이 저주받은 자들 같다. 이제 삼십 대로 접어든 겨울을 고시원 쪽창으로 마주하고 있는 똘아이는 뜨거운 국물을 후후 불어 마신다. 울컥울컥 치밀어오르는 뭔가를 녹여 버릴 요량처럼 뜨거운 국물을 입천장이 데이는 줄도 모르고 후루룩후루룩 빨아들인다.

"얼른 또 시작합시다. 금쪽같은 시간에 한 판이라도 더 돌려야지, 돌리고 돌리고……"

머리까지 돌려가며 돌리며 돌리고를 흥얼거리는 사쿠라는 빈 대접을 개수대에 던져넣고 다시 사무실로 향한다. 불안과 불면을 잊어버리려면 자꾸만 뭔가를 해야 했다. 혼자만의 깨어 있는 시간은 한밤 악몽에 시달리는 계집아이처럼 머리털이 쭈뼛거렸다.

"배도 채웠겠다 오줌통도 비웠겠다 이제 돈 딸 일만 남았네."

패를 돌리는 뺀질이의 손이 한결 경쾌하다. 그 손끝에서 던져지는 카드도 날개를 단 듯 핑핑 바람을 탄다. 뺀질이는 핑핑 날아서 제자리를 찾아 들어가는 카드를 볼 때마다 희열을 느낀다. 마치 제 자신이 카드 위에 올라선 느낌이다. 고시원 건물과 재개발지구의 집들 그리고 사채까지 굴리는 부자임에도 뺀질이는 사는 게 재미없다. 정확히 말해서 하고 싶은 게 없다. 골프를 치는 일도 술을 먹는 일도 연애를 하는 일도 아무런 기쁨이 되지 못한다. 뺀질이는 제 자신이 고시원생들과 다른 게 뭔가 생각한다. 똑같이 고시원에 갇혀서 밤마다 52장의 반짝이는 종이를 주고받는 일상이란 너무 무료한 나머지 자살이라도 하고 싶은 심정이다. 뺀질이는 모든 것을 걸고서라도 사는 맛을 느껴보고 싶다. 이 작은 종이상자 같은 고시원에서 탈출해 바깥바람이라는 걸 쐬어 보고 싶다.

"무슨 패가 또 기어들어 올라나 내가 아주 예뻐해 줄 텐데."

바닥에 깔린 패를 끌어오는 똘아이의 손이 뱀의 혀처럼 쓱-
미끄러진다. 손목에서 새끼손가락으로 이어지는 똘아이의 소지
구 주변이 매끄럽게 빛난다. 실금까지 닳아버린 똘아이의 오른
손 소지구는 촉촉함이라고는 찾아볼 수 없는 건조한 모래사막이
다. 천천히 젖어드는 습관처럼 박혀 버린 담요의 때. 숨 쉬듯 배
어든 어긋난 삶의 파편들은 뼛속까지 파고들어 못내 걷어 내지
못할 육신의 일부분이 되고 말았다.

똘아이는 닳아서 반짝이는 자신의 소지구를 볼 때마다 신경
질이 치밀어 오른다. 예리한 칼로 껍질을 벗겨 내고 새살이 돋을
때까지 붕대로 꽁꽁 싸매고 싶다. 똘아이는 자신이 전자제품조
립공장에서 일했다고 말해도 사람들은 그렇게 믿지 않는다는 사
실을 잘 알고 있다. 회사 기숙사가 아닌 접대부 숙소 생활의 꼬
리표처럼 남아 버린 담요때는 단순히 손만의 문제는 아니었다.
똘아이는 정상적인 남자와 딱 한 번이라도 연애라는 것을 해 보
고 싶다. 하룻밤 쾌락을 좇거나 술김에 돈질하는 유부남들 말고
자신을 여자로 보고 풋풋한 숫기를 풍기는 그런 남자와 한 번 사
랑에 빠져보고 싶다. 하지만 그 간절한 바람은 소지구의 담요때
가 다 씻겨지기 전에는 절대로 이루어질 수 없을 것이라는 사실
을 누구보다 잘 알고 있다.

"날마다 이렇게 포커 치듯이 벽돌을 쌓으면 육삼빌딩도 세울
텐데 도대체 이게 뭔 짓거린지…… 안 그래요. 누님!"

"아이고 난 그런 건 잘 모리겠고 포카 한 번 잡아 보는 게 일생 소원이라요."

손에 하트와 클로버 7 투피를 들고 있고 바닥에 다이아몬드 7 원피를 깔고 있는 사쿠라는 애써 흥분을 감추느라 부산을 떤다. 빼질이와 똘아이 그리고 염소의 바닥패에는 아직 스페이드 7이 보이지 않는다. 아직 받을 패는 두 장이 남았다. 밤새 카드를 쳐도 좀처럼 포카는 나오지 않는다. 사쿠라는 판돈에 상관없이 포카를 한 번 잡아서 자신의 운을 확인해 보고 싶다.

사쿠라는 현재 불안한 포카를 쥐고 있는 중이었다. 현찰 5천만 원을 방 안에 숨겨 두고 있는 사쿠라는 일생에 단 한 번 잡을까 말까 한 포카를 잡은 것이나 다름없다. 하지만 난데없이 로열 스트레이트 플러시나 백 스트레이트 플러시 아니면 스트레이트 플러시가 나타나 자신의 밑천까지 싹 쓸어가 버리는 것은 아닌지 못내 불안할 뿐이다. 평생 불안을 발바닥의 티눈처럼 달고 살아온 사쿠라는 포커를 손에 쥐었지만 정작 문밖출입도 자유롭지 못한 신세다.

"이사장, 흰머리가 장난 아니게 많네. 원생들이 하도 속을 썩혀서 그런가 날마다 흰머리만 느는 것 같아."

염소의 눈에, 패를 주우려고 고개를 숙인 빼질이의 정수리가 훤히 드러나 보인다. 빼질이는 쓸쓸한 웃음을 흘린다. 이제 갓 40을 넘겼을 뿐이지만 하루 종일 한 평 남짓한 고시원 사무실에 갇혀 사는 배불뚝이 중년으로 삭아들고 있었다. 몇 번 총무를 들이기도 했지만 좀처럼 사람을 믿지 못하는 뺀질이의 성격 탓에 다들 오래 버티지 못했다. 고시원생들과 거의 모든 일상을 같이 하는 뺀질이는 하등 그들과 다를 바 없다. 다만 돈이 좀 있달 뿐이지만 그마저도 아내의 사치와 아둔한 자식들의 사교육비로 흘러 들어갈 뿐이다. 가끔씩 객처럼 집에 들르는 뺀질이는 아내와 아이들이 낯설기만 하다. 좀처럼 섞이지 못할 묘한 이질감이 자신과 그들 사이를 투명한 벽처럼 가로막고 있다. 그래서 뺀질이는 더욱 집에 들어가기를 꺼린다. 남이나 다를 바 없는 가족을 위해 벌어들이는 돈이 무슨 의미인가 고민에 휩싸이는 뺀질이는 아무 생각 없이 포커를 치는 이 순간이 차라리 편하다.

"흰머리가 있건 없건 그래도 나는 아직 만으로 30대잖아요. 교수님은 2년이나 지난 40대면서…… 그리고 나는 처자식도 있고 집도 있고 이것저것 다 있는데 뭘."

"이사장 또 괜한 소리를 하시네. 나한테 가족이 무슨 필요가 있고 집이 무슨 필요가 있겠어."

그동안 뭐 번 사귀었던 여자들도 모두 떠나보낸 염소는 정말로 혼자인 기분이다. 기대란 시간에 반비례한다는 사실을 염소는 경험으로 알게 되었다. 좋은 배우가 되거나 교수가 될 것이라는 믿음으로 뒷바라지했던 여자들과 가족들은 엎어진 포물선처럼 그렇게 기대치가 올라갔다 내려가면서 제각각 떠나갔다. 그

중 정말로 떠난 사람은 아버지였다. 갈라진 손끝으로 몇 푼씩 만 들어서 꼬박꼬박 돈을 보내오던 아버지가 3년 전 세상을 떠나면 서 부모 등골 빼먹은 놈으로 낙인찍혀 형제들도 모두 등을 돌렸 다. 이제 고향에는 덩그러니 빈집뿐 아무도 없다. 그동안 전세 원룸에서 월세로, 하숙에서 고시원으로, 생활은 끝 간 데 없이 미끄러졌다.

"벌써 세 시가 넘었네. 이놈의 포카장만 만지고 있으면 시간 가는 줄 모른다니까. 당최 무슨 조홧속인지 원."

마지막 패를 집어 드는 사쿠라가 벽의 시계를 바라본다. 20년 전에도 화투를 치다가 벽의 시계를 들여다보았던 사쿠라는 오늘 이 꼭 그날 같다. 올림픽을 치르면서 반짝 특수를 누리던 그때도 사쿠라는 이태원에 있었다. 미국인들이 출입하던 클럽에서 일했 던 사쿠라는 꼬깃꼬깃 구겨지고 접힌 달러로 화투를 쳤다. 좋은 시절이었지만 오래가지 못했다. 외국인 근로자들이 들어오면서 이태원도 한물 가기 시작했다. 죽치고 앉아 돈은 쓰지 않는, 맥 주 한 병으로 시간을 버티는 파리들이 끓기 시작하면서 이태원은 빠르게 무너져내렸다. 가게를 팔아 치운 업주를 따라서 필리핀 으로 들어간 사쿠라는 현지 여성들을 고용해 한국인 남성 관광객 을 상대로 술을 팔았다. 겉은 술집이었지만 실상은 매춘이었다. 꽤 잘 되었지만 한국인 매춘관광이 필리핀 고발프로그램에 소개 되면서 사장이 구속되고 말았다. 한국에 돌아온 사쿠라는 부산으로 내려가 룸싸롱 마담을 했다. 사쿠라는 근 6년 동안 룸싸롱에서 접대부들 관리를 했다. 어느덧 오십을 바라보는 나이가 되면서 사쿠라는 자신이 살아온 길을 되돌아보게 되었다. 술 한잔 마시면서 담배 한 가치 태운 것 같은데 20년 세월이 연기처럼 사라지고 없었다. 피서철을 맞아 접대부들 물갈이 할 때가 왔다. 서울에서 접대부 5명이 오기로 했고 수중에는 사장이 맡긴 인수금 5천만 원이 있었다. 무작정 택시를 타고 도망친 곳이 이태원이었다. 20년 세월을 돌고돌아 결국 이태원으로 돌아온 사쿠라는 하루하루 불안한 밤을 견디는 중이다.

"도박이라는 게 원래 그런 거 아니겠어요? 모든 생각들을 망각하게 만들어 버리는 거. 한마디로 저능아를 만들어 버리는 거죠. 크- 크-"

뺀질이는 정말 저능아 같은 웃음을 지으며 5천 원을 배팅한다. 아무것도 없는 헛패다. 포카를 잡지 못한 사쿠라는 쓸쓸한 손길로 5천 원을 던진다. 무력하게 죽기도 싫고 능동적으로 배팅을 하기도 싫은, 싼 똥 뭉개고 앉았는 꼴이다. 저능아처럼 웃고 있는 뺀질이를 쳐다본 염소는 섬뜩한 기분이다. 아무것에도 미련이 없는 밑바닥 같은 웃음 때문이다. 자꾸만 이유 없이 두근거리는 심장을 억누르려고 똘아이는 자근자근 짱구를 씹는다. 똑딱똑딱 시간은 가고 있지만 그 시간의 지남이 까닭 모를 두려움을 동반한다. 곧 오겠지 곧 오겠지 5살 똘아이는 짱구를 씹으며 집 나간 엄마를 기다리는 중이다. 짱구 한 봉지를 손에 쥐여 주고 집을 나간 엄마는 끝내 돌아오지 않았다. 마루턱에 걸터앉아 달이 뜨는 광경을 지켜보던 똘아이는 입안에 한가득 짱구를 머금은 채 잠이 들었다. 그때부터 똘아이의 손에는 줄곧 짱구가 들려 있었다. 똘아이는 엄마가 아닌 그 무엇을 기다리는 심정으로 지금껏 짱구를 바수어 먹는 중이다.

"자 마지막 한 번 돌리고 끝냅시다. 씻고 나가야 첫차를 탈 수 있을 테니까."

실핏줄이 가늘게 갈라놓은 눈알을 들어 염소가 힘없이 지껄인다. 새벽 5시가 가까워져 오고 있다. 씻고 버스를 타면 용산역에 도착해서 호남선 무궁화호를 탈 수 있을 것이다. 지치고 피로한 얼굴의 염소는 곧 울어버릴 사람처럼 우울한 낯빛이다.

"에라이, 동전이나 털고 일어나야겠다."

뺀질이가 제 앞의 동전을 전부 털어 넣는다

"첫끗발이 개끗발이라더니…… 하긴 나한테 끗발이라는 게 있긴 있었나."

똘아이는 예의 제 신세 한탄 끝에 긴 한숨을 끌어낸다.

"나는 언제나 포카 한 번 잡아 보나. 아이고 내 팔자야."

사쿠라도 바닥의 잔돈을 던져 넣는다. 마지막 판에 로얄 스트레이트 플러시를 잡은 염소는 시무룩하다. 아무런 기대할 것 없는 로얄 스트레이트 플러시다. 염소는 쓸쓸하게 바닥의 동전을 쓸어담는다. 5백 원짜리 동전이 수북하게 한 주먹이다. 무궁화호를 탈 수 있는 그리고 내려서 국밥 한 그릇 먹을 수 있을 정도다.

"오늘도 이렇게 시마이 하는 건가. 남들 출근할 시간에 이거 뭐하는 짓거리고……"

사쿠라는 하루 일과를 끝낸 사람처럼 긴 하품과 함께 제 방으로 기어든다. 똘깍, 도어락이 잠긴 방 안에서 사쿠라는 등을 구부린 채 새우잠을 청한다. 뺀질이와 똘아이는 구석진 방에 들어서자마자 입을 꼭 다문 섹스를 한다. 격렬한 둘의 섹스는 흡사 흡혈귀 두 마리가 난투극을 벌이는 것 같다. 그렇게 둘은 피 터지는 섹스라도 해야 온전히 잠을 청할 수 있다.

아직 사무실에 앉았는 염소는 창자라도 딸려 나올 듯 긴 담배 연기를 뱉어낸다. 오래전 길을 잃어버린 염소는 어디로 가야 하나 막막하다. 창밖에는 한두 방울 흩날리던 눈발이 맹감 만하게 떨어져 내린다. 끙-, 솟아나려는 눈물을 애써 틀어막은 염소는 헐거운 다리를 일으켜 세운다. 세상에 남긴 흔적이 별로 없듯 짐이랄 것도 별로 없다. 양어깨에 짐가방 두 개를 짊어진 염소는 방문에 키를 그대로 꽂아둔 채 고시원을 나선다. 길 위에 선 염소는 뭔가 잃어버린 듯 마른 고개를 들어 고시원을 바라본다. '2F 타워팰리스 고시원', 영원할 것 같던 청춘을 한 평 쪽방에서 그렇게 허망하게 흘려보냈다. 터벅터벅 언덕을 내려가는 염소의 눈으로 아버지의 앞니 같은 환한 눈발이 시리게 날아든다.

목
어

옛날 어느 절에, 염불에는 관심이 없고 나쁜 짓만 골라 하던 제자가 있었다. 그는 스스로 몸과 마음을 해침으로써 병에 걸려 일찍 죽게 되었다. 이승과 저승 사이를 떠돌던 그는 간신히 물고기로 다시 태어날 수 있었다. 등에 큰 나무가 자라난 물고기의 형상이었다. 그 물고기는 헤엄을 칠 때마다 등이 갈라지는 고통으로 하루하루 살아가고 있었다. 그러던 어느날, 스승이 배를 타고 가다가 슬피 우는 그 물고기를 보게 되었다. 스승은 그 물고기가 전생에 자신의 제자였음을 알아보았다. 스승은 자신의 제자를 불쌍히 여겨 법회를 열어 줌으로써 그 고통으로부터 벗어나게 해 주었다. 그날 밤 스승의 꿈에 나타난 제자는, 자신의 등에 자란 나무를 베어 물고기 모양을 만들어 보여 줌으로써 나중 사람들의 교훈이 되게 해 달라고 간청했다. 스승은 그 나무를 잘라 속이 빈 물고기 모양을 만들어 절에 걸어 둠으로써 사람들에게 경각심을 주었다.

– 불교경전

1. 나 홀로 만찬

설거지가 끝난 공양간은 고요함을 넘어 적막하기까지 하다. 대걸레를 든 용호는 그 아득한 공양간의 침묵을 무덤덤하게 밀어내고 있다. 누런 콧물을 크르륵– 크르륵– 들이마시며 똑같은 자리를 수없이 밀어대는 것이다. 녀석이 유일하게 하는 밥값이라고는 공양간 바닥 닦기와 대웅전 앞마당 쓸기, 딱 두 가지다. 그것도 하나 마나 한 일이지만 허리와 엉덩이에 들러붙은 비곗덩이를 어떻게 좀 덜어볼 수 있을까 왕초가 손수 챙기고 있다. 녀석의 몸은 볼링핀을 똑 닮아서 무게 중심이 허리 아래로 잔뜩 쏠려 있다. 그러니 한 번 넘어지면 쉽게 일어서기가 불편할 정도다. 녀석의 나이는 열여섯이지만 하는 짓거리는 똑 다섯 살 수준이다. 게다가 얼굴까지 어린애처럼 해맑다. 하지만 고집 하나는 무지하게 세서 제 귀찮은 일은 쥐어패도 겨우 시늉을 할까 말까 정도다.

녀석은 청소 삼매경에 빠져 있는 듯 매우 진지하다. 몸은 빳빳하게 세우고 눈은 창밖을 향한 채 입으로는 연신 알 수 없는 소리를 중얼거린다. 콧물 들이마시는 소리와 뭐라고 중얼거리는 소리의 기묘한 조화는 잘못 들었다가는 싸구려 스피커에서 흘러나오는 랩으로 오인할 수도 있다. 그런 녀석을 보자마자 나는 온몸이 변비로 꽉 막힌 듯 갑갑하다. 인생 자체가 도저히 뚫릴 길 없는 변비나 다를 바 없는 처지에 또 다른 변비와의 조우는 쓸데없이 머릿속만 복잡하게 만든다. 나를 발견한 녀석은 해맑게 웃는다. 곧이어, 잊었다는 듯 대걸레를 잡고 있던 오른손을 들어 삐딱하게 경례를 붙인다. 제 딴에는 반가워할 요량으로 하는 짓거리지만 그런 녀석의 얼굴을 대하는 나의 마음은 싸늘하다 못해 분노가 치밀어 오른다. 솔직히 말하자면 정신이 번쩍 들도록 싸대기라도 한 대 갈겨주고 싶다. 아무런 아픔도 모른 채 그저 웃기만 하는 녀석의 얼굴을 보고 있노라면 가슴 한쪽이 싸하게 저려온다. 뭣 때문에 웃는 거냐고, 어떨 때 웃는 건지 알기나 하냐고, 네놈도 감정이란 것이 있기는 하냐고, 꽥−소리를 지르고 싶다.

용호의 알은체를 일별한 나는 곡식창고와 조리실까지 조심조심 살핀다. 다행히 공양주 보살들은 쉬러 갔는지 보이지 않는다. 박 보살과 김 보살의 치부를 까발린 후, 공양간에서 나의 위치는 간신히 찬밥이나 얻어먹을 정도로 전락하고 말았다. 비구니 절인 남은사(南隱寺)에서 그나마 온전한 남자 측에 드는 나는 쓸모가 좀 있는 편이라 왕초와 선우 스님 다음 서열이었지만 이제는 그 서열이 어디에 붙었는지조차 알 수 없는 처지가 되고 말았다. 사실 처음 발설자야 내가 맞지만 왕초의 귀에 착실히 쓸어 담아 준 이는 장 씨였다. 자칭 남은사의 관리자 겸 마이크인 장 씨. 그런 장 씨에게 여과 없이, 그것도 속전속결로 쏘삭거린 죄가 일부 인정되기는 하지만 좀 억울한 면도 없지 않다. 혼자만 알고 입을 다물었다가는 어느 날 갑자기 배 속에서 폭탄이 터질 수도 있는 일이었다. 무수한 내장 파편을 수습하는 것보다야 속 시원히 장 씨에게 이야기하는 편이 낫다고 판단했다. 하여간 치부가 드러난 박 보살과 김 보살은 왕초에게 얻어걸려 치도곤을 당해야 했다. 때문에 나는 공양간 문턱을 넘을 때마다 바짝 긴장하지 않을 수 없다.

냉장고를 뒤져 봐도 신통하게 먹을 만한 반찬은 없다. 나는 슬금슬금 발소리를 죽여 2층 다용도실로 오른다. 다용도실은 아직 인적이 없을 시각이다. 신도들도 없고 새벽 예불을 마친 선우 스님도 잠깐 눈을 붙이는 중이다. 다용도실은 보물창고나 다름없다. 부처님께 올렸던 과일들과 떡 그리고 과자류 등이 푸짐하다. 보기만 해도 입안에 침이 한 바가지나 고이는 맛난 것들 천지다. 나는 우선 입맛에 맞을 만한 것들을 고른다. 왕초가 절을 비웠으니 그나마 이런 호사도 누릴 수 있다. 욕지거리를 하며 이거 해라 저거 해라 귀찮게 부려 먹지 않아서 좋고, 혼자만의 은밀한 시간을 보낼 수 있으니 더더욱 좋다. 덜떨어진 용호나 어린 승환, 그리고 신기(神氣)가 있는 신자에게는 살가운 어머니 같지만 나에게는 무식하기 짝이 없는 땡중일 뿐이다. 무늬만 비구니지 나에게 하는 욕지거리나 후려치는 모양새로 봐서는 건달도 그런 날건달이 없다.

나는 손에 잡히는 대로 인절미부터 하나 입안에 밀어 넣는다. 고소한 콩가루와 함께 쫀득쫀득 씹히는 맛이 제법이다. 식전 댓바람부터 왕초에게 얻어들은 것을 생각하자면 인절미가 목구멍으로 넘어가다가 유턴을 해야 마땅하겠지만, 그와는 상관없이 꿀떡- 잘도 넘어간다. 내친김에 큰 덩어리 하나를 또 집어 든다. 맛이야 둘째 치고 왕초를 생각하며 쫀득쫀득 씹을 생각이다.

아침나절, 그러니까 늘 하던 대로 늦잠을 잔 나는 행여 왕초와 마주칠세라 잔뜩 꼬리를 사리고 수돗가로 향했다. 왕초와 마주쳐 봐야 아무것도 좋을 게 없다. 분명 이런저런 트집으로 잔소리를 하거나 시킬 일을 주문할 게 뻔했다. 게다가 늦잠까지 자고 났으니 잡혔다 하면 풀려나기 쉽지 않을 것이었다. 왕초의 해석대로야 늦잠이지만, 나에게 있어 절집의 기상시각이란 꼭 두새벽이나 다름없다.

"종구야!"

"……"

나는 이름이 불리는 순간 오싹 소름이 돋았다. 매번 왕초가 이름을 부를 때마다 전기를 먹은 듯 온몸이 찌릿하다. 웬만하면 면역이 돼 태연할 법도 하지만 좀처럼 왕초의 목소리에서 자유롭지 못했다. 잔뜩 움츠러든 모양새로 왕초를 향해 고개를 비틀었다.

"정읍역에 스님을 한 분 모시러 가야겠다. 차 좀 깨끗이 닦아놔라."

바짝 오그라들었던 심장이 어쩔 줄 몰라 순간 펌프질을 했다. 응당 왕초의 입에서 질러져 나올 '오늘도 늦잠이여 이놈아? 쯧쯧…… 새파랗게 젊은 놈이 게을러터져서……' 등의 일상적인 욕지거리가 아니었던 것이다. 밤새 왕초가 부처님의 자비를 깨닫고 개과천선한 것은 아닌지 귀가 의심스러울 정도였다. 나는 좀처럼 믿기지 않는 감정을 수습하지 못한 채 어정쩡한 표정으로 고개를 끄덕였다. 많이 헷갈렸다. 행장을 꾸리러 들어가는 왕초의 뒷모습이 꿈인 것처럼 현실적이지 않았다. 현실적이지 않은 그 꿈이 계속 꿈으로 이어졌더라면 나는 폼나게 아침 공양을 했을 것이고 도둑고양이처럼 다용도실을 털지도 않았을 것이다.

갤로퍼 문을 열고 운전석과 조수석 발판부터 털어 냈다. 흙먼지가 날리는 발판을 털어 내면서도 실실 헛웃음이 새어 나왔다. 늦잠을 자고도 욕을 얻어듣지 않았다는 것과 모처럼 살갑게 대하며 차를 닦으라고 하니 뭔가 대접받는 느낌에 우쭐한 기분까지 들었다. 절집에서 절대로 해서는 안 될 일이지만 저절로 휘파람이 새어 나왔다. 호스를 끌어다 깨끗이 목욕을 시키고 마른 수건으로 물기 제거까지 말끔히 했다. 그리고 바퀴에 튄 흙까지 솔로 구석구석 닦아 냈다. 내 몸을 닦으라고 해도 그만큼 정성껏 닦을 수 있을까 싶을 정도였다.

채비를 마친 왕초가 절 식구들의 배웅을 받으며 나오고 있었다. 왕초의 뒤에 늘어선 식구들의 얼굴에 화사하게 꽃물이 지고 있었다. 물기 젖은 손을 그대로 들고 나온 박 보살과 김 보살, 고집불통 승환의 손을 잡고 있는 정신이 오락가락하는 신자, 자칭 넘버 쓰리 장 씨와 덜떨어진 용호, 그리고 푼수데기 선우 스님까지 모두 나와서 왕초 뒤로 병풍을 쳤다. 기대와 설렘으로 한껏 피어오른 얼굴들이 각자의 모가지 위에서 병풍 속 목단처럼 화사하게 피어났다. 너무나 솔직하고 현실적인 얼굴들이었다. 잠시나마 왕초의 시야에서 벗어날 수 있다는 생각에 한 점 주름도 없이 만개한 꽃봉오리처럼 얼굴이 화사했다.

어느새 나도 겨드랑이 밑이 근질거리며 사리고 있던 날개가 삐어져 나오려 했다. 족히 반나절은 마음껏 게으름을 피우며 즐겨도 될 것이었다. 아무리 단속을 하려 해도 입이 벌어지고 눈빛이 반짝거렸다. 덩달아 온몸에 피돌기가 빨라졌다. 말로만 듣던 그 카타르시스라는 것이 바로 이런 것이구나 싶었다.

반짝반짝 윤기 흐르는 차 옆에서 나는 어깨를 쫙 폈다. 내가 닦았지만 참 훌륭하게도 닦았다 싶을 정도로 광택이 났다. 왕초의 민머리마저 찬란하게 보이는 아름다운 아침이었다. 해바라기처럼 환하게 피어난 얼굴들을 향해 나는 씩- 필살기 웃음 한 방을 날려 보냈다. 딱 거기까지만 했어도 아무 일 없었을 것이다. 갤로퍼 문을 열고 들어간 나는 차에 시동을 걸었다. 멋진 모습으로 차를 후진시켜 절 입구로 방향을 틀어놓을 작정이었다. 기분 같아서야 왕초를 업고 정읍역까지 달려가고 싶었다. 후진이 서툰 왕초 앞에서 보란 듯이 차를 돌려 절 초입에 들이대면 모든 것이 완벽할 것이었다. 액셀을 밟고 핸들을 한 손으로 돌려가며 멋지게 차를 빼보였다.

왕초가 나가고 나면 종무소 컴퓨터에서 게임을 할까 아니면 늘어지게 잠을 잘까 기분이 오락가락했다. 그 오락가락 한 마음에 종지부를 찍듯 쿵- 소리가 나더니 차가 덜컥 내려앉았다.

"아니 저- 저놈이, 차나 씻어노라고 했더니 무슨 지랄 났다고 운전대는 잡아서⋯⋯"

왕초의 날 선 목소리가 쩌렁쩌렁 절간을 울렸다. 옴팍 주눅이 든 나는 운전대 밑으로 머리부터 처박았다. 대충 넘겨짚어도 한 달 정도는 근신해야 할 대형사고임에 분명했다. 나는 삐죽이 고개를 들어 상황을 살폈다. 사태는 생각보다 심각했다. 화단 경계석 너머 머리를 디밀고 있는 거북바위의 코가 납작 뭉개져 있었다. 재물을 불러오는 바위라 해서 왕초가 조석으로 쓰다듬으며 애착을 보이는 바위였다. 그런 거북바위의 코를 깨 버렸으니 왕초의 민머리가 벌겋게 달아올랐을 것은 확인 하나 마나였다.

"다시 운전대를 잡았다가는 손모가지를 분질러버린다고 했거늘 기어이 사고를 쳤네 저놈이."

나는 아직 자동차 운전면허가 없다. 운전면허 시험에 응시할 수 없는 17세 미성년이기 때문이다. 하지만 손이 근질거린 나는 장 씨를 졸라 틈날 때마다 주차장에서 운전연습을 했고, 왕초가 취침 중인 야밤을 틈타 채석강을 거쳐 변산 해수욕장까지 다녀오곤 했다. 때문에 신도들을 실어나르는 승합차 여기저기 긁어 먹은 데가 한두 곳이 아니었다.

왕초가 불편한 왼쪽 다리를 절뚝거리며 빠르게 다가오고 있었다. 본능적으로 위기를 감지한 나는 얼른 차에서 뛰어내렸다. 다리만 절뚝거릴 뿐 양팔은 온전해서 잰걸음으로 다가오다가 어느 순간 후려칠 뭔가를 손에 들 것이 분명했다. 아니나 다를까 왕초는 용호의 손에 들려 있던 대빗자루를 잽싸게 빼앗아 들었다. 나는 한 치의 망설임도 없이 절 뒤편으로 난 오솔길로 내달렸다. 왕초에게 잡혔다가는 대빗자루가 부러지든지 내 팔모가지가 부러지든지 분명 둘 중 하나였다.

"쯧쯧 저놈을 어디다 써먹나 그래. 머리가 미련해 불경도 외우질 못하니 중노릇도 못 할 께고 발정 난 수캐처럼 제정신이 아니니 사람 노릇은 더더욱 못 할 께고…… 저놈은 부처님도 구제하기 힘든 놈이여."

왕초의 혀 차는 소리에 맞춰 산사의 아침이 스타카토로 열리고 있었다.

아침부터 그런 난리법석을 떨었으니 배 속의 쪼르륵 소리는 당연했다. 들키지 않고 만찬을 즐기듯 느긋하게 먹으려면 안전한 곳이 필요했다. 빈 바구니에 이것저것 먹을 만한 것들을 추려 담는다. 이렇게 외진 절간에서 먹는 재미라도 없다면 정말이지 살아가는 재미라고는 눈곱만큼도 없을 것이다. 듣는 것이 염불 소리요 보는 것이 부처님뿐이니 젊은 놈 귓구멍에 딱지가 내려앉고 눈구멍에 백태가 껴 한숨 소리 그 깊이를 가늠하기 힘들 정도다. 그나마 부처님 드시고 남은 공양이라도 이렇게 도둑고양이처럼 핥아먹을 수 있으니 그걸로나마 위안을 삼는 수밖에 달리 도리가 없다. 틈나는 족족, 보이는 족족, 먹어대는데 여간해서 살은 붙지 않는다. 부처님이 먼저 드시고 난 음식이라 기름기가 싹 빠져서 그런지, 왕초의 말대로 걸신이 들려 그런지 도무지 알 수가 없다.

고부면 농협삼거리가 한눈에 내려다보이고, 멀리 변산반도까지 아스라이 눈에 들어온다. 버석— 사과부터 한 입 베어 문다. 헝클어진 머리카락을 살랑살랑 봄바람이 핥아댄다. 괜한 울적함에 코끝이 시큰하다. 뭔가 생각할 것이 있거나 지금처럼 훔쳐 온 음식들을 혼자서 먹어 치우자면 절 뒤편 보리수나무 아래보다 좋은 곳은 없다. 우선 날파리들이 꼬이지 않아서 좋고 경치가 그만이어서 더욱 좋다. 아무리 생각해도 남은사는 자리 하나는 제대로 잡은성싶다. 산지사방 안 보이는 곳이 없을 정도로 확 트인 두승산(頭承山) 꼭대기에 올라앉아 있으니 세상의 상투를 잡고 올라선 격이다. 그지없는 절경에 견주어 한 가지 아쉬운 점이 있다면 부실하기 짝이 없는 인간 군상들이 모였다는 점이다. 그래도 자연은 참 정화능력이 뛰어나서 누구든 기어 들어올 때보다는 한결 그늘이 거둬진 모습이다. 하긴 나도 켜켜이 눌어붙은 땟국이 거지반 씻겨 나갔으니 뭐라 말 할 입장은 아니다.

고만고만한 마을들 너머로 정읍 시내가 지척인 듯 가깝다. 술래잡기라도 하듯 구름 몇 점이 남실대고, 소곤소곤 봄바람이 새살거린다. 나는 잘근잘근 사과 껍질을 씹는다. 정읍 시내에 나가 본 적이 언젠지 기억에도 없다. 교복을 입은 여학생들 곁에만 있어도 향긋한 봄 냄새가 저절로 풍기겠지만 이젠 그럴 수도 없다. 어쩔 수 없이 학교를 그만뒀다지만 잘한 짓인지 잘못한 짓인지 판단이 서지 않는다. 지난 가을, 그러니까 고등학교 1년을 온전히 다니지 못하고 그만두었을 때 왕초는 정신 나간 듯 내 등짝을 후려쳤다. 정작 얻어맞은 나는 말짱했지만 난데없이 눈물을 보인 이는 왕초였다. 고등학교 졸업장만 갖다 주면 더 바랄 것이 없다며 몇 번이고 내 맘을 되돌리려 했지만 나는 끝내 고집을 꺾지 않았다. 차돌처럼 단단해진 왕초는 법당에 들앉아 물만 마시며 7일 동안 염불과 기도로 날을 새웠다. 밤낮으로 울려대는 왕초의 염불 소리는 어찌나 아프던지 고막이 찢겨 나갈 지경이었다. 나는 그 7일 동안, 식은땀을 줄줄 흘리며 잠도 못 자고 무서움에 떨었다.

이런저런 쓸데없는 생각 때문인지 입맛이 쓰다. 먹다 만 사과를 힘껏 던져버리고 한과를 입안 가득 밀어 넣는다. 컥컥 목이 메지만 까닭 없이 허기가 진다. 산꼭대기에 있어 사방천지 확 트인 들녘이고 바다지만 나는 막힌 길목에 들어선 것처럼 갑갑하다. 나는 이것저것 가리지 않고 입속으로 밀어 넣는다. 내 입맛에 딱 맞는 그 어떤 맛을 나는 아직 찾아내지 못했다. 먹을 때마다 느끼지만 요놈의 약과는 통 무슨 맛인지 모르겠다. 선우 스님은 약과처럼 달고 고소한 것이 어디 있냐며 잘도 먹어대지만 먹어 봐도 별 신통한 맛은 느낄 수 없다. 선우 스님처럼 달달한 사랑을 해 본 사람이나 달고 고소한 맛을 알까 싶기도 하다. 그 달고 고소한 사랑을 영원히 간직하기 위해 비구니가 되었는지 그 사랑을 잊어버리려고 비구니가 되었는지 알 턱이 없다. 딱– 딱– 탁탁탁– 오색딱따구리 한 마리가 썩은 상수리나무 상단을 쫀다. 구멍을 내고 새로운 보금자리를 마련할 모양이다. 그 속에 들어앉으면 엄마 품처럼 따뜻하려나, 내 집인 듯 한 번 들어가 보고 싶다.

2. 왕초는 목하 염불 중

"용호 탔지?"

뒤돌아 용호를 찾는 선우 스님의 낯빛이 밝다. 조수석에 앉은 선우 스님은 한껏 들뜬 표정이다. 고부면 첩첩산중에 유폐된 비구니 신분으로 정읍 시내 나들이만 한 즐거움도 없을 것이다. 살짝 상기된 얼굴이 중처럼 보였다가 여자처럼 보였다가 알쏭달쏭하다.

"큰스님이 없으니까 어딘가 허전하네. 같이 갔으면 딱 좋았을 것을."

쓸데없는 객소리를 지껄이는 장 씨에게 아무도 대꾸하지 않는다. 왕초가 목탁을 치듯 장 씨의 주둥이를 후려칠 날을 고대할 뿐이다. 다방면에서 장 씨의 주둥이는 응징을 받아 마땅하다. 왕초가 불심으로다 꾹꾹 눌러 참고 있다지만 성질머리로 판단컨대 조만간 너덜너덜 걸레 쪼가리로 만들 것이 분명하다. 운전만 아니라면 잊어버린 척 떼어 놓고 가도 좋을 위인이다. 8명을 태운 승합차가 남은사를 뒤로하고 미끄러져 내려간다. 왕초의 시야에서 멀어지면 멀어질수록 중생들의 얼굴과 마음은 구름을 벗어나는 달처럼 환하게 밝아진다.

한 달에 두 번, 그러니까 음력 말일과 십사일, 단체로 때를 벗기러 간다. 매월 음력 초하루와 보름날, 제를 올리고 법회를 열기 때문에 그 전날 제물도 장만할 겸 단체로 때를 벗기러 가는 것이다. 때를 벗긴다는 의미는 크게 두 가지다. 하나는 정말로 몸에 들러붙은 때를 벗기는 것이고, 또 다른 하나는 속칭 목구멍의 때를 벗긴다는 의미다. 물론 왕초와 선우 스님은 예외다. 왕초와 선우 스님은 목욕탕도 가지 않고 고기도 먹지 않는다. 발가벗은 몸을 보여서도 안 되고 육식을 탐해서도 안 되는 복잡한 팔자를 타고난 사람들이다. 왕초는 아침공양도 거른 채 목하 염불 중이다. 남의 살을 뜯으러 가는 불쌍하고 가련한 중생들을 위해서 업장을 소멸하고 선근공덕을 쌓으라는 염불수행을 하고 있는 것이다. 돌려차기로 말하면, 혼자만 독야청청 잘난척한다는 뜻이다. 머잖아 골다공증으로 낑낑댈 왕초의 미래가 파노라마로 스쳐 간다.

'고기를 속이면 삼대가 망한다'

플래카드를 간판보다 더 크게 걸어 놓은 '웃소웃소 식육식당'에는 이미 세팅이 되어 있다. 정확히 목욕이 끝나는 시각에 맞춰 불판을 달궈 놓고 아귀들을 기다리고 있는 것이다. 주인 여자는 두 개의 쟁반에 8인분씩 총 16인분의 돼지갈비를 내온다. 그것도 잠시, 고기가 익기 시작하면 금세 또 그만큼의 고기를 날라 올 것이다. 이글거리는 것은 불판 위의 고기만이 아니다. 불판 위의 지글거리는 고기를 바라보는 각각의 눈알들도 이글거리기는 마찬가지다. 왕초 혼자의 염불로 이 극악무도한 인간들의 죗값을 대신하기는 역부족임에 분명하다.

자리 배치는 순전히 먹는 양으로 가름된다. 장 씨·나·용호 세 명이 한 테이블에, 박 보살·김 보살·신자·승환 네 명이 또 다른 테이블이다. 그 옛날 원시부족으로 환생한 용호는 덜 익어 핏물이 찌걱거리는 갈비를 한 손에 하나씩 들고 물어뜯는다. 그에 반해 장 씨는 살코기만 날름날름 입속으로 집어넣는다. 뼈를 잡고 낑낑대는 용호를 가소롭게 쳐다보는 장 씨의 입꼬리에 야릇한 빈정거림이 번진다. 옆 테이블은 어느새 불판 위의 고기가 몇 점 남지 않았다. 장 씨와 갑장인 박 보살은 순식간에 고기를 씹어 삼키는 재주를 가지고 있다. 입속으로 들어가자마자 삼켜 버리는 기이한 신공을 선보인다. 언제 미쳐 날뛸지 모르는 신자는 이것저것 젓가락만 쑤셔대고, 승환은 벌써 콜라만 두 병째다. 고기조차 근심스럽게 씹고 있는 김 보살은 그대로 근심덩어리다. 수심이 가득한 김 보살의 얼굴이 때론 아득한 여운을 부르기도 한다. 늘 걸치고 있던 앞치마를 벗어 버리고 분홍색 잠바 하나를 걸쳤을 뿐인데 감춰진 미색에 식당 전부가 화사하다.

"종구는 오늘따라 먹는 게 영 션찮네. 왜, 갈비가 입에 안 맞어서 그랴?"

생긴 것만큼이나 밉상인 주인 여자가 또 설레발을 떤다.

"그냥 입맛이 없어서요."

"그람 삼겹살 좀 가져오까? 오늘 암퇘지 좋은 걸루다 들어왔는데."

"신경 쓰지 마세요. 내가 알아서 먹을라니까."

"양껏 먹어 둬. 다 살루 가는 거니께."

야채와 함께 또 한 쟁반 고기를 날라 온 주인 여자는 한사코

고기를 권한다. 겉으로는 위하는 척하지만, 순전히 매상을 염두에 둔 수작질이다. 왕초는 늘 현찰 박치기에 깎는 법도 없다. 양껏 먹어대고 결제 완벽하니 웬만한 단체 손님에 비교할 바 아니다. 주인 여자의 장삿속을 염두에 둔 채근에 오히려 입맛이 떨어진다. 나는 맥 빠진 한숨과 함께 젓가락을 내려놓는다. 이런저런 심산한 마음에 영 고기맛이 아니올시다.

"아까참에 교복쟁이덜 원족 가는 것 같더만 그것 때문에 그런겨?"

장 씨가 내 가슴에 청진기를 들이대듯 퀭한 눈을 끔벅거린다. 실뱀 한 마리가 옷 속으로 기어드는 것처럼 께름칙하다.

"고기 타잖아요."

귀찮아서 비껴간다.

"그러니께 왜 무담시 학교는 작파해가지고 궁상을 떠나……"

"무슨 소리예요? 두 놈 때를 혼자서 밀었더니 기운 팔려서 그러는걸."

힘이 안 빠졌다면 거짓말이다. 탕으로 뛰어들려고만 하는 승환이를 억지로 잡아다 밀어대자 힘은 그걸로 바닥이 났다. 아직 네 살밖에 안 됐으니 여탕에 데려가도 되련만 박 보살은 기어이 남탕으로 밀어 넣었다. '저놈이 나이는 어려도 알 건 다 아는 놈이여'라는 말과 함께였다. 용호는 온탕에서 빠져나온 후 내 앞에 코끼리 궁둥이 같은 등짝을 들이댔다. 예상했던 대로 때는 줄줄

떼 지어 밀려 나왔다. 많이 처먹으면 틀림없이 때도 많이 나온다, 에 내 오른쪽 손모가지를 건다. 녀석은 눈을 지그시 감은 채 내 손맛을 즐겼다.

"좋냐?"

계속 밀어댔지만 때는 그칠 줄 모르고 밀려 나왔다.

"……"

녀석이 나른한 표정으로 고개를 끄덕여 보였다. 이놈이 부족한 듯 보여도 영 부족하지는 않구나, 이물감이 느껴졌다.

"가 봐 짜샤. 더 밀었다가는 토 나오겠다."

때 타올 낀 손바닥으로 등을 탁- 탁- 두 번 때렸다.

"여어, 여."

플라스틱 앉은뱅이 의자에서 빙그르 몸을 돌려 앉더니 살덩이 그 자체인 제 다리를 쭉 뻗어 엄지손가락으로 가리켰다. 순간 피가 거꾸로 솟았다. 주변에 망치가 없는 게 다행이었다.

"어쭈! 이 새끼 봐라."

때가 덕지덕지 붙은 그야말로 때 타올을 놈의 면상에 내던졌다. 철썩, 파편처럼 때가 튀었다. 성질 같아서는 면상에 들러붙은 때를 쓸어 모아 주둥이에 밀어 넣고 싶었다. 탕 속에서 목만 내민 장 씨는 이 모든 상황을 놀놀한 미소와 함께 즐기고 있었다. 인간 악귀가 따로 없었다.

"그러게 왜 잘 댕기던 학교는 맥없이 중도에 작파를 혀가지고 그려."

"아 그것 때문이 아니라는데 왜 자꾸 그래요."

나는 빽— 소리를 지른다. 숨구멍이 막힐 정도로 고기를 쑤셔 넣던 떨거지들이 일제히 내 쪽으로 시선을 튼다. 그리고 곧바로 다시 하던 일에 집중한다. 귓구멍이 좀 놀랐을 뿐 별로 특별할 것도 없다는 표정이다. 입맛이 날아가 버린 나는 자리에서 일어 선다. 그러거나 말거나 신경 쓰는 이는 아무도 없다. 우선 제 할 일들이 급할 테고, 또 뭣 때문에 일어서는지 짐작하기 때문이 다. 나는 고깃집 슬리퍼를 꿰신고 건물 뒤편 주차장 한 켠으로 향한다. 급하게 불을 붙이고 길게 한 모금 빨아 마신다. 외로운 산중 생활에, 게다가 인간 멍텅구리들과 부대끼자면 담배라도 피워 물어야 그나마 숨통이 트였다.

승합차를 탄 채 목욕탕으로 향하던 중 길게 늘어선 교복 행 렬과 맞닥뜨렸다. 비록 1년 남짓이었지만 내가 입었던 낯익은 교복이었다. 내장산으로 향하는 도로 옆 인도를 걷는 폼이 내장 사(內臟寺)로 봄 소풍을 가는 모양이었다. 나도 모르게 차 등받 이 아래로 스르르 몸이 꺼져 들어갔다. 승합차에는 '두승산 기 도도량 남은사(南隱寺)'라는 글씨가 양옆으로 큼직하게 박혀 있 었다. 내가 남은사에 살고 있다는 사실을 모르는 학생들은 없었 다. 고부 삼거리에서 버스를 타고 정읍까지 등하교를 했지만, 간혹 늦을 때는 장 씨가 절 승합차로 학교까지 데려다주기도 했다. 또 줄곧 머리를 빡빡 깎은 채로 학교를 다녔으니 절집에서 사는 것을 광고하고 다닌 셈이나 마찬가지였다. 행렬 속에 낯익은 얼굴들도 눈에 띄었다. 함께 얼굴을 마주하고 급식을 먹을 때와는 달리 아주 먼 거리로 느껴졌다. 마음이 멀어진 때문이기도 하겠지만, 이제 더 이상 녀석들과 만날 일이 없다는 생각에 더 멀게 느껴졌다. 교복 사이에서 수미의 뒷모습도 보였다. 살짝 보이는 뒤태만으로도 수미라는 사실을 단박에 알아차릴 수 있었다. 머슴애처럼 짧은 커트머리에 하얗게 드러난 목덜미가 늘 시원해 보였다. 그만큼 성깔도 된장 더러웠다. 몇 달 못 본 사이 교복이 꽉 쪼이는 것으로 봐서 다이어트는 포기한 모양이었다. 간혹 남은사로 전화를 걸어오긴 하지만 받지 않았다. 차가 옆으로 비껴가는 사이 수미가 고개를 돌렸고 나와 눈이 마주쳤다. 나는 아무 감정 없는 눈빛으로 짧은 순간을 지나쳤다.

초등학교 입학과 맞물려 절집에 맡겨진 나는 늘 혼자였다. 혼자만의 시간은 중학교를 입학하고서도 마찬가지였다. 빡빡이인 내게 아무도 관심을 갖지 않았고, 가정이 파탄 난 채 절집에 버려진 나도 두꺼운 갑옷으로 막을 친 상태였다. 나는 종종 우울했고 혼자인 시간이 많았다. 중학교 1학년, 교정에 개나리 만발하던 어느 날이었다. 운동장에서 혼자 볕을 쪼이고 있는 내게 "야, 재갈종구! 하나님께서 내 발길을 너에게 인도하시는구나. 내가 너에게 천국 복음을 전해 줄 테니 나를 친구 삼아라." 경계심이라고는 1도 없는 환한 눈의 여자애가 불쑥 나타났다. 내 가슴에 붙은 명찰과 내 얼굴을 번갈아 쳐다보며 웃고 있는 모습이 당돌해 보이기도 귀여워 보이기도 했다. 버려진 이후 나를 향한 그런 맑은 민낯은 처음이었다. 수미의 얼굴에서 천사를 보았다면 주책없다고 할 테지만 그날은 그랬다. 나는 주인에게 예쁨받으려는 강아지처럼 단단한 갑옷을 벗어 던진 채 무방비 상태로 웃어 보였다. 내가 생각해도 좀 어이없거나 간살스러웠지만, 무엇엔가 이끌리듯 그렇게 되어 버렸으니 정신이 혼미했다고밖에 달리 설명할 방도가 없다. 나는 그날부로 수미가 양육하는 한 마리 어린양이 되어 그녀가 이끄는 대로 들판을 누볐다. 양치기 소녀의 관리는 생각보다 달콤한 것이어서 울타리 밖으로 쉽게 벗어날 수 없었다.

나는 수미의 등장으로 인해 부처와 예수 사이를 오가며 박쥐 같은 삶을 살아야 했다. 수미에게는 귀를 열어 성경을 듣고 왕초 앞에서는 무릎을 꿇고 법문을 들어야 했으니 좁게 보면 이단이요 널리 보면 종교의 벽을 넘어선 초월적 경지에 이른 셈이었다. 하지만 나의 이런 종교적 초월성은 한쪽 종교에 치우친 맹신도들에게는 돌멩이로 후려칠 더없는 기회가 되었으니 그들 앞에서 피투성이가 되는 것은 예정된 수순이었다. 부처는 깨달음을 얻기 위해 스스로 고행을 자처했고, 예수는 사람들의 죄를 대신해 십자가에 못 박혔다니 나도 그 비슷한 핍박 정도는 감내해야 널리 후대에 이름을 남길 수 있을 것이었다. 학교에서는 이미 목사 딸과 스님 아들이 사귄다는 소문이 파다했다. 물론 내가 왕초의 아들은 아니었지만, 수미 아버지가 목사인 것은 분명하니 그렇게 갖다 붙인 것이었다. 말 만들기 좋아하는 녀석들은 마리아와 땡중이 만났으니 절대로 사고 칠 일은 없겠다며 키득거리기도 했다. 소문은 학교 담장을 넘어 정읍 시내와 소망교회 그리고 남은사까지 지경을 넓혔다. 소문에 불쏘시개 역할을 한 것은 나의 빡빡 깎은 민머리였음을 인정하지 않을 수 없다. 수미와 어깨를 나란히 한 채 정읍 시내의 피자집과 분식집 그리고 탁구장을 활보하고 다니는 동안 나의 민머리는 자연스럽게 사람들의 눈에 띄었다. 덤으로 수미는 소망교회 목사의 딸이었으니 성도라면 누구라도 알아볼 수 있었다. 소문은 학교·소망교회·남은사, 이렇게 삼각구도를 이루며 팝콘이 볶아지듯 부풀어 올랐다. 성질 사나운 나는 여간 신경 쓰이는 것이 아니었지만 정작 수미는 아무렇지 않은 듯 의연했다. 오히려 틈날 때마다 내 곁에서 성경 속 인물을 끄집어내 삶의 비전과 목적을 설파했으니 '바보 종구와 평강 수미'라는 또 다른 수식어를 만들어 내기도 했다.

　용호가 허리띠를 푼다. 이제 본격적으로 시작하겠다는 신호다. 평소에는 때려서라도 식탐을 억누르지만 고기를 먹는 날만큼은 그냥 봐준다. 녀석은 150센티의 키에 몸무게는 70킬로가 넘는다. 조금만 움직여도 헥헥거리며 주저앉아 버리는 녀석은 당뇨와 고혈압이 의심된다. 왕초는 욕설과 회초리로 번갈아 겁박하며 녀석의 식탐을 조절하려 애쓰지만 괜한 공염불일 뿐이다. 게다가 나에게까지 그 관리 책임을 전가시키고 있으니 그저 답답할 노릇이다. 나는 판단이 잘 서지 않는다. 저렇게 맛있게 먹다가 짧게 끝내는 것이 나은 것인지 억지로 참아 가며 좀 더 사는 게 나은지……. 불판에서 한 발 물러난 승환은 두 병이나 처먹은 콜라를 다시 게워 낸다. 목욕하고 갈아입혔던 옷을 다시 목욕 전 옷으로 갈아입혀야 할 판국이다. 승환을 볼 때마다 나의 유년 시절이 떠오르지만 한편 그래서 더 미운 생각이 들기도 한다. 어쩐지 나랑 비슷한 놈이 곁에 있다고 생각하면 괜히 으스스해지는 느낌이다. 근 한 달 동안을 울며 보채던 승환이도 석 달이 지나면서 차츰 적응해 가고 있다. 이제 겨우 4살인 놈이 낯선 절집에서 그것도 삐딱한 인간들과 적응해 가기란 쉽지 않을 것이다. 8살에 절에 올라온 나도 근 1년 동안을 입을 열지 않고 살았으니 녀석의 적응은 빠른 편이라고 할 수 있다. 보기 싫으면서도 한편 신경 쓰이는 어쩔 수 없는 놈이다.

"살판났네. 잘하면 이 집 거덜 내겠구먼."

선우 스님이 장삼을 휘날리며 입장하신다. 시장을 돌아 내일 제 지낼 물건들을 맞춰 놓고 오는 길이다. 선우 스님도 왕초에게는 고양이 앞에 쥐 격이어서 허투루 일처리를 했다가는 별수 없이 용호와 동급이다.

"어— 어— 머거."

누구보다 기분이 좋은 용호는 불판을 가리키며 선우 스님에게 고기를 권한다.

"여기 냉면 한 그릇 말아줘요. 시원하게."

"선우 스님도 좀 잡숴. 큰스님도 없는데 뭘, 솔직히 요즘 고기 안 자시는 스님들이 어디 있남. 괜히 우리 스님들만 유별나."

주인 여자가 또 가당찮은 영업질을 한다. 선우 스님이 갈비에 혀끝이라도 댔다가는 주인 여자의 입방아에 난도질당할 것이 뻔하다. 정읍 시내 구석구석 돌아다니며 스님도 안 먹고는 못 배겨 날 만큼 맛있는 갈빗집이라고 광고하고 다닐 것이 분명하다. 주인 여자의 객소리를 귓등으로 흘린 선우 스님은 불판 위의 고기를 들어내 접시에 얹는다.

"이따가 종구는 힘 좀 써야겠다. 오늘 장을 좀 많이 봤더니 실어야 할 게 많네."

나에게 고기 접시를 밀어 주는 선우 스님 눈시울이 붉다. 우체국에 가서 또 엽서나 한 장 보내고 왔을 것이다. 어찌 보면 미련스럽고 어찌 보면 순진한 선우 스님은 아직 속세의 인연을 잘라 버리지 못하고 있다. 내가 초등학교 다닐 때도 선우 스님은 내 손을 잡고 우체국을 다녔다. 왕초 몰래 가끔씩 들르는 우체국에서 선우 스님은 보내는 사람의 주소 대신 淑(숙)이라는 이름 자 하나를 써넣곤 했다. 지금도 엽서에 그 淑 자를 써넣는지 아니면 善牛(선우)라는 법명을 써넣는지 알 길이 없지만, 첫사랑의 끈을 놓아 버리지 못하는 한 큰스님 되기는 어려울 것이다.

3. 칼날을 세우다

스테인리스 칼 옆면으로 봄 햇살이 미끄러진다. 수돗가에 퍼질러 앉아 칼을 가는 나는 심드렁하다. 인생의 칼을 갈아야 할 나이에 부엌칼을 갈고 있자니, 성장판이 닫히고 영구치가 빠져나가는 느낌이다. 산꼭대기 정상에 갇힌 나는 꿈이란 걸 펼쳐 볼 수 없는 유폐자의 심정이다. 감옥소나 다름없는 절해고도에서 덜떨어진 인간군상들 똥이나 닦고 있자니 쇠사슬에 발목이 묶인 대역죄인의 노역과 다를 바 뭐 있겠는가. 가끔은 학교가 생각나기도 하지만 곧바로 고개를 젓는다. 내 발로 뛰쳐나온 학교에 미련을 둔다는 것도 자존심 상하는 일이지만, 학교가 모든 문제의 해결책은 아니라는 사실에 또 한 번 고개를 젓는다. 나에게 있어 학교는 절을 찾는 수많은 신도일 수 있고, 내려다보이는 풍광일 수 있다. 하늘을 향해 칼날을 세워 본다. 한쪽 눈을 지그시 감고 칼날에 올려진 하늘을 노려본다. 두 쪽 난 파란 하늘이 티 없이 맑다. 얄궂게 웃어 보이는 하늘을 노려보자니 그만 현기증이 인다.

마당 가운데서 장 씨가 용호에게 뭐라고 알아듣지 못할 훈계질을 한다. 옆에 선 승환은 땅바닥에 떨어진 막대사탕을 입속으로 가져간다. 셋은 삼부자 사이 같다. 훈계를 듣는 큰아들은 멍하니 딴 곳을 쳐다보고, 작은아들은 흙 묻은 사탕 빨기에 여념이 없다. 보기만 해도 심란한 마음에 한숨이 팍- 터져 나온다. 칼 갈기도 일이라면 큰일이어서 손가락 끝이 뻣뻣하고 오금이 저린다. 숫돌과 칼을 저만치 밀쳐놓고 플라스틱 세숫대야를 엎어 그 위에 앉는다. 원래 칼 갈기는 장 씨 담당이었지만 칼날을 톱날로 만들어 버린 후 나에게 맡겨졌다. 멀쩡하던 손이 왜 칼 갈 때만 떨린다는 건지 알 수가 없다. "으아앙-", 장 씨가 사라지고 승환이 울음보를 터트린다. 어느새 승환의 입속에 있던 막대사탕이 용호의 입속으로 옮겨가 있다. 아직 날이 갈리지 않은 무딘 칼 한 자루가 멀뚱히 나를 쳐다본다. 마치 저와 처지가 비슷한 어떤 놈을 쳐다보는 표정이다.

승환의 울음소리는 점점 그 정도가 심해진다. 울음이 터졌다 하면 좀처럼 그칠 줄 모르는 녀석은 꽤나 심통스러운 구석이 있다. 매번 벌겋게 얼굴을 달군 채, 숨넘어갈 듯 그악스럽게 소리를 질러대는 녀석은 산속의 고요를 조각조각 갈라놓곤 한다. 꼭 제 타고난 팔자처럼 울음소리는 성마르고 맵차다. 녀석이 그렇게 안하무인으로 뒤채는 데는 분명 왕초의 책임이 크다. 어리고 불쌍하다고 마냥 잘해 주니 간이 머리통만큼이나 커져 지랄

발광을 하는 것이다. 언젠가 한 번은 한적한 곳으로 데려가서 야근야근 밟아 줘야 제 분수를 알고 고분고분할 것이다. 기회가 딱 맞아떨어지는 날이 없어 아직 손을 못 보고 있지만 제대로 걸리기만 하면 거품을 물 정도로 조질 셈이다. 세상이 매양 그렇게 달고 녹녹하기만 한 것은 아니라는 사실을 일찍부터 깨닫는 것이 녀석의 앞날에도 좋을 것이다. 울음은 밖으로 흘리는 것이 아니라 안으로 삭히는 것이라는 사실을 알라치면 녀석의 눈물이 한 양동이는 더 쏟아져야 가능할 것이다.

눈물과 콧물이 뒤범벅된 승환과는 대조적으로 용호는 녹아내릴 듯 달달한 표정이다. 하마만 한 덩치가 천진난만하게 막대사탕을 빨아대는 꼴이란 너무 희극적이어서 슬퍼 보이기까지 한다. 그런 용호를 올려다보면서 그악스럽게 울어대는 승환이 녀석도 볼만하다. 꽉 들어찬 콧물이 풍선을 만들었다가 픽- 픽- 터지는가 하면 숨이 가빠질 때마다 걸쭉한 그것을 크르륵- 크르륵- 들이켜기를 반복한다. 단맛에 푹 빠져 있는 용호는 미처 장 씨가 다가오는 것도 알아채지 못한다. 장 씨는 일단 용호의 대갈통부터 한 대 쥐어박고 본다. "이런 돼야지 같은 자식, 기어이 또 뺏들었네." 혀를 끌끌 찬 장 씨는 더 이상 타이르기도 귀찮다는 듯 저만치 사라져 간다. 이번에는 두 놈이 쌍으로 울어댄다. 돌림노래의 하모니가 제법 그럴듯하다.

미처 갈지 못한 칼을 집어 든다. 나는 5월 '부처님 오신 날'

을 손꼽아 기다리는 중이다. 3월 4월, 달력 두 장만 더 찢어내면 그날은 온다. 숫돌에 칼을 밀듯 정성스럽게 계획을 추진해야 한다. 왕초에게 당하는 구박도 괴로운 일이지만, 덜떨어진 인간군상들 상대하는 것도 못 할 짓이다. 순전히 부처님 얼굴만 뜯어 먹고 사는 위인들은 걱정이라고는 눈곱만큼도 없이 느려 터진데다 히죽거리기만 할 뿐, 뭐 하나 제대로 하는 게 없다. 분명 세상 속에서 치이고 밟히거나 버려져서 올라왔을 테지만 티 하나 없이 잘 지내는 일상을 보면 실소를 금할 수 없다. 며칠 후면 삼월도 사요나라다. 삼월 달력을 북- 찢어 내면 답답한 마음까지 북- 찢겨 나갈 수 있을까. 그러기를 바랄 뿐이다.

숫돌을 밀어대는 등과 머리 위로 보푸라기 같은 햇볕이 쏟아진다. 한창 피어나듯 곰살맞은 햇볕을 쬐고 있으니 온몸의 허물이 벗겨 나가는 기분이다. 빨가벗고 지붕에라도 누워 있고 싶어진다. 구석구석 손 안 간데없이 파고들어 찐득하게 들러붙은 때꼽재기를 씻어 주면 시원하겠다. 입을 크게 벌리고 끝까지 햇볕을 들이마신다. 허파 속에 꽉 들어찬 햇볕은 순간 스르르 녹아버린다. 가슴을 쪼개서 열어젖히면 짙게 옹송그리고 있는 그늘이 좀 거둬지려나……. 눈을 잔뜩 찡그리고 해를 쳐다본다. 찬란하게 부시다.

칼 몇 자루 그러잡고 그럭저럭 노닥거렸으니, 다른 소일거리라도 만들어 몸을 부리는 척이라도 해야 오늘 하루도 무사히 넘어갈 수 있을 것이다. 결코 안심할 수 없는 것은 장 씨에게 얻어맞은 용호 꼴이나 용호에게 사탕을 뺏긴 승환의 꼴이 되지 말라는 법이 없기 때문이다. 되도록 왕초의 눈에 띄지 않게 요령껏 몸을 사리고 피해 다녀야 그나마 화를 면할 수 있다. 왕초와 숨바꼭질만 잘해도 그럭저럭 견딜 만하다. 할랑할랑 미끈거리며 지내는 것도 다 내 재주지만 어쨌든 사주경계를 철저히 해야 한다. 어디서 어떤 식으로 왕초의 기습공격이 가해질지 알 수 없다. 요즘은 치밀하게 작전까지 세우는지 왕초의 투망질에 자주 걸려든다.

엉덩이를 털며 일어서려던 찰나 마당으로 들어서는 왕초와 눈이 딱 마주친다. 눈이 마주치는 순간 몸의 털이란 털은 죄다 바짝 긴장을 하고 일어선다. 나는 왕초를 못 본 체 슬그머니 꼬리를 내리고 몸을 숨길 곳을 찾아 방향을 살핀다. 필경 승환의 울음소리를 듣고 나온 것일 테니 얼른 자리를 피하기만 한다면 별일은 없을 것이다. 생각하면 내 신세가 용호나 승환의 처지보다 나을 게 없다. 매일 왕초의 눈을 피해 여기저기 도망 다니기에는 절이 턱없이 좁다. 게다가 왕초는 내가 흘리고 다니는 냄새라도 맡는지 귀신처럼 찾아내니 미치고 환장할 노릇이다.

"애들이 저렇게 울고불고 난린데 너는 거기서 뭐하고 자빠졌는 거여? 인정머리라고는 쥐뿔도 없는 놈 같으니라고."

찌리리— 한줄기 고압전기가 등줄기에서 머리끝으로 사정없이 타고 올라온다. 정말로 쥐뿔만큼 남아 있는 자존심이 감전이라도 된 듯 지글지글 타오른다. 이십사 시간 忍(인) 자를 가슴에 품고 살지만 어쩔 땐 忍 자에서 刀(도) 자만 꺼내 확 가슴에 꽂아버리고 싶을 때가 종종 있다. 언제가 될지 모르지만 계급장 떼고 왕초와 맞짱 뜰 날을 고대한다. 이 깊은 산중에 왕초보다도 더 무서운 맹금류가 또 있을까. 부처님은 자비를 베풀라고 했건만 어째서 왕초는 눈만 마주치면 발톱을 세우고 으르렁거리는지……. 부처님은 말이 없고 다른 군상들은 야금야금 즐기는 눈치다.

"냉큼 가서 보자기하고 바리캉이나 가져와."

탱자 가시 같은 왕초의 눈빛은 곧바로 내 눈을 향해 날아든다. 날 끝에 독이 발라지지 않은 게 그나마 다행이다. 어쩜 그렇게 표독스러울 수 있는지 연구대상이다. 못 들은 척 태연하게 흘러가 버리고 싶지만 발이 얼른 떨어지지 않는다.

"그렇게 굼떠 가지고 어디 가서 밥이나 빌어 처먹겠냐 이놈아. 얼른 갔다 오지 못해?"

하루 세 끼 공양이 이렇게 힘든 것이라면 차라리 굶어 죽어버리는 편이 나을 것이다. 요즘은 노숙자에게도 공짜로 밥을 나눠 준다는데 나는 매일 욕을 바가지로 얻어먹고 나서야 겨우 밥한 덩이씩 얻어먹는 처지이니 가련하기 그지없다. 게다가 공양주들은 먹다 남긴 잔반이나 떠맡기면서 사람 취급을 않고, 장 씨는 잔꾀를 부려 수시로 곤경에 빠뜨리니 그야말로 제겨디딜 한 치의 땅도 없다. 발 딛는 곳마다 지뢰가 터지고 화살이 날아 드니 살아도 산목숨이라고 할 수 없다. 모든 사람들이 나를 공격하는 걸로 봐서는 분명 내가 악한인 듯싶지만 만만한 나를 세워 놓고 모두들 은밀한 공유를 하는 것은 아닌지 가끔 의심이 들 때도 있다. 어디든 타깃은 있기 마련이지만 그 타깃이 베푸는 일상의 즐거움을 수혜자들은 모르거나 애써 무시한다. 뭔가 베푼다고 생각하니 맘이 한결 편해진다.

"어디가 이놈아! 기다렸다가 얘네들 머리 감겨 줘야 할 거 아냐."

보자기와 바리캉을 내려놓기 무섭게 뒤돌아서는 나의 뒷덜미를 왕초의 매서운 입정이 콱 물어뜯는다. 점심공양 한 것을 콱 토해 내면 그냥 가라고 놔줄라나? 하늘은 저토록 눈이 부시고 찬란한데 내 앞날에 드리운 그림자는 왜 이다지도 그늘지고 어둡단 말인가.

"할 일도 많은데…… 머리는 지들보고 감으라고 하는 게……"

"뭘 할 일? 일이나 허는 놈 같으면 밉지나 않지."

한 치의 여지도 없이 싹둑 썰어 버리는 왕초. 숨통이 잘려 나가기라도 한 듯 가슴속에 헛바람이 괴괴하다. 하긴 왕초하고 좋게 지내기는 애초에 글러 먹었으니 서로 원수 대하듯 하는 게 오히려 편할지도 모를 일이다. 왕초에게 당하고 보니 괜히 용호와 승환이 미운 생각이 든다. 그것들이 처음에 절에 기어 들어왔을 때는 거지꼴이더니 이제는 얼굴에 화색이 돌고 살이 붙어 누가 봐도 버려진 놈들이라고는 믿지 않게 생겼다. 어떤 놈은 아침부터 저녁까지 중노동 하는 것도 모자라 온갖 멸시와 구박을 당하며 사는데 두 놈은 탱탱 자빠져 놀면서 온갖 사랑은 다 받고 있으니 세상천지에 이런 양극화가 또 있겠는가. 나에게 바리캉을 맡긴다면 두 놈의 머리 껍질을 벗겨 버릴 텐데 그것도 뜻대로 할 수 없고 그저 배 속의 똥이 숯검정이 될 때까지 참고 견뎌 내자니 오장육부가 뒤틀려서 곱창전골이 될 지경이다.

"용호가 형이니까 용호부터 깎자. 다 깎고 나면 스님이 공양주 보살한테 일러서 찰밥 해 달라고 할껴. 호박 속에다가 찹쌀이랑 꿀이랑 밤이랑 대추랑 은행이랑 넣고 찰지게 찐 걸 먹으면 기를 보할 수 있을 꺼여."

입이 헤벌쭉 벌어진 용호가 해를 마주하고 의자에 먼저 앉는다. 용호의 넘치는 살에 비하면 의자는 턱없이 작아 보인다. 저렇게 살이 넘치는 놈에게 뭘 또 해 먹인다는 왕초나, 마냥 좋아하는 녀석이나 생각 없어 보이기는 매한가지다. 코뚜레를 해서 아침저녁으로 산을 박박 기게 만들어도 저놈의 비곗덩어리를 좀 덜어 낼 수 있을까 말까 걱정인데 뭔 얼어 죽을 찰밥은 찰밥이란 말인가. 진짜로 찰밥을 먹어야 할 사람은 바로 나다. 매일 되풀이되는 중노동과 철 수세미를 씹는 듯 눈칫밥 때문에, 겉과 속이 만신창이가 돼 버린 지 오래다. 이만큼 버티는 것도 인간 군상들을 향한 측은지심 때문에 가능한 것이지 측은지심이 없었다면 진작에 산속 어디 바위에라도 머리를 찧어서 죽어 버렸을 것이다.

"뭔 똥 씹어 먹은 얼굴을 하고 앉았어 이놈아. 용호 귀에 붙은 머리카락이나 털어 낼 일이지. 하여간 써먹을 데라고는 밥풀때기만큼도 없는 놈이라니까."

용호 귀에 붙은 머리카락이나 털어 내는 주제에 가타부타 뭔 말을 하겠는가. 그저 대가리를 바닥에 납작 붙이고 눈을 내리깐 채 네 발로 발발 기면 될 것을. 의자에 앉은 용호는 한없이 여유로운 표정으로 지그시 미소까지 머금고 있다. 조금 있다 먹을 찰밥을 생각하는 것인지 제 아버지를 생각하는 것인지 열반에 드신 부처님이 따로 없다. 얼굴이 저만큼 밝아진 모습을 제 아버지가 본다면 눈물이라도 찍어 내며 좋아할 것이다.

용호 아버지는, 아버지라기보다는 할아버지로 보였다. 이미 병색이 완연한 노인의 모습이었지만 눈빛만큼은 따뜻하고 애처로웠다. 용호가 저렇게 미련스럽도록 착할 수 있는 것도 다 제 아버지 덕분일 것이다. 용호에게 정을 많이 쏟은 그는 5년 전 어느 가을날 쉽게 잊히지 않을 영상을 남기고 간 사람이기도 했다.

가을 하늘, 잘 익은 해가 동쪽 지평선에서 벌겋게 솟아오르고 있었다. 수돗가에 쪼그려 앉아 칫솔을 물었을 때 산 밑에서부터 힘겨운 엔진 소리가 들렸다. 비몽사몽 칫솔질을 하다 보니 이빨에서 모터 소리가 들리는 줄 알았다. 하지만 엔진 소리는 나만 들은 것이 아닌 듯 왕초와 선우 스님까지 마당으로 모습을 드러냈다. 숲 사이사이로 잠깐씩 보이는 광경은 1톤 트럭 한 대가 뭔가 짐을 가득 실은 채 죽을힘을 다하고 있었다. 사전에 연락도 없이 산길을 오를 트럭은 없었다. 그것도 이른 새벽, 짐까지 가득 실은 트럭의 등장은 암매장뿐이었다. 종종 묏자리를 찾지 못한 후손들이 트럭을 이용해 산 중턱에 대충 묘를 쓰고 가는 경우가 있었다. 그렇게 하나둘 생긴 묘가 여럿이어서 명절 때나 한식 그리고 제삿날에는 길을 가로막아 애를 먹는 경우가 종종 있었다.

낡은 트럭에서나 울릴 법한 엔진 소리는 중간에 멈추지 않고 계속해서 기어올랐다. 숲에서 피어오르는 안개를 머금은 엔진 소리는 비장함까지 느껴졌다. 이른 아침 숲을 헤치고 전진해 오는 엔진 소리는 그렇게 낮고 축축했다.

트럭은 힘겹게 마당으로 이어진 언덕을 차고 올라 저만치 주차장 안에서 멈춰 섰다. 곧이어 트럭에서 노인 한 명이 내렸다. 깡마르고 굽은 노인의 체수는 조수석 문을 열기도 버거워 보였다. 노인의 모습을 대하는 왕초의 얼굴에 스산한 구름이 드리웠다. 노인의 발걸음은 긴 강물을 끌고 온 사람처럼 축축했다. 왕초는 그런 노인을 향해 찬찬히 합장을 했다.

"스님! 절 알아보시겠지요?"

죄스럽게 비벼대는 노인의 손은 어찌 보면 누추했고 또 어찌 보면 성스러웠다. 두껍게 패이고 갈라진 틈으로 거무스름한 더께가 지난 세월인 듯 침전되어 있었다. 염색하기를 포기했는지 푸석한 노인의 머리카락은 검은색이 저만치 밀려가고 없었다. 병색이 짙게 드리운 노인의 주름지고 푸석한 얼굴은 나 이제 얼마 안 남았소, 하고 말하는 것처럼 보였다. 노인에게 드리운 죽음의 그림자를 찬찬히 걷어 내고 보니 어디선가 본 듯도 한 얼굴이었다.

"관세음보살."

왕초는 노인을 향해 한 번 합장을 해 보인 후 시선을 먼 데로 두었다. 막 세수를 한 듯 물기를 뚝뚝 흘리는 불덩이를 바라보는 왕초의 얼굴이 붉게 젖어 들었다. 딱히 외면하는 것도 아닌, 그렇다고 반기는 것도 아닌 왕초의 태도에는 묵직한 고뇌가 깃들어 있었다.

"이놈이 있어야 할 곳은 저 아래 신작로 맹키로 반듯한 세상이 아니라 이 구불구불한 산길 속에 들앉은 곳일 테지요. 그러니 부디 내치지 마시고 거둬 주십시오. 내 죽어서까지 스님의 은공은 잊지 않겠습니다. 나는 오늘 죽을지 내일 죽을지 모르는 사람입니다. 내가 죽고 나면 천상 이놈은 반편이 고아일 것인디 어찌 저 복잡헌 행길에서 살 수가 있겠습니까? 그저 밥이나 굶지 않게 해 주시고 마음 상허지 않게 살펴 주십시오. 그 이상 더 뭘 바라겠습니까."

석 달 전에도 노인은 왕초를 찾아왔었다. 자신은 죽을병이 걸렸고, 모자란 늦둥이 아들이 있는데 맡아 달라고 사정했다. 하지만 왕초는 자식은 부모와 함께 있는 것이 가장 좋은 것이라며 거절했다. 하지만 지금의 노인은 당시의 노인이 아니었다. 그새 병색이 완연해서 자신을 돌보기조차 버거운 모습이었다. 노인의 뒤꼍으로 바짝 붙어서 있는 녀석은 한눈에 보기에도 부족해 보였다. 잔뜩 겁을 집어먹은 채 멀뚱히 서 있는 녀석의 콧잔등에는 종기가 터진 노란 고름딱지가 붙었고 목에는 때가 켜켜이 들러붙어 있었다. 심란했을 노인과 녀석의 일상이 그대로 보이는 듯했다.

"올라오셨던 길보다 내려가시는 길이 더 힘드실 텐데요."

내내 해를 향한 채 말없이 서 있던 왕초가 녀석에게로 눈길을 돌렸다. 붉게 물든 왕초의 얼굴은 아직 상념의 끝자락에서 헤어 나오지 못한 모습이었다. 왕초는 시름한 표정으로 한참을 그렇게 쳐다보았다. 천천히 염주를 굴리면서 녀석을 바라보고 서 있는 왕초의 자태에 곱다시 아픔이 서렸다. 눈을 지그시 감은 왕초가 다시 등을 돌려 먼 동녘을 향했다.

"용호야! 너는 너무 착하게 태어나서 저 아래 세상에서는 살질 못혀. 애비가 그랬지? 너는 웃을 때가 제일 멋지다고 말이여. 자 애비 앞에서 한번 환하게 웃어 봐라. 그려, 앞으로는 웃을 날이 많을 꺼다."

노인은 기사에게 손짓해 쌀 스무 가마를 트럭에서 내렸다. 녀석이 평생 먹을 양식을 내려놓은 노인의 낯빛은 평안한 표정이었다. 서서 이별을 하는 두 사람의 머리 위로 벌건 불덩이가 이글거렸다.

"자 이제 승환이 차례다. 용호 하는 거 봤지? 얌전히 있어야 헌다."

승환의 머리카락이 밀리기 시작한다. 걸핏하면 주저앉아서 갖은 앙탈을 부리는 녀석이지만 왕초 앞에서만은 꼬리를 살랑살랑 흔드는 귀여운 강아지로 탈바꿈한다. 꼬리를 자르든지 가죽을 벗기든지 저놈의 요망한 속내를 확 까발려야 속이 시원할 텐데. 왕초가 독사 같은 눈으로 내 일거수일투족을 감시하고 있으니 쉽지가 않다.

"승환이 머리통이 수박만 하게 컸네. 이제 고추만 좀 여물면 장가가도 되겠다."

무슨 소린지 알아듣기나 하는지 쥐통만 한 놈이 벙그레 웃는다. 지금은 웃고 있지만 조금 있다가 머리 감을 때는 눈물이 왈칵 쏟아질 것이다. 고추가 바짝 움츠러들 정도로 머릿속에 손톱을 박아 줄 참이다.

"내가 정성이 모자란 것인지 아직 때가 덜돼 그런 것인지 그렇게 기도를 드려도 널 데리러 오겠다는 기별이 없구나. 너같이 잘생긴 아들놈을 떼어 놓고 어찌 목구멍에 뜨신 밥이 넘어가겠냐. 가슴을 찢는 아픔에 밤마다 눈구멍이 눈물 구멍이겠지."

승환을 데리러 올 사람이 없다는 사실은 누구보다 왕초가 더 잘 알고 있다. 승환의 부모는 누군가를 책임질 수 있는 사람들이 아니었다. 그들의 달뜬 눈빛과 불안한 몸짓의 파장은 보기에도 위태로울 만큼 아슬아슬했다. 딱 1년만 맡겼다가 찾아가겠다고 했지만, 입술로 지어낸 공허한 말일 뿐이었다. 젊은 부부는 할 말을 미리 연습해서 온 사람들처럼 각자의 대사를 최대한 짧고 빠르게 읊어댔다. 두 사람의 말은 입 밖으로 나오자마자 흩어져 버리는 푸석한 대사일 뿐이었다. 왕초는 처음부터 두 사람을 외면한 채 승환의 머리통을 쓰다듬기만 했다. 애써 눈빛에 애정을 담아내려는 두 사람의 연기는 조각조각 부서진 파편을 간신히 붙여 놓은 듯 위태위태했다. 왕초는 승환을 선선히 받아들였다. 그들은 앞에 놓인 찻잔이 채 식기도 전에 자리에서 일어섰다. 그리고 멀찌감치 떨어져서 각자 산을 내려갔다. 한 번도 뒤를 돌아보지 않았던 것처럼 그들의 발걸음은 다시 절을 찾지 않았다. 왕초가 거두지 않았더라도 승환은 결국 어딘가에 버려질 처지였다. 왕초도 그 점을 이미 간파하고 있었기에 선뜻 받아들인 것이었다.

"어이구 이렇게 깎아 노니 장군감이 따로 없네. 인물이 훤한
게 틀림없이 큰일을 할 께야."

이마는 툭 튀어나오고 한쪽 귀퉁이는 찌그러진 것이, 똑 땡
중이나 될까 싶은 두상인데 입에 발린 소리를 하고 난리다. 나
는 큼- 큼- 못마땅한 기침을 한다. 왕초의 칭찬이 못마땅하기
도 했지만, 애당초 장군감 될 만한 놈이 초장부터 뒤틀려 이런
산중에서 썩어날 일이 있겠는가 싶어서다. 왕초의 추임에 저절
로 입이 벌어진 승환은 누런 잇바디를 드러낸 채 배시시 웃는
다. 봄 햇살 속에서 한껏 풀어져 있는 녀석이 애늙은이처럼 능
글맞게 보인다. 살금살금 다가가서 가시로 콕 찔러 주고 싶은
얄미운 생각이 든다.

"종구 너는 애들 깨끗이 씻겨 주고 옷도 새로 갈아입혀. 천상
밥값도 못 하는 놈이니 그거라도 해야지 끙-."

그놈의 밥값 타령은 시도 때도 없다. 왕초 앞에서 확 창자를
묶어버리든지 밥 먹을 때마다 삽질을 한 번씩 해 보이든지 해야
지…… 더 이상 수모를 견디고 살 수는 없다. 말이야 바른말이
지 먹는 걸로 따지면 용호나 승환이 녀석이 나보다 곱절은 더
많이 먹는다. 그런 놈들한테는 일언반구도 없이 나만 대놓고 밥
버러지 취급이니 미치고 환장할 노릇이다. 할 수만 있다면 목구
멍으로 넘어간 것을 왕초의 발치에다 칵- 토해 내고 싶은 심정

이다.

"요사채 기와도 몇 장 갈아 끼워야 하고 흙벽돌도 좀 실어 오자면 시간이……"

나는 슬쩍 발을 뺀다. 녀석들을 씻기고 옷까지 챙겨 입힐 하등의 이유가 없다. 그럴 시간 있으면 구석진 곳에 틀어박혀 한숨 때리고 말 것이다.

"저런 인정머리 없는 놈. 니 몸뚱이 귀찮은 생각만 앞서고 저 놈들 불쌍한 생각은 눈곱만큼도 없지? 저런 걸 사람 새끼라고 내가 거둬 멕이고 있으니 원."

인정머리 운운하며 눈알을 부라리다니, 차돌멩이에 이빨을 박는 격이다. 나로서는 왕초의 인정머리가 어떻게 생겼는지 듣도 보도 못한 처지다. 왕초가 베푸는 인정을 눈곱만큼도 받아 본 적 없는 나로서는 피눈물을 쏟을 소리인 것이다. 부처님께 불공드리듯 정성껏 닦달하는가 하면 일소 부리듯 자꾸만 몰아 대는 통에 한밤중 베개를 그러안고 눈물을 찌걱거린 적이 한두 번이 아니다. 용호나 승환에게 보내는 온화한 눈빛의 한 가닥이라도 나눠 준다면 그렇게 섭섭하지는 않을 것이다. 알고 보면 나도 승환이나 용호 못지않게 불쌍하고 가련한 처지다. 온갖 질곡의 세월과 배고픔을 견뎌 낸 나는 가슴이 돌덩이처럼 딱딱하게 굳어져 지금껏 시리고 쑤신다.

"근데 스님! 저도 머리 깎을 때가 됐는데 저도 머리 깎으면 찰밥 주실 건가요?"

이판사판 덧걸이 한판 들어간다. 끽해야 등에 불이나 번쩍 나겠지 죽기야 하겠는가.

"아니 이런 덜떨어진 놈이 실성을 했나 웬 찰밥 타령은 하고 난리여. 저놈의 주둥아리를 쥐어뜯어 버려야 정신을 차릴려나……"

내 코앞으로 바리캉을 치켜드는 왕초의 눈에서 번쩍 불이 튄다. 더러워서 그놈의 찰밥 안 먹고 말지 더는 말 상대를 하고 싶지 않다. 정말로 주둥이가 요절나기 전에 도망이나 치고 볼일이다. 망할 놈의 왕초, 무슨 기력이 그렇게 좋은지 욕할 때 보면 백 살은 넘어 살지 싶다.

4. 슈퍼맨

"어ㅡ, 너 뭐냐?"

장 씨가 산 아래서 실어온 한 무리 신도들 사이에 수미가 끼어 있다. 신도들을 마중 나왔던 나는 반가움 대신 볼멘소리가 튀어나온다.

"왜? 스님 만나러 왔다."

"장난치냐?"

"너야말로 장난치지 마라. 비겁한 놈."

"……"

"혼자 도망쳐서 산속에 숨어 있으니까 좋냐?"

"예수님이 너 여기 온 거 아시냐?"

"예수님이 너처럼 그렇게 쪼잔한 분인 줄 아냐."

삐죽 혀를 내민 수미가 볼일 없다는 듯 법당 쪽으로 돌아선다. 한 방 제대로 맞은 듯 얼떨떨하다. 갑자기 나타나서는 다짜고짜 투덜거리지를 않나 개무시를 하지 않나, 하여간 계집애들이란 문제다. 좀처럼 어디로 튈지 분간할 수 없으니 방어능력 제로다. 지방선거일이면 잠이나 자든지 수학 공식이나 하나 더 외울 것이지 절에는 뭣 하러 온단 말인가. 하여간 나를 보러 온 것이 아니라 왕초를 보러 왔다니 뭐라고 할 말은 없다. 종종 절에 전화를 걸어서 왕초와 수다를 떠는 사이니 왕초를 보러 왔다는 말이 전혀 못 믿을 말은 아니다. 지난번, 때 벗기러 갔을 때 소풍 가는 모습을 본 이후로 처음이다. 계집애가 칠칠치 못하게 남자를 찾아다니기나 하고, 생각이 없는 건지 뻔뻔한 건지. 하여간 그냥 하는 대로 내버려 둘 일이다.

구부정한 노인들이 합장을 한 채 경내를 돌아다닌다. 투표소에 문이 열리자마자 기표를 끝낸 할머니들이 단체로 마실을 나온 것이다. 평일에는 병원이나 장마실을 가고 공휴일에는 불공을 드리러 온다. 할머니들은 대웅전이나 산신각 그리고 약사여

래불을 찾아다니기 바쁘다. 보자기에 싼 쌀과 쌈짓돈 몇천 원씩을 바치고 뭔가를 비는 것이다. 처음은 자식들의 건강과 복을 비는 기도로 시작하지만, 나중은 살아오면서 지은 죄에 대한 용서를 빈다. 짓물러진 눈에서 찌걱찌걱 눈물을 짜내는 노인들을 볼 때마다 짠한 맘이 들기도 하지만 그런다고 뭐 달라질 게 있겠냐 싶다. 하지만 다들 내려갈 때는 한결 얼굴이 편안해 보인다. 다 심리적인 현상이다. 지은 죄가 사라지는 것도 아니고 부처님이 용서를 해 주는 것도 아닐 테니 말이다. '할머니! 다리 아프게 여기까지 올라오지 마시고 시주할 돈으로 집에서 맛난 거나 사 드시고 편히 지내세요. 이런다고 뭐 달라질 게 있겠어요.' 말하고 싶지만 꾹 눌러 참는다.

"보살님 성불하세요."

"이 그려, 잡초 맹키로 쑥쑥 큰다. 아조 하늘 쭈시겄어."

"허리 아픈 건 좀 괜찮으세요?"

"내 걱정 말고 너나 잘 혀. 너 땜시 큰스님 한숨이 법당 무너뜨리겄어."

마주치는 할머니마다 나는 합장하고 안부를 묻는다. 어려서부터 봐온 얼굴이기에 그냥 인사차 몇 마디 건넨다. 그마저 알은체하지 않으면, 늘 입이 근질거린 노인네들은 모가지가 뻣뻣하다느니 노인네 알기를 우습게 안다느니 별 시답잖은 말로 구설수를 만들어 낸다.

초등학교 때만 해도 그들은 내 머리를 쓰다듬어 주며 사탕 같은 주전부리를 쥐여 주곤 했다. '에구 불쌍헌 것. 사람보다 독헌 것이 없어 짐생도 지 새끼는 내치덜 않는디. 어린 니가 뭔 죄가 있다고 부모 떨어져서 이 고상이냐' 등의 말로 위로를 해주곤 했다. 하지만 지금은 완전 아니올시다. 올데갈데없는 놈 거둬 먹여 놨더니 대가리 굵어졌다고 스님 말은 안중에도 없다느니, 멀쩡히 다니던 학교를 때려치우더니 절밥이나 축내면서 매일 빈둥거리기만 한다느니…… 더 이상 바닥이 있을까 싶을 정도로 굴러떨어지고 말았다. 사실 더하고 빼고 할 것 없이 정확한 진단이다. 하지만 노인들이 그 똥구멍 같은 입으로 뭐라고 나불거리건 상관없다. 나도 나를 모르겠는데 그들이 나를 어찌 알겠는가.

나는 옷장 깊숙이 넣어 둔 참치캔 두 개를 들고 방을 나선다. 별것도 아닌 참치캔을 옷장 깊숙이 숨겨 놓는 데는 다 그럴 만한 이유가 있다. 남은사에는 도저히 예측하기 힘든 3인방이 있다. 용호와 승환 그리고 신자가 그 당사자다. 이들 3인방은 모자란 듯 무서운 면모를 지니고 있다. 보통 사람이 그렇게 하면 욕을 얻어듣거나 손가락질을 당하지만 이것들이 하면 쯧쯧 오죽하면 그렇겠냐 하고 말아버린다. 모르는 것 같지만 이것들도 그 사실을 잘 알고 있다. 가끔 내 방에 들어와서 온통 다 뒤집어 엎고 먹을 건 먹고 심지어 똥까지 싸지르고 가는 경우도 있다.

제정신이 아닌 듯 아무것도 모른 체 시치미를 뚝 떼면 그냥 환장할 노릇이다. 알아서 적당히 방어벽을 쌓는 수밖에 달리 도리가 없다.

나는 참치캔 두 개를 딱딱 부딪치며 산신각 뒤를 오른다. "해탈아─ 열반아─" 내 목소리를 듣자 풀숲 어딘가에서 두 마리의 새끼고양이가 삐죽 얼굴을 내민다. 주위를 살피던 새끼고양이는 위험이 없다는 것을 알아챘는지 곧장 내게로 달려온다. 새끼고양이는 흰색이지만 머리와 엉덩이에 검은색 반점이 박혀 있다. 녀석들은 처음 봤을 때만 해도 기우뚱거리며 넘어지기를 반복하더니 이제는 제법 잘 걷는다. 엉덩이를 졸랑졸랑 흔들며 다가오는 폼에 어린양이 잔뜩 묻어 있다. 발랑 배를 뒤집고 내 손에 발장난을 해대는 녀석들은 먹을 걸 달라는 재롱을 부린다. 나는 주머니에서 큼직한 멸치 몇 마리를 꺼내 준다. 손톱만 한 혀를 내밀어 비린 맛을 핥고는 작고 하얀 이빨로 앙증맞게 멸치를 뜯어먹는다. 그런 녀석들을 보면서 나도 멸치 한 마리를 씹는다. 멸치는 푸성귀 반찬뿐인 절에서 중요한 칼슘 보충제이기도 하고 간혹 술을 홀짝거릴 때 안줏거리가 되기도 한다. 새끼들이 간식을 먹는 동안 어미는 멀찌감치 떨어져 심드렁하니 바라보고 있다. 그러다가 뭔가 기척이라도 들리면 발딱 몸을 일으킨다. 어미의 시선 안에서 새끼고양이들은 맘껏 재롱을 부린다. 참치캔을 따서 녀석들의 앞에 놓아준다. 게걸스럽게 먹어대는

녀석들을 보고 있자면 나도 덩달아 어린이가 되어서 아무 걱정
이 없어진다.

"짜식들, 맛있냐? 하긴 절집 쓰레기통에서 생선뼈가 나오겠
냐 동물뼈가 나오겠냐."

참치를 다 먹은 새끼들은 제 어미 곁으로 졸래졸래 되돌아간
다. 나와의 친분은 멸치와 참치를 먹는 짧은 시간 동안이다. 섭
섭해할 필요는 없다. 나는 처음부터 멸치와 참치를 빌미로 잠시
제 어미로부터 새끼들을 빌린 것이다. 멸치나 참치는 그 맛은
좋을지 모르나 제 어미 품에 비하면 아무것도 아니라는 사실을
나는 잘 알고 있다. 매 끼니마다 입에 당기는 생선들을 날라 준
다 한들 녀석들은 제 어미 품을 떠나지 않을 것이다. 새끼들이
먼저 풀숲으로 사라지고 어미는 잠깐 나를 물끄러미 쳐다본다.
고맙다는 것인지 새끼들에게 딴 맘 품지 말라는 것인지 알 수
없는 표정이다. 나는 어미까지 사라진 풀숲을 멍하니 바라본다.
어미를 따라서 나도 풀숲으로 들어가고 싶다. 따뜻한 품을 파고
들어 말랑말랑 달큼한 젖을 빨고 싶다.

"땡그으- 땡-, 땡그으- 땡-"

고양이들이 사라진 풀숲에 한눈을 팔던 나는 반짝 정신이 든
다. 점심 공양을 알리는 운판(雲版) 소리만큼은 금방 알아들어
야 한다. 제때 공양을 하지 않으면 국물도 없다. 공양주들이 나
를 눈엣가시로 여기는 이유가 아니더라도, 왕초는 제때 밥을 먹

지 않는 인간들에게는 밥풀 하나라도 주지 말라는 엄명을 내렸다. 사실, 답답한 절간에서 별로 낙이랄 게 없어서 먹는 게 큰 즐거움이라면 즐거움일 수 있다. 게다가 오늘은 공휴일이니 평일과는 색다른 반찬들이 만들어졌을 것이다. 어디선가 '밥이 생명이다'라는 문구를 본 적이 있다. 하지만 나의 경우는 '눈칫밥은 소화불량으로 곧 생명 단축을 부른다'라는 표현이 더 와닿는다. 어디서부터 꼬였는지 눈칫밥 먹은 지가 꽤 된 것 같다. 먹을 때도 편치 않지만 먹고 나도 헛배만 부르고 포만감이 아닌 부담감만 꽉 들어찬다.

나는 별 큰일이나 한 사람처럼 양쪽 어깨를 손으로 두드려가며 공양간으로 들어선다. 오전 내 한 일도 없이 빈둥거렸을 사실을 알면서도 사람들은 그러려니 마지못해 눈인사를 건넨다. 그럴수록 나는 더욱 뻔뻔해져서 허리까지 뒤로 젖혀 가며 몸을 부린 흉내를 낸다. 신도들은 참으로 점잖아서 한마디 말도 없이 눈알을 흘깃거리며 우걱우걱 비빔밥을 씹어댄다. 그런 그들을 향해 환하게 웃어 보이며 까딱 고개까지 꺾어 보인다. 대개는 십중팔구 밥맛이 싹 가신 얼굴이지만 끝까지 수저는 놓지 않는다. 역시, 밥이 생명이다.

취나물·고사리·콩나물·도라지·무채 등 비빔재료가 사각 스테인리스 반찬통에 담겨 있다. 나는 특별히 좋아하는 도라지를 듬뿍 넣고 고추장을 한 수저 퍼 넣는다. 참기름은 필수다. 뛰는 놈

위에 나는 놈 분명 있다. 용호와 신자가 마주 앉아 미친 듯 퍼먹다가 씩─ 웃다가 지랄들을 한다. 같이 앉을까 0.5초 생각하다가 빈 테이블에 자리를 잡는다. 같이 얼굴을 맞대고 밥을 먹을 생각을 하니 먹기도 전에 헛구역질이 치밀어 오른다. 저것들이 아무래도 뭔가 수상하다. 벌겋게 고추장이 묻은 입술을 실룩거리며 웃어대는 폼이 조만간 스파크가 튈 것 같다. 물불 안 가리는 것들이 불똥 튀기면 대형사고로 이어지기 마련이다. 난 모르겠다. 세상 지 꼴린 대로 돌아가는 것이 이치 아니겠는가.

내가 앉은 테이블에는 좀처럼 다른 사람들이 앉지 않는다. 냄새가 나는 건지, 위협을 느끼는 건지, 그냥 꼴도 보기 싫은 건지, 하여간 떡하니 테이블 하나를 혼자 차지하고 있다. 아무렴 상관없다. 정 자리가 없으면 누구라도 앉을 것이고 그것도 아니라면 그냥 혼자 편안히 먹고 일어서면 되는 것이다. 고추장을 너무 많이 넣었는지 온통 벌겋다. 비비는 거야 선수급이니 밥알 부서지지 않게 젓가락으로 잘 섞는다. 보는 것만으로도 입에 침이 왕창 고인다. 수저 가득 큼직하게 떠서 입안으로…… 좆됐다. 뭐 피하려다 뭐 만난다더니 딱 그 꼴이다.

"어쭈, 이놈이 아주 독상을 차지하고 앉았네."

"……"

"밥이 무거워서 수저 부러지겠다 이놈아. 수미 니가 생각할 때 저놈이 저렇게 처먹을 자격이 있다고 생각하니?"

"당연 없죠. 굶기세요."

"그랬다가는 저놈이 고발프로그램에 득달같이 전화질을 할 걸. 어쩌겠어! 소 한 마리 키우는 셈 쳐야지."

"가축이다 생각하시고 맘껏 부려 먹으세요. 요즘 밥값이 얼마나 비싼데요."

"그냥 이참에 니가 끌구 가라! 내 그냥 줄 테니."

"생긴 것만 괜찮았으면 애완용으로라도 쓰겠는데 그것도 아니라서 사양할래요."

인간들 진짜 세트로 짜증나게 한다. 수미 저것은 언제 왕초를 구워삶았는지 죽이 척척 맞는다. 더 이상 듣고 있자니 신경질만 나고 밥맛도 싹 가신다.

"앉지 못해 이놈아! 사내 자식이 금방 토라져서⋯⋯"

발딱 일어서려던 나는 엉거주춤 다시 주저앉는다. 뭘 알고 웃는 건지 그냥 웃는 건지 왕초를 따라온 승환이가 배시시 웃고 있다. 저놈도 영 제정신이 아니다. 어느 줄에 서야 할지 분간을 못 하니 앞날이 결코 순탄치 않을 것이다. 왕초 없을 때 응분의 대가를 치러 줘야 정신을 차릴 것이다. 하여간 왕초와 수미 그리고 승환이까지 4인 식탁이 제대로 찼다.

"친구를 만났으면 인사를 해야지 왜 꿍해가지고 있어 이놈아. 너 보러 여기까지 왔는데."

"스님 만나러 왔다는데요."

"그게 그거지 이놈아. 저렇게 미련해서야."

"괜찮아요 스님, 아까 인사했어요. 절밥이 이렇게 맛있다니 자주 와야겠어요."

웃기는 짬뽕이다. 어딜 자주 오겠다는 건지. 왕초와도 스스 럼없이 지내고 느낌 안 좋다. 절까지 찾아오리라고는 생각지도 못했는데 도대체 무슨 꿍꿍이속인지 알 수가 없다.

"야! 오늘은 니가 미스코리아다. 할머니들 사이에서 단연 돋 보이잖아. 친구들까지 엮어서 자주 놀러 와라, 이참에 우리 절 도 물갈이 좀 해야지."

피해 갈 수 없으면 정면승부를 택하라고 했던가. 왕초와 수 미의 표정이 뜨악하지만 나는 천연덕스럽게 웃어 보인다. 왕초 의 어이없음과 수미의 한심한 눈빛을 의연히 받아 내며 나는 한 술 크게 떠서 우걱우걱 씹어댄다. 오랜만에 밥 좀 먹는 것 같다.

"그래 고마워, 근데 자주 놀러오기야 하겠지만 종구 너하고 는 볼일이 없을 거야. 사실 너 빼고 다른 식구들하고 친하게 지 내고 싶거던."

저게 보자 보자 하니까 끝 간 데 없이 올라간다. 한 대 콱 쥐 어 박아 버렸으면 속이 시원하겠다. 속마음은 그렇지 않은데 왜 만나기만 하면 툴툴거리게 되는지 모르겠다. 그러기는 수미도 마찬가지인 듯싶다. 왕초는 개뿔 핑계일 테고 분명 나를 만나러 왔을 테지만 말과 눈빛이 곱지 않다. 그래, 남자인 내가 큰맘 먹

자. 계집애를 상대로 꼴같잖은 자존심을 세워서 뭣한단 말인가.

"너는 얼굴도 예쁜 애가 그렇게 말도 예쁘게 하냐. 온 김에 하루 자고 가라. 내려다보는 야경이 끝내준다."

"됐거든요. 난 내일 새벽에 교회도 가야 하고, 또 학교도 가야 해서요. 놈팽이 아저씨!"

나는 확— 달아오른 얼굴에 애써 웃음을 짓는다. 당장 빵— 터져 버릴 듯 부풀어 오르지만 애써 눌러 참는다. 그런 나를 보고 약 오르지, 하는 표정으로 혀를 빼무는 수미는 매우 고소한 표정이다.

"종구 너는, 공양 끝내고 수미 절 구경이나 시켜 줘. 노느니 염불한다고 그거라도 해."

왕초와 수미가 마주 보고 눈웃음을 친다. 그동안 살아온 세월로 보나 얼굴 맞대고 밥 먹은 횟수로 보나 분명 내가 더 가까워야 마땅하지만, 지금 이 순간 왕초와 수미 사이에 나는 없다. 도대체 나는 어디서 존재감을 찾아야 한단 말인가. 원래 존재감 없이 살아온 목숨이지만 그래도 세상에 내 편 하나쯤은 있어야 하지 않겠는가. 외로움과 쓸쓸함이 수저 가득 쌓여서 목구멍으로 넘어간다. 좆나 배부르다.

"예, 까짓꺼 뭐 밥이나 축내는 놈이 그런 거라도 해야죠."

어느 날 학교가 파하고 버스를 타기 위해 정류장에 서 있을 때 중년 부부가 다가왔다. 나를 쳐다보는 네 개의 눈동자에 불편함이 가득했다. 아마 내가 심약한 인간이었다면 그 네 개의 눈빛에 그만 타 죽고 말았을 것이다. 이미 초장부터 기가 눌린 나는 스스로 죄인 되어 꾸벅 고개를 숙였다. 나는 그들이 수미 부모님이라는 사실을 이미 알고 있었다. 성도들과 함께 전도지를 돌리며 전도 활동을 하던 모습을 몇 차례 목격한 적이 있었다. 옆구리에 끼고 있는 성경책도, 반듯하고 반지르르한 모습도 전형적인 목사님과 사모의 그것이었다. 나는 수미의 부모님에게 이끌려 인근 카페로 들어갔다.

"이게 무슨 냄새지……"

자리에 앉자마자 사모가 손수건을 꺼내 코를 틀어막았다. 코가 예민한 아이들에게서 종종 듣는 얘기였다. 절간의 향내는 씻어도 씻어지지 않았다. 살 속까지 파고들어서 은근하게 피어올랐다. 긴장 탓인지 삐질삐질 땀이 배어 나왔고 향내는 더 자극적이었다.

"재갈종구 학생, 우리가 누구인지 또 왜 왔는지 알겠지?"

"……"

진득하면서도 날이 서 있는 목사님의 말투는 소름이 오싹할 정도로 위압적이고 근엄했다. 목사님은 창틀에 갇힌 쥐를 대하듯 나를 빤히 바라봤다. 더 이상 수미를 가까이했다가는 가만두지 않겠다는 강압적인 눈빛이었다.

"사랑과 은혜가 많으신 하나님, 제 딸 수미가 지금 시험 들어

고난 가운데 있습니다. 더 이상 마귀 사탄이 틈타지 아니하도록 지켜주시고 분별할 수 있는 영적 능력을 주소서. 말씀과 기도로 믿음을 굳건하게 하옵시고 주님의 십자가로 악한 영을 물리치게 하소서. 길 잃은 양 한 마리를 소중히 생각하신 것처럼 울타리 너머에 있는 제 딸 수미도 소중히 여기셔서 속히 울타리 안으로……"

수미 아버지는 아니 목사님은 나를 앉혀 놓고 쉼 없이 기도했고, 수미 어머니는 아니 사모는 계속해서 '아멘!'으로 화답했다. 나는 언제 끝날지 모를 두 사람의 기도를 계속 듣고 있을 수 없어 조용히 카페를 나왔다. 내가 일어서 나가는 것을 아는지 모르는지 두 사람은 계속해서 머리를 조아리며 기도와 아멘을 이어 갔다. 나는 버스도 타지 않은 채 국도변 밤길을 내내 걸었다. 간간이 지나는 헤드라이트 불빛이 누추한 나의 발걸음을 훔쳐보듯 빠르게 흘깃거렸다. 한 발 한 발 내디딜 때마다 그동안 꾹꾹 눌러 참았던 지난한 과거의 울분이 독버섯의 포자처럼 스멀스멀 피어올랐다. 간신히 그러쥐고 있던 그 무엇이 날카롭게 찢긴 틈 사이로 피처럼 흥건하게 흘러내리고 있었다. 나는 매고 있던 책가방을 벗어서 캄캄한 국도변 어디쯤 힘껏 던져 버렸다. 책가방 속에는 두 주먹 꽉 쥔 채 간신히 버티고 있는 또 다른 내가 들어 있었다.

수미와 나는 절 마당 가 단풍나무 아래 벤치에 앉아 커피를 마신다. 수미는 나와 다르게 늘 밝고 명랑하다. 언제나 웃는 얼굴이어서 내 그늘도 덩달아 거둬지는 기분이다. 그냥 옆에 있기만 해도 상쾌하고 시원한 바람이 분다. 선우 스님이 마당을 가로질러 약과 몇 개를 쟁반에 올려 가져온다. 달달한 사랑을 못 잊어 달달한 약과를 달고 사는 것인지, 달달한 약과를 달고 살기에 달달한 사랑 속에서 빠져나오지 못하는 것인지 알 수 없다.

"그림 좋다. 나는 머리 깎아서 연애도 못 하는데."

"어라, 종구도 머리 깎았는데요."

"종구 머리는 자격증 없는 머리고 내 머리는 자격증 있는 머리잖어. 승려증 보여 줘?"

대화를 하는 것인지 물장구를 치는 것인지 둘 다 뇌가 빈 모양이다. 선우 스님과 수미가 약과 하나씩을 입에 문다. 그림 제법 나온다. 철딱서니 없는 여자 둘이 까르륵거리며 약과를 물고 앉았는 모습이 참 가관이다.

"슈퍼맨…… 슈퍼맨……"

용호가 절 마당을 가로질러 주차장으로 뛴다. 기우뚱기우뚱 발을 옮길 때마다 땅이 갈라지는 소리가 난다. 목에 빨간 잠바를 묶고 손에 연등을 들고 뛰는 폼이 제법 그럴싸하다. 지구를 구하기 전에 흘러내리는 코나 좀 닦았으면 하는 바람이다. 비가 오려나, 하늘을 올려다보지만, 하늘은 뻔뻔할 정도로 쨍쨍하다.

"너 이놈 거기 서지 못해. 존말로 할 때 거기 서 이놈아."

장 씨가 용호 뒤를 쫓는다. 뒤를 힐끗 돌아다본 용호는 행여 잡힐까 더 빨리 뛴다. 술과 담배에 찌든 장 씨는 헉― 헉― 된숨을 몰아 내쉰다. 용호가 뒤뚱거리며 앞서 뛰고, 장 씨가 풀린 다리로 뒤를 쫓는 꼴이 퍽이나 볼만하다.

"장 씨 아저씨 똥줄 타네. 용호 따라잡으려면 산삼이라도 한 뿌리 파먹든가 해야지 그래가지고는 그림자도 못 잡겠어."

절 마당에서 난데없는 운동회가 벌어진다. 선우 스님이 헐떡이는 장 씨를 독려하며 박수를 친다. 절 주변 곳곳에 술병을 묻어둔 채 틈날 때마다 홀짝거리는 장 씨의 늙은 간으로는 용호를 따라잡기란 요원할 것이다.

장 씨가 남은사에 들어온 것은 3년 전 가을이었다. 신도들과 저수지로 방생을 나갔던 왕초가 절에 전화를 넣어 급히 나를 불러댔다. 왕초의 전화를 받고 달려간 저수지에는 텐트 하나가 쳐져 있었다. 왕초는 코를 싸쥐며 텐트 속으로 들어가 보라고 손짓했다. 텐트 속에는 시체 하나가 널브러져 있었다. 먹다 남은 라면 부스러기와 소주병 속에 묻힌 시체는 이미 저승 문턱에 닿아 있는 형국이었다. 낚시꾼 모양을 갖추기는 했으나 그보다는 오갈 데 없는 노숙자 몰골이었다. 바짓가랑이에 지린 물똥과 이빨 사이에 낀 이똥을 번갈아 빨아대는 한 무리의 쉬파리가 만찬을 즐기고 있었고, 노역에 동원된 수많은 일개미들이 라면 부스러기를 지고 가느라 엎어진 시체를 타넘고 있었다. 그 모양새는 흡사 바닷가에 표류한 걸리버를 묶기 위해 수많은 난쟁이들이 밧줄을 이어 나르는 모습과 같았다. 바닥에는 제법 큼직한 나방과 잠자리 몇 마리가 꼴딱꼴딱 숨을 넘기고 있었는데 무턱대고 들어왔다가 뭔가에 질식된 모양이었다. 그도 그럴 것이, 헤벌어진 입안의 썩은 내와 온몸에서 풍기는 쉰내 그리고 바짓가랑이 사이의 삭은 똥내와 냄비 속 라면 국물에서 피어나는 곰팡내 등의 결합이 유례없는 독가스를 만들어 내고 있었던 것이다. 여러 정황으로 보건대 장 씨는 더 이상 세상에 미련이나 연민을 두지 않고 텐트 속에서 그대로 죽어 자빠질 생각이었던 것이 확실했다.

경찰에 신고를 하자는 신도들의 의견을 묵살하고 장 씨를 수습해 올라온 왕초 때문에 꼼짝없이 바빠진 사람은 바로 나였다. 절에 남자라고는 나뿐이니 반송장을 그대로 떠안아야만 했다. 나는 장 씨의 몸에 비누칠을 해가며 사타구니까지 씻겨내고 새것으로 속옷까지 갈아입혔다. 앙상하게 뼈만 남고 겨우 숨만 붙어 한마디 나불댈 힘조차 없어 보이는 장 씨를 살려야겠다는 생각밖에 달리 다른 생각이 없었다. 깨끗이 씻겨 방 안에 눕혀 두고 군불을 넣어 가며 매끼 죽까지 떠먹였다. 근 열흘을 그렇게 보살피고 나니 장 씨는 겨우 사람 몰골을 찾았다.

"방생은 제대로 한 것 같다만 도로아미타불이 되는 건 아닌지 그게 걱정이다."

큼-큼- 헛기침 끝에 나온 왕초의 한마디였다. 살려 놓아 본들 다시 술로 염장을 하고 어디선가 죽어나지나 않을까 걱정스런 표정이었다. 내가 보기에도 온전히 살아서 사람 구실 하기는 어려워 보였다.

열흘을 넘게 조섭하고 나서야 장 씨는 그럭저럭 기운을 차렸지만 도통 입을 열지 않았다. 그런 장 씨에게 왕초도 묵묵부답으로 일관했다. 답답하기야 이루 말할 수 없었지만, 왕초가 그렇게 대하니 나도 어쩔 도리가 없었다. 그저 뚫린 콧구멍으로 숨이나 들이마시게 내버려 둘밖에……

세 끼 공양을 챙겨 먹는 것 외에 장 씨는 저 멀리 끝 간 데 없는 시선으로 마당 가에 앉아 있는 것이 하루 일과였다. 그때쯤 장 씨는 그 우명한 눈으로 남은사에서 자신의 입지를 어떻게 공고히 다져 갈 것인지 반지빠르게 계획을 세웠을 것이라는 사실은 오늘날 미루어 짐작할 뿐이다. 하여간 전혀 미련 없어 보이던 목숨에 불씨를 살린 장 씨는, 어느 날 새벽 왕초가 법문을 하고 있는 법당에 나타나 강물 같은 눈물을 한 동이나 쏟아내며 부실한 허리가 부러져라 부처님께 참배를 하는 것으로 간단히 왕초를 감동시키면서 남은사의 말석을 차지할 수 있었다. 하지만 채 열흘도 지나지 않아 소주병을 그러쥐고 탑돌이를 하는 장 씨를 발견한 왕초는 그동안 나에게 했던 욕지거리보다 더했으면 더했지 절대로 덜하지 않은 쌍욕과 함께 싸리 빗자루로 사정 없이 후려쳤음은 영원히 구전될 남은사의 야사로 남아 있다.

"슈퍼맨…… 슈퍼맨……"

정말로 슈퍼맨이 된 것처럼 용호의 얼굴은 환희에 가득 차 있다. 맛난 음식을 만났을 때와 흡사한 표정이다. 잘하면 한순간 하늘로 날아오를 수도 있을 것 같다. 날개옷으로 두른 빨간 잠바와 손에 든 연등이 퍽이나 잘 어울린다. 어젯밤 TV에서 슈퍼맨 나오는 프로그램을 본 모양이다. TV를 광적으로 좋아하는 녀석은 곧잘 본 것들을 따라 하곤 한다. 특히 음악 프로그램의 댄싱 장면이 나올 때면 질서 없는 몸짓을 저 혼자 계속 흔들어댄다. 한마디로 지랄발광을 하는 것이다. 요즘은 TV를 볼 때 꼭 선글라스를 끼고 보는 버릇까지 생겼다. 신도가 잃어버리고 간 까만 선글라스를 끼고 TV를 보는 녀석을 볼 때면 흡사 장님이 앉아서 TV를 시청하는 것 같아 섬뜩하다.

"거기 서라는 데도 이놈이…… 하여간 잠바에 흙이라도 묻어 봐라이."

아침나절 장 씨가 손수 빨아 줄에 걸어 둔 잠바는 용호의 등에서 불꽃 날개가 되어 활활 날아오른다. 모든 풍광이 관조하듯 너그럽다. 아주 먼 훗날 한 점 추억으로 떠오를 수 있을까. 약과로 가득한 입을 틀어막은 수미는 웃느라 정신이 없다. 수미에게도 오늘이 추억이 될 수 있을까. 가슴속에서 한 점 바람이 일렁

인다.

"엉덩이 보인다 짜샤, 바지나 끄집어 올리고 뛰어."

흘러내리는 바지 위로 허연 용호의 살덩이가 반쯤 드러나 보인다. 살이 꽉 찬 엉덩이는 그동안 녀석이 먹어댄 온갖 음식들을 떠올리게 한다. 오늘 다이어트 지대로다.

"저놈이…… 내 잠바…… 죽을 줄 알아…… 헉─ 헉─"

마당 가운데 멈춰 선 장 씨가 가쁜 숨을 몰아쉰다. 아마도 용호를 잡았다면 싸대기부터 후려쳤을 것이다. 특별히 아끼는 잠바를 용호가 슈퍼맨 의상으로 걸치고 있으니 속은 들여다보지 않아도 숯검정이다.

"용호 쟤 뛰는 것 좀 봐. 돼지하고 오리하고 절반씩 섞어 놓은 것 같지 않아? 그래도 뛰기는 무지하게 잘 뛰네."

선우 스님이 스님 체면을 던져버린 채 박장대소한다. 장 씨에게 바통을 이어받은 수미가 용호를 쫓는다. 어느새 절 마당은 이어달리기 운동회로 변한다. 용호는 지지 않을세라 짧은 다리를 더욱 재게 놀린다. 그런 용호를 손가락으로 가리키는 선우 스님은 뒤로 자빠질 지경이다.

"아! 스님은 뭐가 그리 재미나요? 나는 속에서 열불이 나 죽겠는데."

장 씨가 선우 스님을 향해 기어이 한소리 쏘아붙인다. 한참 웃던 중 얻어들은 선우 스님은 얼굴이 붉어진 채 입만 삐죽거린다.

"괜히 난리네. 용호도 못 따라잡으면서."

샐쭉해진 선우 스님은 쟁반을 챙겨서 총총히 사라진다.

"에이, 똥돼지 같은 놈. 잡히기만 해 봐라 그냥."

용호는 절 마당이 좁았던 것인지 일주문을 향해 뛰고, 장 씨는 씩씩거리며 공양간 쪽으로 발길을 한다. 찬물이라도 한 바가지 벌컥거릴 모양이다. 마당에는 수미와 나 둘만 남았고, 눈이 마주치자 크게 소리 내어 웃는다. 얼마 만에 웃어 보는 것인지 가슴 저 밑바닥까지 뻥 뚫리는 기분이다.

"자, 이거 잘 간직해라. 잊어버리면 처맞는다. 알겠냐?"

수미가 후드티 주머니에서 꺼내든 뭔가를 건넨다. 목에 걸 수 있는 목각 십자가다.

"절에 와서 전도라, 너 아주 간덩이가 부었구나."

"누나가 생각해서 주면 예 누님 목숨처럼 간직하겠습니다. 그러면 되지 꼭 토를 달아요. 맞고 받을래 그냥 받을래?"

"너처럼 뻣뻣하게 전도했다가는 어느 누가 넘어가겠냐. 너를 생각해서 내가 너그럽게 받아 주마. 예수쟁이들은 전도가 가장 큰 상급이라 들었다."

나는 수미의 손에서 목걸이형 목각 십자가를 얼른 낚아챈다. 수미는 한 대 쥐어박을 듯 주먹을 치켜든다. 성질머리 더러운 계집애다. 전도를 하려거든 그 사나운 성질머리부터 고쳐야 할 것이다.

수미가 내려가자 허전한 마음에 빨래를 한다. 겨우내 장롱 속에 처박아 두었던 외투며 바지를 비누칠해 빨아대자니 혁혁 숨이 찬다. 방에서 썩은 내가 진동한다는 왕초의 잔소리 때문에 이불은 햇볕에 널고 묵힌 옷가지는 물에 담글 수밖에 없다. 지난 겨울 호스가 얼어 터지면서 멈춰 버린 세탁기는 그냥 무용지물이다. AS기사는 이런저런 핑계로 올라오지 않는다. 세탁기 한 대 고치러 산꼭대기까지 올라올 만큼 투철한 서비스 정신을 소유한 AS기사는 없다. 정읍 시내까지 세탁기를 실어다 줘야 수리가 가능하다는 소리를 몇 번이고 했지만 왕초는 매번 못 들은 척 딴청이다. 속셈이야 뻔하다. 일부러 나를 개고생시키려는 것이다.

"기계 좋아허지 말어 이놈아! 기계 맹글어서 사람들 팽팽 놀고 자빠졌는 거 맨날 테래비로 보면서도 그런 소리가 나와."

"그러니까 기계를 써 줘야 공장이 돌아가고 사람들이 취직을 하죠."

"너, 말 한번 잘했다 이놈아! 너도 학교 안 다니고 뭉기적거릴거면 공장에나 들어가. 저놈이 목구멍에 밥풀 넣기가 얼마나 힘든 건지 몰라서 허튼소리를 지껄이지."

"아니, 기계 얘기하다 왜 학교 얘기를 하고 그래요. 쌩뚱맞게……"

"뭐야 이놈아! 어디서 그 잘난 주둥아리를……"

그런저런 실랑이 끝에 결국 나는 수돗가에서 손빨래를 한다. 왕초다 생각하고 벅-벅- 문지른다. 빨래는 문지르면 깨끗해지지만, 왕초의 개차반 성질머리는 도무지 개선의 기미가 보이지 않는다. 방법은 딱 하나다. 절이 싫으면 중이 떠나는 것이 정한 이치다.

5. 보리수나무 아래 서다

아침 기상을 알리는 타종 소리.

이불 속에서 몸을 말아 감고 눈을 뜰까 말까 고민한다. 또 하루가 시작된다. 정확히 말해서 노동현장의 날이 밝는 것이다. 왕초의 악머구리와도 같은 타종 소리는 매일 새벽 나의 피를 한 줌씩 타들어 가게 만든다. 짧은 순간이지만 나에게는 영원처럼 길게 느껴지는 타종의 시간. 커다란 쇠몽둥이로 내 몸을 후려치는 것만 같다. '미련한 놈아! 어리석은 놈아! 게으른 놈아!' 죽비를 내려치듯 사정없이 후려친다. 방바닥에 엎드려, 베개로 가슴을 받친 나는 담배를 한 대 피워 문다. 일어날까 말까 가시밭길 갈등 속을 걷는다. 꼭두식전부터 마당을 쓸고 화단에 물을 주어야 하는 나는 남은사를 휘도는 한 점 바람이거나 구름이다. 꿍-

자리를 박차고 일어난다. 귀에 들리는 타종 소리보다 더 무서운 중생들의 악머구리가 나를 일으켜 세운다.

안개가 부옇다. 이런 날은 주변이 없다. 안개 속에 갇혀 버린 남은사는 구름을 타고 둥둥 떠가는 것 같다. 제발 어디든 새로운 기억을 갖고 태어날 수 있는 곳으로 데려다 주었으면 좋겠다. 반질반질 민머리 두 개가 안개 속에서 걸어 나온다. 왕초와 선우 스님이다. 새벽예불을 끝내고 산책하듯 절을 한 바퀴 도는 것이다. 나는 멀리서 합장을 하고 뭔가 할 일이 있는 것처럼 자리를 피한다. 이제 두 사람은 각자 방으로 들어가 아침 공양할 때까지 잠깐 눈을 붙일 것이다. 대웅전에서는 신자가 걸레질을 하고 있다. 절에 있을 때는 괜찮다가도 절을 내려가기만 하면 신기가 발동한다는 신자는 정성스레 대웅전 바닥을 닦고 있다. 그렇게 정성을 다하면 몸에 붙은 잡귀도 떨어져 나갈라나. 가부좌를 틀고 있는 부처님은 이렇다 저렇다 말이 없다. 참으로 하염없이 과묵한 분이다.

봄철 마당은 별로 쓸 것이 없다. 쓱– 쓱– 헛손질하듯 비를 들고 휘젓는다. 마당에 빗자루 자국이 나 있는 것과 없는 것은 천지 차이다. 마당의 빗자루 자국은 손님을 맞이하는 마음이다. 빗자루 자국을 가로지르는 신도들의 발자국이 곧다시 부처님께로 향하는 마음의 흔적인 것이다. 내 마음에도 쓱– 쓱– 비질을 한다. 온통 잡초와 돌무더기 수북한 마음은 좀처럼 쓸리지 않는다. 빗자루로는 어림없고 불도저나 포클레인이 동원되어야 그나마 티가 날 것이다.

고양이 가족이 마당 거북바위 옆을 일렬로 지난다. 보리수나무 언덕을 내려와 아침 운동이라도 즐기는 모양이다. 나는 비질을 멈추고 한가로이 녀석들을 바라본다. 어쩌다 이 높은 곳까지 올라와 둥지를 틀게 되었을까 신기할 따름이다. 하늘과 맞닿아 있는 남은사는 세상의 종점과도 같다. 고양이 가족에게도 이곳은 종점일 것이다. 더 이상 올라갈 곳 없는 욕망의 끝점인 것이다. 오늘이 어제 같고 내일은 또 오늘 같은 나날 속에서 내 인생의 한 구간이 안개처럼 부옇게 흐려진다. 며칠 동안 상수리나무를 쪼아대던 딱따구리도 보이지 않는다. 굴속에 들앉아 알이라도 품는 모양이다. 산중에 갇힌 나도 굴속에 들어앉은 딱따구리와 다를 바 없다. 그렇다면 나는 어떤 알을 품고 있는 것일까. 산은 늘 그렇듯 말이 없다. 처음부터 말이 없었고 앞으로도 쭉 말이 없을 것이다. 나 혼자서만 안달복달 뒤채는 것이다. 시커멓게 때가 낀 손톱으로 하늘을 박박 긁어 본다. 하늘은 생채기 하나도 생기지 않고 그대로 멀쩡하다. 대체 얼마나 박박 긁어야 하늘은 나를 알은체 할 것인가. 이 깊은 산중에서 나는 굴러다니는 나뭇잎이나 돌덩이와 같은 수동체일 뿐이다. 바람이 불면 날려야 하고 비가 오면 쓸려 내려가야 한다. 그렇게 흔적 없이 지나고 있다. 속이 빈 목어는 욕망을 도려내 버렸는지 늘 제

자리를 헤엄치고 있다. 한 마리 두 마리 세 마리…… 속이 빈 목어들 공양간으로 들어가신다. 지느러미의 흔적처럼 안개 사이로 잔물결이 인다.

실없이 들고 있던 빗자루를 던져 버린 나는 유영하듯 목어들의 뒤를 쫓는다. 산중 목어들은 세끼 공양을 위해 하루를 산다. 이 절해고도의 산중에서 무상무념 달리 뭘 기대 하겠는가. 공양간은 공양주 보살들의 식사 준비가 한창이다. 공휴일이 더 바쁜 그네들이지만 오늘처럼 평일에도 세끼 뜨신 밥을 지을 수밖에 없는 것이 그들의 업장이다. 전생에 만날 얻어먹고만 살았기에 허구한 날 다른 사람들 입에 넣을 밥을 해대는 것이다.

"잘들 주무셨습니까? 밥 끓는 냄새가 구수하네요."

한창 바쁘게 움직이는 공양주 보살들을 향해 고개까지 꺾어가며 인사를 건넨다. 양푼에 쑥갓나물을 무치고 있던 박 보살이 히뜩 쳐다보더니 시금털털한 표정으로 일별한다. 그나마 얼결에 설익은 웃음으로 인사를 받는 이는 수굿한 김 보살이다.

"뭔 지랄났다고 아침부터 촐싹거리쌌나 정신 사납고로. 저놈의 낯바닥만 마주쳐도 속에서 구역질이 치민다이까네."

혼잣말처럼 씨부렁거리는 박 보살의 사나운 입정마저 흘려들을 수 있는 넉넉한 아침이다. 한편 나를 바퀴벌레 대하듯 하는 보살들의 심정도 전혀 이해 못 할 바는 아니다. 번번이 왕초 앞에서 반찬투정을 한다든지 청결하지 못한 식기 상태를 꼬집는다든지 해서 그들의 심기를 불편하게 했으니 그럴 만도 하다. 게다가 정읍에 나갈 때 사적인 물건을 부탁해도 매번 돌아와서는 깜박했다고 시치미를 뗐으니 돌아오는 것은 칼날 부메랑이다.

"날씨가 꾸물한게, 아무래도 한판 쏟아질 모양이여. 이왕 쏟아질 거면 수도가 터진 것모냥 속 시원히 한번 쏟아졌으면 좋겠구만."

장 씨가 느글거리는 웃음을 베물고 공양간으로 입장한다. 장 씨의 말을 듣자마자 나는 큭- 웃음부터 터져 나온다. 찰라, 공양주들의 눈매가 V자 형으로 휙 치켜 올라간다.

"수도까지는 아니어도 오줌 줄기 정도는 쏟아질 것 같은데요."

어차피 얼크러진 관계, 한 번 더 지려 밟는다.

"저 아가리에 밥을 퍼 넣자고 내가 이 지랄을 떨고 있으니 내가 미친년이라."

텡-, 박 보살이 개수대에 국자를 내던지며 발끈한다. 장 씨와 나는 뒤돌아서 터져 나오는 웃음을 손으로 틀어막는다.

일명 '덜 비튼 수도꼭지'로 회자된 그날의 사건은 강렬한 후폭풍을 남겼다. 왕초가 대갈일성 불을 뿜어내며 공양주들을 몰아쳤고, 하마터면 둘 다 짐을 싸야 했을 정도였다. 그런 이유로 나는 공양간에서 어지간해선 웃지 않으려 이빨을 앙다문다. 하지만 공양주들의 얼굴을 보는 순간 예기치 않게 웃음이 터져 나온다. 그럴 때면, 공양주들은 성난 살쾡이로 돌변한다. 곧 할퀼 듯 발톱을 세운 채 눈을 부라리는 것이다. 그렇게 수도꼭지는 왜 아무 데서나 틀어서 그런 사단을 만들었는지 민망할 따름이다.

텃밭에 고추모종을 내던 날, 유난히 볕은 뜨거워 땀이 줄줄 흘러내렸다. 나는 식수를 받을 생각으로 빈 주전자를 들고 공양간으로 들어섰다. 그런데 물 흐르는 소리가 들렸다. 또 공양주들이 수도꼭지를 꽉 비틀지 않은 채 낮잠에 빠져 있는가 싶어 조리실로 들어섰다. 과연 틀어진 수도꼭지에서 물줄기가 쏟아지고 있었다. 그 소리가 어찌나 힘차고 강렬한지 물을 맞는 시멘트 바닥에 금이 가지는 않을까 우려스러울 정도였다. 게다가 물은 들큼한 냄새까지 풍기고 있어 후각적으로도 그리 유쾌하지 않았다. 하지만 볼거리 하나만은 화끈했다. 그 쏟아지는 물줄기의 진원지는 세숫대야보다 더 컸으면 컸지 결코 작지 않을 박 보살의 궁둥이 사이였다. 화들짝 놀란 박 보살이, 미처 끝맺지 못한 일을 마무리하듯 몸뻬부터 끌어올렸다. 하지만 아직 틀어막지 못한 물줄기는 그대로 다리 한쪽을 타고 흘러 흥건하게 적셨다. 도리어 민망해진 나는 얼른 밖으로 튀어나왔고 하늘을 올려다본 채 한참을 웃어댔다.

혼자서 웃기 아까워 마침 함께 일하고 있던 장 씨에게 사건

전말을 쏘삭거렸다. 장 씨와 나는 오랜만에 사이좋게 눈을 맞추며 즐거운 한때를 보냈다. 하지만 그게 화근이었다. 자칭 관리자 겸 넘버 쓰리인 장 씨는 그날을 못 넘기고 왕초에게 사실을 고해바쳤다. 분기탱천한 왕초는 부처님 공양을 준비하는 신성한 조리실에서 그런 부정한 짓을 할 수 있냐며 두 공양주를 심하게 잡도리하기에 이르렀다. 결국, 박 보살과 김 보살은 밖의 해우소까지 가기가 번거로워 가끔 그런 일이 있었다는 자백을 하고 부처님께 백팔 배까지 올리고 나서야 겨우 왕초에게 풀려날 수 있었다.

사건 이후, 박 보살과 김 보살은 나를 보기만 하면 갈아 마실 듯 눈에서 불을 뿜어낸다. 흡사 얼굴 껍질을 벗겨낼 정도로 잔뜩 날이 서 있는 것이다. 게다가 두 사람의 눈빛 속에는 음식 찌꺼기를 대하는 것과 같은 지꺼분한 감정까지 곁들어 있다. 그래도 선심 쓰듯 가끔 이것저것 음식들을 내어 줄 때가 있다. 하지만 그것들이 전부 먹다 남은 잔반들이라는 사실을 나도 잘 알고 있다. 왕초 몰래 그것들을 버렸다가 들키는 날에는 날벼락이 떨어질 테니 그런 식으로 처리를 하곤 한다. 내가 잔반을 먹어 치우는 모습을 흡족하게, 때론 은밀하게 지켜보는 공양주 보살들의 눈은 흡사 반짝반짝 빛나는 쥐눈과 같다. 공양주 보살들의 흥을 돋우기 위해 가끔 나는 씹다 만 음식이 들어있는 입을 헤- 벌린 채 환하게 웃어 보인다. 그러면 그들은 더러운 감정을 애써 감추며 마지못해 따라 웃는다. 역시 음식 찌꺼기는 찌꺼기 먹듯 먹어 줘야 품격에 맞다.

공양을 끝낸 나는 커피를 한 잔 타 들고 절 뒤편 보리수나무 아래로 간다. 세상 끝 간 데 있는 절집에서 또 조용한 곳을 찾는다니 뭔가 허망한 생각이 든다. 겹겹이 쌓인 구름 사이에서 바람이 인다. 각자 상처를 꿰매거나 핥는 사람들의 뒤척임이 대웅전 앞마당을 휘도는 바람에 섞여 든다. 필경 바람은 흔적 없이 불어왔던 것처럼 흔적 없이 불어 갈 것이다.

마당을 가로지른 용호는 꼬리를 사리며 어딘가로 잰걸음을 한다. 똥이 마려운 것 같기도 하고 먹을 걸 훔쳐 낸 것 같기도 하다. 녀석은 신자의 방문 앞에서 흘끔흘끔 주위를 살핀다. 신자는 공양을 마치고 공양주들을 도와 그릇을 닦고 있거나 뒷정리를 하고 있을 것이다. 요즘 신자와 용호는 까딱 잘못했다가는 염분이 날 지경이다. 저것들이 진짜 좋아서 그러는 것인지 아니면 친구가 없어서 그러는 것인지 헷갈린다.

툇마루에 걸터앉은 용호는 히죽히죽 뜻 모를 웃음을 지어낸다. 용호는 제 발 옆에 놓인 신자의 흰색 운동화를 주워든다. 쓰다듬기도 하고, 얼굴에 문지르기도 하고, 가슴에 품기도 한다. 그야말로 생쇼를 하고 자빠졌다. 엉큼한 놈, 혼자서 할 짓은 다 한다. 한참을 그러더니 제자리에 그대로 내려놓는다. 하는 꼴이 우습기도 하고, 어이없기도 해서 대략난감한 지경이다. 진짜 똘아이 새끼구나 생각하는 순간, 추리닝 바지를 훌러덩 까 내린 용호는 신자의 운동화에 오줌을 싼다. 이건 또 무슨 황당 시추에이션이란 말인가. 녀석을 향해 돌멩이를 던져 버릴까, 손에 들었다 다시 내려놓는다. 내 쪽을 향해 드러나 있는 용호의 살찐 엉덩이가 왠지 측은하게 생각된다. 넘실대는 하얀 비곗살이 육곳간에 걸린 그것처럼 흐물흐물하다. 바지를 추스른 녀석은 제가 왔던 방향으로 빠르게 사라진다.

"어, 여긴 어떻게 알고 왔어요?"

기척도 없이 선우 스님이 나타난다. 바람이라도 밟고 다니는 모양이다.

"종구가 여기 단골이라는 거 내 진작 알고 있었지. 나도 한때는 여기 자주 왔거든."

한때 자주 왔다는 선우 스님의 말은 그냥 하는 소리가 아니다. 선우 스님의 눈물을 받아먹고 자란 보리수나무는 해마다 눈물 같은 열매를 만들어 낸다. 선우 스님의 사랑 때문인지 보리수는 달보드레하고 새콤하다.

"부처님은 보리수나무 아래서 깨우침을 얻었다는데, 선우 스님도 뭔가 깨달음을 얻을 생각이었던가 보죠."

선우 스님은 내 옆에 쭈그려 앉아 먼 곳을 바라본다. 빡빡 깎은 머리통만 아니라면 영락없는 산골 소녀다.

"익어서 떨어진 보리수나 주워 먹을라고 왔었겠지……"

서글픈 웃음 한 줌 메아리로 흩어진다.

"보리수는 달달하던가요?"

"몰라, 통 맛을 모르겠던데……"

가슴에 사랑을 품은 중의 염불 소리는 애잔해서 청아하지 못하다. 왕초는 선우 스님의 염불 소리를 '낙숫물 떨어지는 소리'라고 했다.

"근데 무슨 일로 왔어요? 내가 보고 싶어서 온 건 아닐 테고."

"어머 내 정신 좀 봐. 화두리 월평댁 할머니가 오늘이 할아버지 기일이라고 전화를 했더라 축원드릴 제물을 보내겠다고. 장씨 아저씨하고 함께 다녀와."

폴짝폴짝 뛰어서 내려가는 선우 스님의 뒤태는 토끼 궁둥이처럼 천진난만하다. 속을 도려낸 목어 한 마리 저만치 헤엄쳐 간다.

나는 혼자서 승합차를 몰고 화두리 월평댁 할머니를 찾아간다. 굳이 장 씨와 함께 가지 않아도 될 일이고, 나름 꿍꿍이속이 있다. 종종 차를 몰고 나가지만 면허증 제시를 요구당한 적은 없다. 딱히 교통사고라도 나지 않는다면 촌구석에서 경찰과 대면할 일은 없다. 월평댁 할머니는 콩 한 되·깨 한 되·마른 고추 한 부대·떡 한 시루 그리고 돈 삼만 원을 내어 준다. 매년 할아버지 기일이면 법당에 와서 정성을 들였지만, 허리 병이 심해져서 문밖을 나서지 못하는 형편이 되었다. 제물을 건네주는 월평댁 할머니는 부처님께 잘 갖다 드리라며 당부하듯 내 손을 꼭 잡는다. "예, 할머니 걱정 마세요. 부처님께 잘 전해 드릴게요." 승합차에 오른 나는 3만 원 중 1만 원을 따로 챙긴다. 망자의 혼이라도 들고 있는 듯 마음이 무겁다. 할아버지도 다 이해할 것이다. 혹시 아는가, 귀여운 놈 하면서 내 머리를 쓰다듬어 주실지.

"법당에 갔다 둬. 저녁 예불 드릴 때 올릴 거니까."

왕초는 다행히 종무소에서 선우 스님과 연등 정리를 하고 있다. 내일은 부처님 오신 날이다. 나는 회심의 미소를 짓는다. 오늘이 지나고 어서 빨리 부처님이 왔으면 싶다. 나는 월평댁 할머니에게 받은 것들을 대웅전 법당으로 옮긴다. 법당 한쪽에 잘 들여놓고 슬쩍 주위를 살핀 후 불전함을 톡톡 두드려 본다. 그리고 부처님을 향해 씩- 웃어 보인다. 부처님이 오시면 불전함도 배가 부를 것이다. 부처님도 인자한 웃음으로 화답을 한다. 오랜만에 맘이 통한다.

6. 목어, 헤엄쳐 가다

부처님 오신 날인지 신도 오신 날인지 헷갈릴 정도다. 봄볕도 쨍쨍하고 꽃들도 만개해서 가족 나들이 겸 나선 사람들의 발길이 끊이지 않는다. 장 씨는 승합차로 계속 사람들을 실어 나르고 나는 경내에서 그들을 맞는다. 전주대학교 불교 동아리 학생 몇이 와서 도와주고 있지만, 우왕좌왕 복잡한 형국이다. 신도들의 정성은 대단해서 초와 쌀을 손수 챙겨 오는가 하면 부처님 목욕시킬 물까지 짊어지고 오는 이들도 있다. 현찰박치기면 필요한 모든 것을 내어 주지만 그들은 자신들의 수고와 정성만이 부처님께 전해진다고 굳게 믿을 뿐이다. 나이든 신도들의 짐을 받아 옮기고 기와 불사와 연등 접수까지 한철 메뚜기처럼 뛰어다닌다. 박 보살과 김 보살은 박카스에 영양제를 털어 마시며 새벽부터 그야말로 생똥을 싸고 있다. 나물 비빔밥에 된장국 한 사발을 받으려는 줄이 공양간 밖에서 일주문까지 긴 꼬리로 늘어서 있다. 평소 기름기를 장복한 그들의 내장은 거친 산나물과 된장국으로 씻어 줘야 개운한 모양이다. 신난 건 용호와 승환이다. 튀어나온 배를 한껏 내밀고 흐뭇한 표정으로 신도들과 악수를 하고 다니는 용호는 누가 봐도 주지 스님이다. 그 뒤를 승환이는 사탕을 빨며 졸졸 따르고, 낯을 가리는 신자는 어디 숨었는지 코빼기도 보이지 않는다.

오후로 접어들면서 대가리 수가 눈에 띄게 줄어든다. 부처님보다 절밥에 관심이 많은 신도들은 점심공양을 끝내면 하산을 서두른다. 학교 가는 이유가 공부 때문이 아니라 급식 때문인

학생들과 다를 바 없다. 나는 헛발질하듯 대웅전을 기웃거린다. 대웅전은 아직 절을 올리는 사람들로 북적인다. 나는 불교동아리 형들을 따라 소각장 옆에서 담배를 피운다. 불교동아리는 오직 불심만을 쫓는지 씹쭈구리한 사내놈들뿐 여학생은 보이지 않는다. 불쌍한 놈들 야동을 틀어놓고 제 그것을 흔들어 대면서 '나무아미타불 관세음보살'을 외칠 좀비들이다.

필터까지 타들어 간 꽁초를 소각장에 던져버린 후 경내로 들어서던 나는 멈칫 발바닥이 땅바닥에 들러붙는다. 한참 염불 중이어야 할 왕초가 주차장 한 귀퉁이에 서 있다. 푸른 대나무처럼 서늘한 기운을 피워 내는 폼이 창창하게 부러질 지경이다. 뭔가 사달이 나도 단단히 난 모양이다. 나는 왕초의 눈에 띄지 않으려 저만치 거리를 두고 에둘러 간다. 신도 몇 명을 태운 승합차가 주차장으로 들어오고 왕초가 급한 걸음을 한다.

"장 씨, 키 꽂아 놓고 얼른 차에서 내려. 오늘이 어떤 날이라고 술 처먹고 운전을 해."

왕초의 번들거리는 이마에 새파란 핏대가 선명하다. 낯빛은 이미 격한 진달래빛이다.

"기운이 딸려서 점심공양 후에 입가심으로 딱 한 고뿌 했는디……"

"올라오는 중에 산속으로 굴러떨어질 뻔했다고 신도들이 난리도 아니여. 음주운전으로다가 경찰서에 전화 넣는다는 것을 간신히 말려서 진정시켰는디 뭔 한 고뿌는 한 고뿌여. 방 안에 처박혀서 술을 처먹든지 자빠져 자든지 아예 코빼기도 보이지 말어. 오늘이 부처님 오신 날만 아니었으믄 아주 요절을 낼 판인디…… 아휴~ 아주 술내가 진동을 허는구만."

해가 저물면서 내려갈 사람들은 내려가고 하룻밤 묵어갈 사람들은 방에 든다. 불심도 시대를 따라가는지 다들 바빠서 묵어갈 사람도 몇 되지 않았다. 늙은 할머니 댓 명과 부부 두 쌍, 그리고 왕초가 따로 받은 손님 정도다. 왕초와 선우 스님은 종일 법회를 열고 염불을 하고 신도들을 맞이하면서 고군분투 중이다. 저녁 공양을 하고 잠깐 쉬는가 싶더니 다시 목탁을 후려치며 연등 접수자들의 복을 빈다. 그만 목구멍이 잠길 만도 하건만 쏟아져나오는 염불 소리는 좀처럼 흐트러질 기미가 없다. 나는 방으로 들어가 대충 짐을 싸면서 호시탐탐 대웅전을 기웃거린다. 염치없지만 나는 부처님께 사채를 좀 쓸 생각이다. 차용증이라도 한 장 써드릴 수 있다면 좋겠지만 그동안 쌓아 온 신뢰가 곧 차용증 아니겠는가. 언젠가 다시 남은사를 찾게 된다면 털어간 불전함을 황금 불전함으로 바꿔줄 수도 있을 것이다.

자정이 가깝도록 왕초와 선우 스님의 염불은 계속된다. 왕초와 선우 스님의 그것은 고행자의 그것과 흡사해서 차마 쳐다보기 민망할 정도다. 왕초는 관절염을 앓고 있는 왼쪽 다리가 불편한 듯 몸이 오른쪽으로 기울어져 있다. 육신이 부서져라 불공을 드리는 왕초의 뒤태가 바람에 흔들리는 촛불처럼 위태위태하다. 중도 아무나 하는 것은 아니다. 실제로 머리 깎았다 야반도주하는 땡초들 여럿 봤다. 고된 일상도 그렇지만 육신의 정욕과 세상 것을 못 잊어 다시 환속하는 것이다. 댕─ 댕─ 풍경 소리 바람에 날린다. 두 사람의 새파란 뒤통수가 애처롭다. 부디 다음 생에는 부처님의 가호를 입어 자식 낳아 잘 기르는 어머니로 태어나시길. 자정이 넘어서자 왕초와 선우 스님이 지친 육신을 끌고 각자 방으로 들어간다. 왕초와 선우 스님은 드러눕자마자 죽은 듯 잠에 빠져들 것이다. 이제 대웅전에는 한 쌍의 부부만이 남았다. 나는 남은사 경내가 한눈에 내려다보이는 보리수나무 아래 매복을 한다. 위에서 내려다보니 그물 엮듯 엮어진 연등 불빛이 장관이다. 화려한 도주가 될 형국이다. 온통 절이 환하게 불을 밝히고 있지만 사위는 쥐죽은 듯 고요하다. 부처님이 오셨다 어디쯤 소리 없이 가시는 모양이다. 대웅전에는 문이 열려진 채 불이 환하게 켜져 있다. 부부는 구부렸다 펴기를 반복하던 육신을 추슬러 대웅전을 나선다. 족히 3천 배는 했을 부부의 걸음걸이는 흡사 약에라도 취한 듯 비틀비틀 제멋대로다. 장담하건대 꼼짝없이 며칠 앓아누울 것이다. 한 줄기 바람이 소리도 없이 매어진 연등 사이를 휘젓고 지나간다. 바람에 날리는 연등은 흔들리는 불의 향연으로 나의 앞날에 서광을 비친다. 나는 서두르지 않으려 담배에 불을 붙인다. 중요한 순간에 덜렁대

다가 일을 망치는 나는 부러 뜸을 들인다. 후– 담배 연기를 길게 뱉어내며 마음을 가다듬는다. 절에서의 얼추 10년 생활이 담배 연기와 함께 저만치 멀어져 간다.

절 마당은 쥐죽은 듯 고요하다. 나는 살금살금 절 마당을 가로질러 댓돌 위에 신발을 벗어 둔 채 대웅전으로 들어간다. 일단 부처님께 삼배를 올린다. 도둑질에 대한 죄책감과 미안함의 발로다. 마무리로 윙크까지 깔끔하게 해치운다. 주머니에서 열쇠를 꺼내 자물쇠 속에 집어넣는다. 오래전부터 나는 불전함 열쇠를 복사할 기회를 엿보았고, 왕초와 함께 정읍 시내에 나갔을 때 그것을 복사했다. 왕초가 차를 세워 둔 채 은행 업무를 보는 사이 나는 차 키의 고리에 함께 끼워진 불전함 열쇠를 열쇠집에서 복사했다. 고양이에게 생선을 맡긴다는 속담은 예나 지금이나 앞으로도 영원히 전해질 명언임에 틀림없다. 불전함 속에는 지폐와 봉투들이 어지럽게 뒤얽혀 있다. 나는 미리 준비한 천 가방에 불전함 속 그것들을 쓸어 담는다. 남은사의 1년 치 살림이니 제법 묵직하다. 내용물을 다 꺼낸 나는 다시 열쇠를 걸어 잠근 채 대웅전을 빠져나온다. 배 속을 깨끗이 털린 부처님은 화를 참는 것인지 나의 앞날을 염원하는 것인지 복잡한 낯빛이다.

승합차에 시동을 건다. 간단히 옷 몇 가지를 챙긴 가방과 돈 가방 하나를 챙긴 나는 스르르 미끄러지듯 경내를 빠져나간다.

남은사에서 먹고 자는 동안 불알이 여물고 머리통이 굵어졌으니 정이 안 들었다는 말은 거짓말일 것이다. 하지만 매양 붙들어 걸린 목어도 언젠가 때가 되면 제 알아서 지느러미를 펼쳐 헤엄쳐 사라지는 것이 이치 아니겠는가. 내가 도망쳐 사라지더라도 왕초는 일상처럼 또 목탁을 후려치며 새벽예불을 드릴 것이고, 남은사의 인간 군상들은 말도 안 되는 것들로 아귀다툼을 할 것이다. 속도를 줄여 산 아래까지 내려간 나는 정읍 시내 방향 국도로 접어든다. 마지막이 될지도 모르니 수미 얼굴은 한번 보고 가는 것이 도리이자 의리일 것이다. 정읍 시내로 향하는 국도는 화물트럭 몇 대만 비껴갈 뿐 적막 그 자체다. 나는 어둠의 긴 터널을 지나듯 천천히 페달을 밟는다. 어둠의 터널을 벗어나면 무엇이 기다리고 있을까. 깜짝 선물처럼 빛의 터널이 기다리고 있을까. 모조품 같은 도심의 불빛들이 어둠 속에서 반짝인다. 나는 소망교회가 바라다보이는 길 한편에 승합차를 세운 후 담배를 피워 문다. 새벽예배가 시작되려면 반짝이는 별 무리가 졸린 눈을 감고 하나둘 잠에 빠져들어야만 한다. 나는 눈을 감은 채 지난 기억을 떠올린다. 짧고 긴 시간의 기억들이 파편처럼 흘러간다. 풍경 속 나는 아주 작은 맨발로 서 있다. 나는 끝없이 걷고 헤매지만 한 걸음도 나아가지 못한 채 다시 제자리다. 미로 속에 갇혀 버린 나는 성장이 멈춰 버렸거나 생장점이 끊어져 버린 딱 그것이다.

사람들이 하나둘 모습을 드러내기 시작한다. 잠 없는 노인부터 어린아이의 손을 잡은 아주머니까지 불 밝힌 십자가를 향해 갓 깨어난 새처럼 모여든다. 소망교회 앞마당 승용차에서 목사님 부부와 수미가 내린다. 목사님 부부는 껍질 반지르르한 딱정벌레처럼 외피에 윤기가 흐른다. 한 손에 성경책을 든 수미는 다리 길죽한 어린 염소를 닮았다. 어린 염소는 지붕의 십자가 아래서 비로소 길을 찾은 듯 명랑한 발걸음이다. 나는 목에 걸린 십자가를 만지작거린다. 수미가 남은사에 왔을 때 건넨 그 목각 십자가다. 수미를 다시 만나지 못하더라도 목에 걸린 십자가는 언제나 나를 수미에게로 인도할 것이다. 나는 지붕 위의 십자가를 향해 '씨팔, 알았수 내 수미를 위해 기도하겠수다' 뇌까린다. 수미의 환한 뒷모습이 교회 안으로 사라지고 나는 승합차에 시동을 건다.

一國의 詩人

"동수야, 학장님이 돌아가셨다."

그날 나는 계림동 본가에 있었고, 해가 비치는 한옥 마루 창틀에 기대앉아 뭔지 모를 불안함 속 미열을 앓는 중이었다. 햇살은 가늘었지만 촘촘했고, 사위는 마당의 석류 벌어지는 소리가 들릴 만큼 고요했다. 전화를 걸어온 학생과장도 전화를 받은 나도 한동안 말이 없었다. 소식을 접하자마자 곧바로 내게 전화를 걸어온 듯 학생과장의 고르지 못한 숨결이 통화음으로 고스란히 전해져 왔다. 사건이 있은 지 1년이 지났고, 이제 더 이상 학생 신분도 아닌 내게 굳이 전화를 건 이유는 무엇이었을까. 스승의 죽음에 관한 나의 책임을 연결 짓는 그 무엇이 학생과장으로부터 전화를 걸게 하지는 않았을까. 나는 혹시나 오늘이 닥치지 않을까, 깊이 잠들 수 없는 불면의 칼날 위에 서 있었다. 나는 온몸의 힘이 쑥– 빠져나갔고, 목이 부러진 듯 고개를 떨구었다. 스승은 유명을 달리했고, 이제 남겨진 자로서 나의 몫을 감내하며 살 수밖에 없구나. 간신히 그러잡고 있던 속량의 끝자락이 끈 떨어진 연처럼 아득히 멀어져 갔다.

나는 대학이라는 것에 별 관심이 없었다. 어떤 학교를 가야 할지 무엇을 전공해야 할지 주사위 돌려 선택할 수 있을 정도의 심드렁한 일에 불과했다. 하지만 선택은 해야 했기에, 중고등학교 시절 수업을 빠질 겸 백일장에 둬 번 참가했던 기억을 근간으로 문예창작과에 입학하게 되었다. 막상 학과에 입학하고 보니 글을 잘 쓰는 학생들은 넘쳐 났고, 나는 존재감을 상실한 채 주막 강아지처럼 이런저런 술자리를 떠돌았다. 술자리에는 으레 사람 얘기가 흘러 다니기 마련이어서, 스승에 대한 비하인드 스토리도 주워들을 수 있었다. 내가 처음으로 들었던 스승에 관한 얘기는 '너는 무조건 합격이다.'였다. 수험생 면접날, 면접장에 들어선 어떤 여학생을 상대로 스승이 질문을 했다. '그대는 어떤 이유로 우리 대학 문예창작과에 지원했는가?' 여학생은 '이 학교에 「국토서시」라는 큰 시를 쓰신 시인이 계시다는 말을 듣고 그분께 시를 배우고 싶어서 지원하게 되었습니다.' 기대에 찬 목소리로 답했다. 아직 인터넷 보급이 일반화되지 않던 시절, 자신에게 질문을 하는 사람이 당사자라는 사실을 전혀 모른 채 한 답변이었다. 스승은 수험생 여학생을 향해 크게 웃으며 "너는 무조건 합격이다"고 말했다는 것이었다.

사실 나는 학교를 입학하기 전 스승의 이름은 물론 스승의 시 한 편 읽어 보지 못했다. 우리나라의 시인이란 교과서에 소개된 한용운이나 조지훈이 전부인 줄 알았던 문학적으로 문외한이었다. 때문에, 스승이나 스승의 시는 수업시간을 통해 처음으로 접할 수 있었다. 수험생 여학생의 말처럼 스승의 「국토서시」는 크고 웅장했으며 한 줄 한 줄 의기가 충천했다. 그것은 힘만 있다고 해서 되는 것은 아니고, 아주 맑고 건강한 기운이 원천일 때 가능한 시적 발화였다. 내가 느꼈던 그 흥분을 수험생 여학생도 똑같이 느꼈겠구나, 미루어 짐작할 수 있었다.

나는 스승의 수업 시간이면 아버지의 양복을 입고 맨 앞자리에 앉았다. 스승에 대한, 아니 정확히 말하자면 스승의 시에 대한 경의를 표하고 싶은데 어떻게 해야 할지 몰라 대신 옷으로라도 예의를 갖추자 생각했다. 하지만 아버지의 구닥다리 헐렁한 양복은 학생들 사이에서 금방 놀림감이 되었고, 스승도 딱히 뭐라 말은 없었지만 몇 번인가 나를 쳐다보며 난처한 웃음을 지어 보였다. 나는 아무렇지도 않은 척 시치미를 뗀 채 한 학기 내내 그 이상한 행동을 계속했다. 사교성이 좋은 학생이었다면 스승에게 쉽게 다가가는 방법을 취했겠지만, 숫기 없고 답답한 나는 어쩔 수 없이 불편함을 견디는 수밖에 달리 도리가 없었다. 한번은 어떤 여학생이 다가와 아무래도 계속 양복을 입고 다녀야 할 것 같다고 귀띔했다. 일전에 그 여학생이 왜 어울리지도 않는 아저씨 양복을 그렇게 입고 다니느냐며 진실로 궁금한 얼굴로 묻기에 스승과 스승의 시에 나름 예를 갖추는 방법이라고 설명했더니 그 말을 스승에게 전한 모양이었다. 스승은 파안대소하며 "하하— 고놈 새끼, 하하— 고놈 새끼." 했다는 것이었다. 하지만 양복도 계속 입고 다닐 수는 없어서 나중에는 스승의 시를 암송하는 방법으로 바꿨다. 스승의 시를 계속해서 암송하면 저 밑바닥 어디에서 알 수 없는 어떤 힘이 생기는 것 같았다. 이것이 혹시 최면은 아닐까 생각하면서도 뭔가 좁았던 가슴이 벌어지고 허리가 펴지는 것 같은 느낌에 나도 모르게 웅얼웅얼 읊조리게 되는 것이었다. 그러면서 스승이 아주 가깝게 느껴졌다. 발바닥이 다 닳도록 함께 국토를 누빈 것 같기도 하고, 동리산 골짜기 대밭에서 빨치산을 피해 함께 숨어 있었던 것 같기도 하고, 무등산에서 광천동까지 함께 나뭇짐을 져 나른 것 같기도 했다. 시란 이런 것인가, 어떤 문을 여니 그곳이 또 다른 세상이었다.

사건은 수순처럼 우연처럼 그렇게 발생했다. 사진과·의상과·문예창작과·산업디자인과·음악과, 다섯 개 학과 회장과 예술대학생회장인 나 그리고 예술대학생회 간부들이 참여하는 월례회의였다. 주요 안건은 '예술대학생회비 미지급' 건에 관한 것이었

다. 이미 3월에 예술대학생회 통장으로 지급되어야 할 예술대학
생회비가 예술대교학과에 묶인 채 답보상태였다. 때문에, 예술
대 전체 행사와 각 학과 사업에 차질이 빚어지고 있었다. 학생
들이 등록금과 함께 납부하는 학생회비는 총학과 각 단과대별
로 일정 배분되고, 총학은 동아리연합회나 여학생회 등 하급기
관으로, 단과대는 각 학과로 다시 하달하여 사용되었다. 문제는
학교에서 각 단과대 학생회비를 단과대 교학과 통장으로 내려
보내고, 단과대 학장의 결재를 통해 단과대 학생회에 지급되는
절차였다. 예술대학장인 스승은 5월이 되기까지 이런저런 이유
로 예술대학생회비를 예술대학생회로 내려보내지 않고 있었다.

"시너나 페인트 등 데모 용품을 구입하는 데 사용될 수 있어
서 당분간 결재가 어렵다고……"

나는 말끝을 흐릴 수밖에 없었다. 스승이 학생회비를 결재하
지 않는 속사정은 그보다 더 복잡했다. 하지만 그것을 사실 그
대로 전한다는 것도 뭔가 개운치 않았다. 나는 사제 간의 관계
와 예술대학생회장이라는 대표성, 둘 사이의 맞지 않는 보폭 때
문에 교정 어디쯤 절름거리고 있었다.

"다들 학장님이 예술대학생회를 목줄 채워서 길들이려 한다
고 말합니다. 이게 다 예술대회장님이 학장님께 너무 저자세로
나가니까 생겨난 병폐 아닙니까. 예술대학생회는 엄연히 학생
자치기구로 학장님의 통솔이나 지휘를 따를 이유가 없습니다."

"이쯤 해서 우리가 어떤 실력 행사를 해 보여야 하는 거 아닙니까?"

각 학과 회장들의 나를 향한 불만과 스승을 향한 규탄이 쏟아졌다. 나는 지근거리는 관자놀이를 손가락으로 문지른 채 잠시 생각에 잠겼다. 무엇이 옳은 것인지 판단이 서지 않는 가운데 학과 회장들의 스승을 향한 질타는 묘한 흥분을 불러일으켰다. 내 마음속에서 차마 고개를 들지 못하는 스승에 대한 피로와 반감의 불씨에 입바람을 불어 댄 결과였다.

학기 초 한 학생이 예술대 학생회실을 찾았다. 교양과목 시간강사가, 이틀로 나뉘어 있는 세 시간짜리 한 강좌를 학생들의 양해를 구하지도 않고 하루 세 시간으로 묶어서 수업하겠다고 통보했다는 것이었다. 학생은 수강편람 기준으로 수강신청을 하였지만, 하루 세 시간으로 묶으면 다음 수업이 있어서 그 수업을 듣지 못한다고 하소연했다. 나는 예술대학생회 입장에서 학생의 고충을 대변해야 한다고 생각했고 수업과에 전화를 했다. 며칠 후 교양수업은 수강편람대로 바로잡아졌지만, 상황은 예기치 않은 곳에서 발생했다. 나는 스승의 호출을 받았고 저간의 내용에 관하여 자초지종을 설명해야만 했다. 나는 스승에게 상황을 설명하면서도 그 이유를 알 수 없었다. 왜 수업과에서 처리할 문제가 스승에게까지 보고되었을까.

또 한 번 스승에게 불려 간 일이 있었다. 그것은 일명 '예술대

학생회 대자보 사건' 때문이었다. 대부분 사립학교들이 그러하
듯 주말이나 공휴일에는 도서관만 개방한 채 다른 시설들은 열
쇠로 채워 버렸다. 그런데 예술대 특성상 작업장의 실습 기자재
가 있어야 과제물이나 출품작품을 준비할 수 있었다. 예술대 건
물 개방은 나의 공약사업이기도 해서 예술대학생회 명의로 학
교 시설물을 상시 개방해 달라는 대자보를 붙였다. 이 사건의
반향은 예상외로 커서 스승을 비롯한 교학과 직원들까지 바짝
긴장하게 만들었다. 각 건물을 상시 개방하려면 그에 따른 관리
비와 각 건물을 담당할 경비원 인건비가 추가로 소요되는 일이
었다. 스승에게 불려 간 나는 '소 영웅주의에 빠졌다'는 말을 들
었다. 스승은 몹시 화가 난 상태였는데 재단으로부터 몹쓸 말을
얻어들은 모양이었다. 그날 알게 되었지만, 일전의 문제가 되었
던 교양과목 시간강사는 공교롭게도 스승이 학교 측에 천거한
사람이었다. 이 두 가지 문제로 스승은 학교 측으로부터 체면
에 큰 손상을 입은 모양이었다. 나는 스승의 핀잔을 말없이 듣
고 있었지만, 마음은 좌초된 난파선처럼 허탈하고 쓸쓸했다. 스
승으로부터의 질타는 다른 대상으로부터의 그것과 달리 깊은
수치심과 상실감을 불러일으켰다. 그것은 마음속으로 흠모하던
어떤 대상으로부터 입은 깊은 상흔이 돌연 반감으로 치닫는 경
우였다.

  "이번 기회에 학교의 주인이 누군지 확실히 보여 줄 필요가

있습니다. 서열 정리 한번 들어가자 그 말입니다.”

회의는 오래지 않아 규탄에서 시위 계획으로 바뀌었다. 어느 모로 보나 우발성이 강했지만, 그에 못지않게 휘발성도 강했다. 우발성과 휘발성은 늘 학내 시위의 맹점으로 지적되었지만 쉽게 고쳐지지 않았다. 막상 시위로 진행된다면 그 여파는 가늠하기 어려웠다. 아직 학교 안에서 학생들의 힘은 살아 있었고, 학생들의 시위는 그 자체만으로도 파급력을 불러일으켰다. 복잡한 상황에 직면한 나는 문예창작과 학생회장인 박치홍의 얼굴을 쳐다보았다. 그는 나보다 1년 후배였지만 나이로는 한 살 위로 꽤 돈독한 사이였다.

“예술대회장님이 결단만 하십시오. 우리는 그대로 따를라니까.”

해병대 예비역인 그는 의견 표출 방법도 간단하고 분명했다. 나는 더 이상 버틸 힘도 없었지만, 차라리 명분이 생겨서 잘 되었다 생각했다. 그동안 미루거나 회피했던 순간들이 한데 엉겨 집채만 한 바윗덩이로 굴러떨어지는 느낌이었다. 나는 긴 숨을 내쉰 후 이빨을 앙다물었다. 그동안 쌓인 스승에 대한 감정과 학과 회장들로부터의 채근이 잠자던 나의 악마성을 일깨웠다. 어쩌면 그 악마성은 나의 존재감을 드러내 보이지 못한다는 자기증명의 부재로부터 발화한 것일 수도 있었다. 나의 내면 깊숙한 곳에 예술대학생회장으로서의 대표성을 확인받고 싶은 인정욕구가 검은 구렁이의 형상으로 똬리를 틀고 있었다. 그것은 감투 쓴 자로서의 우쭐함과 교만의 다른 얼굴이었다.

나는 각 학과 회장들과 임원들을 앞세운 채 학장실로 향했다. 불과 세 개 층 아래의 짧은 거리였지만 발바닥은 접착제라도 들러붙은 듯 내딛기 힘들었다. 이미 화살은 시위에서 벗어났고, 멈추거나 제어할 방법은 없었다. 뒤로는 검은 벽이 짐승의 이빨처럼 쫓아왔고, 앞으로는 낭떠러지 절벽이었다. 어느 쪽도 피해 갈 수 없었고, 그대로 서 있으면 압사였다. 나는 유체이탈이라도 한 듯 묘한 기분에 휩싸였다. 몸은 거친 바람 속으로 나아가고 있지만, 확신이 없는 마음은 자꾸만 뒤를 돌아봤다.

학장실 앞에 도착한 나는 몇 가지 구호를 외치는 기습 시위를 주도했고, 곧바로 학장실 문을 열고 들어가서 준비한 페인트를 투척했다. 그 모든 과정을, 바늘 끝만 한 생각도 파고들지 못하도록 일사불란하게 해치웠다. 자칫 쓸데없는 분별이라도 파고든다면 그 모든 상황은 실행이 아닌 계획으로 그칠 것이 분명했다. 스승은 학장실 가운데 놓인 소파에 앉아 담배를 피우던 중이었고, 벽과 바닥에 던져진 페인트에 놀라 벌떡 몸을 일으켰다. 마치 무엇엔가 정신이 팔려 있던 곰 한 마리가 기우뚱— 일어서는 모습이었다. 스승은 완전한 무방비 상태였고, 아무런 방어본능도 보이지 못했다. 모든 것이 순식간에 진행되었지만 내 의식 속에서는 슬라이드 필름처럼 장면 순간순간이 분절되어 스쳐 지나갔다. 이미 이성을 잃은 나는 접대용 테이블 위의 빈 꽃병을 발견하는 순간 바닥에 내동댕이칠 요량으로 번쩍 들어 올렸고, 그 모습을 물끄러미 바라보는 스승의 눈과 마주치는 찰나 찬물 세례라도 받은 듯 화들짝 깨어나고 말았다.

사람의 눈이 마음의 창이라는 말은 거짓 없는 진실이었다. 아주 맑은 웅덩이에 돌덩이 하나가 풍덩 던져졌고, 출렁이고 갈라지는 물결 속에서 큰 파고가 일었다. 나는 스승의 눈을 피해 무의미한 어느 곳을 바라보았다. 예상하지 못한 아주 큰 일을 저지른 자의 두려움이 엄습했다. 그것은 자연의 섭리를 거스른 자만이 느낄 수 있는 근원적 무섬증 같은 것이었다. 몇백 년 자란 나무의 밑동을 도끼로 내리찍은 것처럼 오싹 한기가 들면서 식은땀이 배어 나왔다. 나는 어쩌지 못한 채 우두커니 서 버렸고, 뒤따라 들어온 누군가가 스승의 책상 위에 놓인 명패를 집어던지는가 싶더니 곧이어 책장을 쓰러트렸다. 벽에 던져진 소나무 명패는 퍽 소리와 함께 예술대학장과 스승의 이름 사이에서 두 동강으로 쪼개졌고, 쓰러진 책장의 책들은 바닥의 검은 페인트 위에서 짓밟히듯 더럽혀졌다. 나는 차마 눈을 계속 뜨고 있을 수 없어 감아 버렸다. 정작 더럽혀지고 파손된 것은 스승과 기물이었지만 어쩐지 내 몸뚱이와 정신이 검은 페인트 바닥 위에 나뒹구는 느낌이었다.

스승의 빈소는 서울 삼성병원 장례식장에 마련되었다. 스승은 가족을 서울에 두고 오랜 시간 학교와 담장 하나를 사이에 둔 아파트에서 혼자 생활했다. 서울행 기차에 몸을 실은 나는 창밖 어디쯤 시선을 고정한 채 내내 생각에 잠겼다. 이제 더 이상 그러잡을 수 없는, 스승의 옷자락 같은 미련의 끄나풀이 차창 밖 풍경처럼 멀어져 가고 있었다. 나는 가시가 가득 들어찬 듯 따가운 눈을 애써 감은 채 스승을 떠올렸다. 기차는 빠르게 속도를 냈지만 스승을 향한 나의 기억은 뒤가 무거운 화물열차처럼 좀체 앞으로 나아가지 못했다.

스승은 학생들의 출석을 수업하듯 부르는 사람이었다. 주로 어제 먹은 술이 덜 깬 오전 수업에 종종 있는 일이었다. '너 요새 뭐 먹고 사냐? 자취하다 골병들면 술도 못 먹고 시도 못 쓴다. 언제 학교 밖에서 만나믄 돼야지고기 한 근 사 주마.' 학교 밖에서 스승에게 돼지고기를 받았다는 자취생이 여럿 있었다. '너 요즘 주말에 무안 집에 안 가지야? 요놈 새끼 일하기 싫어서 괜한 공부 핑계만 대고…… 내가 너 속을 훤히 들여다본다.' 출석이 불린 학생은 속이 들켜서 웃고, 스승은 그런 학생을 보고 또 웃었다. 스승의 학생들을 향한 출석은, 파이프에 끼운 88 디럭스 담배가 두세 개비 타고나서야 마무리되었다. 거칠어 보이면서도 어딘지 모르게 지적이고 그러면서도 천진난만한 낯빛 위로 스멀스멀 피어오르는 담배 연기는 그를 정말 시인처럼 보이게 했다. 10시에 시작된 수업이 출석 체크와 문청 시절 후일 담으로 11시를 넘기면 스승은 차를 부르라고 했다. 심사비나 강연비 어쩌다 상금을 받은 스승은 그걸 쓰고 싶어서 자꾸 기회를 만들었다. 수업 듣던 여학생 한 명이 전화를 걸어 학교로 버스를 보내 달라고 했다. 여학생의 어머니는 화순에서 한국회관이라는 고깃집을 운영하고 있었고, 아버지는 손님을 실어 나르는 버스를 운전했다. 학교운동장으로 버스가 도착하면 우리는 화순으로 넘어가 고기에 술을 마셨다. 청춘의 출발점을 막 벗어난 우리는 아무 생각 없이 먹고 마시면서 내 안의 움츠려 있던 무엇인가를 끄집어내고 발산하기에 여념이 없었다. 그런 우리를 스승은 들판에 풀어놓은 염소 떼처럼 아무 상관치 않고 내버려뒀다. 몇 잔 걸친 스승은 으레 파이프 담배를 피우며 게걸스럽게 먹고 떠들어 대는 우리를 흐뭇하게 바라볼 뿐이었다.

스승은 수업이 없는 오후, 거의 매일이다시피 학교 앞 호프집 '고센'에 앉아 누군가를 기다렸다. 생맥주 한 잔을 시켜 놓고 하염없이 창밖을 바라보는 것이었다. 담배를 피우거나 한쪽 팔로 턱을 괸 채 상념에 잠겨 있는 스승은 '생각하는 로댕' 같기도 했고, 해 질 녘 툇마루에 나앉아 어머니를 기다리는 어린아이 같기도 했다. 학생들은 그런 스승을 왠지 그냥 지나칠 수 없어서, 때로는 정말 술이 먹고 싶어서, 때로는 우연찮게 스승의 테이블에 앉았다. 스승은 오거나 가거나 상관치 않고 생맥주 한 잔씩을 시켜 줬다. 하지만 학생들은 좀처럼 오래 앉아 있을 수 없었다. 스승의 별말 없는 이유도 있었지만, 서비스로 제공되는 강냉이만 씹기에는 술맛이 너무 썼다. 스승은 본인도 그러했지만 절대로 안주를 시키지 않았다. 술에 단련된 스승이야 그럴 수 있다지만 안주 아니면 술이 안 넘어가는 초보 술꾼들에게는 여간 곤욕스러운 경우였다. 때문에 학생들은 계속해서 바뀌었고 스승은 오거나 가거나 상관치 않고 계속 자리를 지켰다. 그러다 미친 연놈들 몇이 엉겨 붙으면 새벽까지 질펀하게 술판이 벌어졌다. 자정을 훨씬 넘겨, 거나하게 취한 스승이 술집 주인을 향해 혓바닥의 침을 찍어 바른 검지를 쓱- 그어 대면 비로소 그날의 기다림은 끝이 나는 것이었다.

한번은 무등산 아래 술집에서 사모님이랑 대판 싸움이 벌어지기도 했다. 사실을 말하자면 사모님에게 일방적으로 꾸지람들은 사건이라는 표현이 더 옳을 것이었다. 스승은 '거시기 뫼 모임'이라는 등산 모임을 만들어 학생들과 정기 산행을 했다. 그날은 한일전 축구경기가 있었고, 산행에서 내려온 일행은 호프집에 모여 한국팀 응원을 했다. 모처럼 서울에서 내려와 입석대와 서석대까지 함께 오른 사모님은 축구 경기가 끝나면 스승과 함께 서울로 올라갈 계획이었다. 다음 날 서울에서 무슨 모임이 있는 모양이었다. 하지만 스승은 축구 경기가 끝난 이후에도 일어날 생각을 않은 채 조금만 더 한 잔만 더 계속해서 사모님을 애닳게 했다. 사모님의 채근에도 아랑곳 않고 학생들과 노닥거리는 모습은, 고샅까지 쫓아 나와 밥 먹으라고 애타게 부르는 어머니를 외면한 채 친구들과 계속 놀아대는 아들 녀석을 닮아 있었다. 급기야 참지 못한 사모님은 스승을 향해 버럭 화를 내고는 혼자서 스산하게 산을 내려가 버렸다. 스승은 혼쭐난 아이처럼 콧물 몇 번을 훌쩍이고는 다시 학생들과 천진난만하게 술을 마셨다.

페인트 사건 다음 날, 나는 한 무리와 함께 지리산으로 도망을 쳤다. 현장에 남아 있을 수 없는 일말의 양심이 아주 먼 곳으로의 도망을 사주했고 도망의 끝은 쌍계사 계곡이었다. 산속 새 둥지처럼 안온한 곳에 박혀 사는 선배에게 몸을 의탁한 나는, 화개장터 초입의 주조장에서 막걸리를 말 통으로 받아다 밤새 들이켰다. 헛웃음과 헛말과 헛짓거리를 해대면서 무엇인가를 떨쳐내려 무던히 버둥거렸다. 장마철 지리산은 빗소리와 물소리 외에 아무것도 들리지 않았다. 하지만 그 자연의 웅장한 소리가 하나도 들리지 않을 만큼 시끄러운 왕왕거림이 내 귓속에서 들끓었다. 그때 나는 도망의 끝이란 없다는 사실을 깨달았다. 도망의 끝이란 몸이 아니라 마음이어야 비로소 완전할 수 있는 것이었다.

지리산은 승천하던 용이 떨어져 내린 것처럼 연일 통곡 같은 비를 쏟아냈다. 천왕봉 아래 계곡으로 합수된 빗물이 핏대를 세우며 쓸려 내렸고, 그만큼 나의 내면을 배회하는 두려움도 거침없이 회오리쳤다.

"야 이, 똥 막대기 같은 놈들아! 너희들이 무슨 학생운동이라도 한 줄 아냐. 이 신령한 지리산까지 도망쳐 오게."

지리산으로 도망쳐 온 이튿날, 학과 비평 담당 교수는 사냥개 같은 후배 녀석을 길잡이로 세워 계곡 어디쯤에서 전화를 걸어왔다. 정확한 집 주소를 알았다면 단박에 찾아왔을 테지만 쌍계사 계곡 어디까지만 얻어들은 모양이었다. 비평 교수는 자신이 칠불사와 선유동계곡 갈림길의 포장마차에 있으니 그쪽으로 오라는 말과 함께 전화를 끊었다. 전화를 받은 나는 문예창작과 학생회장인 박치홍과 가야 할지 말아야 할지 의견을 나누었다. 나는 가고 싶지 않다고 했지만, 박치홍은 선생이 여기까지 찾아왔는데 가지 않을 수 없다고 했다. 박치홍과 나는 가야 할지 말아야 할지 결론을 내지 못한 채 각자 벽을 보고 누워 있다가 재차 걸려온 전화에 어쩔 수 없이 자리를 털고 일어섰다. 사건의 복잡한 여진으로부터 벗어날 수 있을까, 지리산까지 도망쳐 왔지만 결국 한 발자국도 벗어나지 못한 셈이었다. 밖은 여전히 굵은 빗줄기가 쏟아졌고, 박치홍과 나는 산속 들짐승처럼 빗속으로 들어섰다. 우산도 없이 흠뻑 젖은 몸으로 오르는 계곡의 빗길은 예수가 십자가를 짊어진 채 걸었다는 골고다 언덕과 비교할 바는 아니지만 꽤나 험난한 길임에 틀림없었다. 박치홍과 나는 한마디 말도 없이 멀찌감치 떨어진 채 계곡 옆 산길을 기어올랐다. 각자 감당해야 할 무게만큼 길은 가파르고 멀었다.

"그래, 산속에 숨어 있으니 맘이 편하더냐? 주동자 두 놈이 우리 학과 놈들이고, 학장님도 우리 학과 교수여서 우리 학과가 갑자기 유명세를 치르고 있다."

포장마차의 거적을 걷고 들어섰을 때 비평 교수와 교양 담당 교수 그리고 길잡이로 앞세운 후배 녀석이 함께 보였다. 잔소리를 늘어놓는 비평 교수는 사뭇 진지했지만, 함께 따라온 교양 교수는 일련의 상황이 그저 재밌을 뿐이라는 듯 얼굴 가득 느글거리는 웃음을 베어 물고 있었다. 그러면서 또 박치홍과 나의 얼굴을 관상가라도 된 듯 구석구석 훑어봤다.

"언놈이 주동잔가……? 응 이놈이구먼 생긴 게 딱 그래 보여."

교양 교수는 검지를 쭉 뻗어 나의 면상을 가리켰다. 내친김에 사고 한 번 더 칠까, 잠시 고민하던 나는 그냥 눈을 내리깔았다. 기분 같아서는 내뻗은 손가락을 싹둑 분질러 버리고 히죽거리는 면상에 죽통을 날리고 싶었지만, 스승 건으로 1차 상벌심의회 출석 통지까지 받아 놓은 마당에 또 사고라면 의심 없이 퇴학이었다.

"두 놈 다 테이블 위로 올라가서 종아리 걷어. 너는 나가서 회초리 하나 꺾어 오구."

비평 교수는 후배 녀석에게 회초리를 꺾어 오라고 지시했다. 박치홍이 후배 놈에게 지리산으로 도망쳐 왔다는 정보를 흘린 게 분명했다. 박치홍은 덩치에 걸맞지 않게 입이 가벼웠다. 밖으로 나간 후배 놈은 회초리라는 단어를 모르는 것인지 부러 그러는 것인지 애들 팔뚝만 한 산뽕나무 줄기를 꺾어 왔다. 학교에서 만나기만 하면 가만두지 않으리라 이빨을 악물었다.

"감히 배우는 선생한테 패악을 저질러? 평생 뒷감당을 어떻게 할려고 그런 어리석은 짓을 저질러 이놈들아. 지금 내가 무슨 말을 하는지 알기나 해⋯⋯?"

"읍─"

산뽕나무 회초리는 차지게 살을 파고들었다. 채찍처럼 착─ 착─ 감기는 게 정말이지 기억에 각인될 만했다. 하지만 고통과는 상반되게 맞을 때마다 마음 한쪽이 시원해지는 느낌이었다. 울고 싶은 놈 뺨 때린다는 말이 이런 경우인가. 포장마차 천장을 두드리는 빗소리는 죽비가 되어 가슴을 후려쳤고, 종아리를 갈라놓는 산뽕나무 회초리는 태형처럼 부정한 육신을 벌하였다. 나는 열 번의 회초리를 담담히 받아 냈다. 회초리가 아무리 아픈들 스승의 가슴에 박힌 대못에 댈 것은 아니었으니 아파도 아픈 것이 아니었다.

"지리산에 이백 살 넘은 도인들이 축지법을 쓰면서 날아다닌다는 소문이 있더라. 가만히 방구석에 누워만 있지 말고 산 구경도 다니면서 절밥도 좀 얻어먹고 계곡에서 더러운 몸뚱아리도 좀 씻어라. 혹시 또 아냐, 오다가다 도인을 만나면 속 시원한 뭔 말이라도 한마디 얻어들을 수 있을지."

나는 동행했던 일행이 모두 집으로 돌아간 후에도 지리산을 떠나지 못했다. 고사목의 썩은 둥치에 들앉은 고슴도치처럼 꿈쩍할 수 없었다. 하는 일이라고는 말 통으로 받아 온 막걸리를 저녁내 마시고 낮에는 벽을 본 채 누워 있는 것이었다. 다시 현장으로 돌아갈 수도 떳떳이 밝은 하늘을 마주할 수도 없는 불천지 지옥이었다. 선배는 그런 내가 답답해 보였던지 지리산 탐방로가 그려진 손수건 한 장을 던져 주었다.

나는 선배가 차밭으로 일을 나간 후 마루에 나와 앞산을 바라보았다. 특별히 앞산이라고 할 것도 없이 첩첩 산이었지만 갇힌 것처럼 답답하지 않았다. 오히려 무지근하게 불어오는 산바람이 위로처럼 마음을 쓸어내렸다. 나는 오그라든 가슴에 바람을 불어넣듯 숨을 크게 들이쉬었다. 저 깊은 단전까지 시원한 바람이 전해져 왔다. 나는 오른 손목에 손수건을 질끈 묶고 신발을 꿰었다. 손수건의 탐방로 중 피아골을 찾아 나설 참이었다. 피아골이라는 지명만으로도 울컥─ 북받친 가슴속 그 무엇이 토해져 나올 것만 같아서 나의 마음처럼 처연한 기운이 전해져 왔다. 길을 나서는 내 뒤로, 사슬처럼 옭아매고 있던 죄의식과 두려움이 긴 그림자를 드리운 채 질질 끌려왔다. 나는 쌍계사 계곡의 옆길을 따라서 섬진강까지 내려갔고 강변을 따라 구례 쪽으로 조금 걷다가 피아골 계곡으로 접어들었다. 피아골 계곡은 쌍계사 계곡과 사뭇 다른 분위기였다. 뭔가 한이 서린 듯 굴곡지고 웅숭깊은 모습이 묘한 긴장을 불러일으켰다. 나는 계곡을 따라 계속 올라갔다. 버스를 탔더라도 한참이 걸렸을 길을 등짐을 진 것처럼 힘겹게 올랐다. 얼마나 걸었을까 가파른 능선 아래 사그라져 가는 방앗간이 보였다. 분명 세월처럼 그렇게 삭아 들고 있었지만 틀림없는 방앗간이었다. 나는 언젠가 빨치산을 그린 소설책 어디에선가 피아골의 방앗간을 읽었고 특별한 이미지로 기억하고 있었다. 올라오는 내내 방앗간은 본 적이 없으니 소설 속 방앗간이 맞을 것이었다. 나는 계곡 너머로 보이는 방앗간에 홀린 듯 시선을 빼앗겼다. 한때는 곡식을 빻고 떡을 하고 기름을 짜며 복닥거렸을 방앗간도 이념분쟁 속에 피바람을 겪었을 것이었다. 이 깊은 산속의, 산짐승이나 다를 바 없이 순박했을 사람들이 서로의 가슴에 죽창을 찔러 댔다는 사실이 도저히 믿기지 않았다. 계곡을 따라서 쏴— 쏴— 나뭇잎 휘도는 거친 바람이 불어왔다. 바람 소리 때문인지 상념 때문인지 회한이 밀려들었다. 무엇 때문에 나는 스승의 가슴에 죽창 같은 대못을 박고 여기까지 숨어들어 왔는가. 손에 스승의 피라도 묻힌 듯 진저리가 쳐졌다.

장례식장은 수많은 사람으로 북적였다. 스승의 세상 지인들도 발을 이었지만, 오래전 학교를 졸업한 중년의 선배들도 속속 모습을 보였다. 스승의 술 한 잔 안 마시고 졸업한 이 드물었기에 먼 곳에서까지 술빚을 갚으러 찾아왔다. 나는 간단히 조문을 마친 후 테이블에 앉았다. 온전히 내가 감내해야 할 시간이었다. 예상했던 대로 선후배 동기 할 것 없이 모두 냉담한 모습이었다. 개중에는 야멸찬 눈빛으로 적대감을 드러내 보이는 이들도 있었다. 나는 누군가의 주먹이 날아온다면 그대로 감내하리라 마음먹었다. 그것은 내게서 나간 부메랑과 같아서 부정하거나 거부한다고 비껴갈 수 있는 것이 아니었다.

"너가 선생님 때렸냐?"

눈에 독을 가득 품은 여자 선배가 맞은편에 와 앉았다. 무언가 나를 상대로 속 안의 것을 쏟아 내고야 말겠다는 강한 결기가 드러나 보였다. 내가 입학하던 그해 그녀는 졸업반이었고, MT를 끝내고 돌아온 뒤풀이에서 그녀와 같은 학년 선배들은 오늘 네 맘대로 하라며 그녀를 술값 대신 나에게 팔아넘겼다. 그녀는 아주 당찬 성격으로 남학생의 뺨도 쉽게 올려붙이는, 그러나 사람 좀 겪어 본 심성처럼 군더더기 없이 깔끔한 언행의 소유자였다.

"선배, 하고 싶은 대로 하세요. 그러려고 오셨잖아요."

나는 선배의 눈을 정직하게 바라보았다. 때렸느냐 안 때렸느냐 그런 너저분한 애기로는 오히려 그녀의 화만 돋울 것이었다. 선배도 나의 눈을 똑바로 바라보았다. 그러기를 얼마나 했을까, 선배는 화가 가라앉은 듯 평안한 눈빛이 되었고 원래의 자리로 돌아갔다. 나는 테이블에 놓인 물컵에 소주를 따라 쓴 약을 삼키듯 들이켰다. 생각처럼 술이 잘 들어가지 않았다. 술을 넘기는 일이 고행처럼 느껴졌다.

"담배나 한 대 피우러 가자."

한 테이블 건너 지켜보던 박치홍이 다가와 어깨에 손을 얹었다. 박치홍과 나는 장례식장 입구 등나무 아래서 담배를 피워 물었다. 갑자기 시간이라는 개념이 앞으로만 나아가는 것이 아닌 과거와 현재와 미래를 두서없이 넘나드는 회전체처럼 느껴졌다. 과거가 오늘 같기도 하고, 오늘이 내일 같기도 하고, 내일은 또 오래전 오늘 같기도 한 미로 속 어딘가 서 있는 기분이었다. 나는 깊게 들이마신 담배 연기를 후– 불어 냈다. 작품으로밖에 볼 수 없던 유명 문인들이 검은 옷을 입고 지나쳐 갔다. 그들 역시 과거나 미래 어느 곳에서 두서없이 튀어나온 사람들 같았다. 스승은 조병화·이문구·신경림·이호철·고은 등 원로 작가들을 문학제 초청강사로 불러왔다. 학생들은 한참 잘나가는 문인들 대신 한물간 작가들만 불러들인다며 불평했지만 스승은 꿈쩍하지 않았다. 언제 사라질지 모르는 거목들이니 잘 봐두라는 말만 되풀이할 뿐이었다. 그 말이 정작 당신을 상대로 한 말이었다면 틀린 말은 아니었다.

"고만 울어요, 우리도 같은 맘이에요. 이렇게 갑자기 떠나실 줄 누가 알았겠어요."

나는 조문객들의 발길이 끊긴 새벽녘 스승의 영정 앞에서 그만 무릎을 꿇은 채 꺼이꺼이 울음을 토해 내고 말았다. 더 이상 감당할 수 없는 회한이 무너진 둑처럼 어찌할 수 없었다. 스승을 지키고 앉아 있던 사모님이 내 손을 그러쥐었다. 사모님의 손은 포대기처럼 편안하고 따뜻해서, 나는 더 크게 목놓아 흐느껴 울었다. 그대로 가슴이 터져 버렸으면 좋겠다 싶은 심정이었다.

"그만, 일어나세. 선생님은 불편한 것들을 맘에 담아 두시는 분이 아니시잖은가."

스승이 주례를 섰던, 1호 학과 부부의 남자 선배가 내 몸을 일으켜 세웠다. 선배는 꽤 시를 잘 쓰는 사람이었지만, 결혼과 함께 더 이상 시를 쓰지 못하게 되었고 밤마다 책상에 앉아 괴로워한다는 얘기를 인편으로 전해 들은 적 있었다. 나는 선배의 도움을 받아 스승의 영정 앞에서 물러나면서도 가슴속 저 밑바닥에 깔려 있는 스스로에 대한 자책을 떨쳐내지 못했다. 선배는 그런 내 등을 큰형처럼 말없이 쓸어 주었다. 형편이 좋지 않아 옛 전남도청 회의실에서 올린 선배의 결혼식도 기억에 남지만,

그날 결혼식을 위해 백 일 전부터 새벽에 일어나 목욕재계를 하고 몸과 맘을 깨끗이 했다는 스승의 주례사도 기억에서 잊혀지지 않았다.

1차 상벌심의회가 열렸다. 학생회관 어느 방으로 들어섰을 때, 지도교수·학생과장·예술대 부학장·공대학장·학생처 직원 등이 둘러앉아 있었다. 가운데 테이블에는 그날 어지럽게 뒤엎어진 학장실 내부 사진이 여러 장 놓여 있었다. 얼핏 보기에도 난장판이나 다름없을 정도의 처참한 광경이었다. 다시 떠올리기 싫은 그날의 악몽이 되살아나는 느낌이었다. 사건이 발생한 직후, 동조했던 일행들은 마치 증발한 것처럼 자취를 감춰 버렸다. 상황이 심상치 않음과 그 이후의 처벌에 대한 두려움 때문에 빠르게 사라져 버린 것이었다. 나는 사무국장만 자리를 지키고 있는 썰렁한 예술대학생회실에서 담배를 한 대 피웠고, 그제서야 꿈에서 깨어난 듯 정신이 들었다. 솔직히 내가 무슨 정신으로 그 짓을 저질렀는지 도저히 이해할 수 없었다.

"사진이 증명하듯이 전혀 선처의 여지가 없습니다. 또 선처를 할 수도 없구요. 사회 같으면 이건 형사처벌 감입니다. 이번 기회에 강력히 처벌해서 다시는 교내에서 이런 불미스런 일이 발생하지 않도록 본을 보이는 것이 마땅합니다."

내가 자리에 앉자마자 예술대 부학장이 기다렸다는 듯 목소리를 높였다. 평소 그는 말이 없고 점잖은 사람이었지만 많이 격앙된 듯 보였다. 자신의 교육철학과 스승의 입장을 대변한 결과로 보였다. 한동안 실내는 침묵이 흘렀다.

"자, 부학장님 일단 진정하시구요. 절차대로 차근차근 진행하도록 하겠습니다."

학생과장이 상벌심의회 진행자인 듯 보였다. 예술대 부학장은 테이블 위 사진들을 뒤적여 그중 적나라한 몇 장을 보란 듯 위쪽으로 펼쳐 놓았다.

"흠– 흠–"

그날 사진을 찍었던 회의록 작성자인 학생처 이주임이 밭은 기침을 했다. 그날 이주임은 다급하게 예술대학생회실로 뛰어 올라왔다. 막 학장실에서 현장 사진을 찍은 뒤였다.

"동수야, 이건 직원으로서 하는 말이 아니라 선배로서 하는 말이다. 이럴 땐 말이다 빨리 학장실에 내려가서 청소를 하고 죄송하다고 사과를 드리는 것이 현명한 거다. 나도 동아리 할 때 교무처장 멱살을 틀어잡고 책상을 한번 걷어찬 일이 있다."

말을 끝낸 이주임은 서둘러 사라졌다. 그는 우리 학교 동아리연합회장을 역임했던, 그림자처럼 학생들을 돕는 선배이자 직원이었다. 나는 그를 신뢰했기에 그의 조언대로 사무국장과 몇 명의 학생들을 모아 뒷수습을 했다.

"자, 그럼 먼저 지도교수님 말씀을 듣겠습니다. 평소 김동수

학생 품행이 어떠했는지 이번 사건을 어떻게 처리했으면 좋을지 의견을 말씀해 주십시오."

나의 지도교수는 고전문학 담당자로 성품이 매우 강직하고 바른 사람이었다. 때문에 재단이나 교직원 사이에서 신망이 두터웠다. 지도교수는 나에 대한 미담 몇 가지를 얘기한 후 한순간 잘못된 판단으로 큰 실수를 저질렀으나 장래를 생각해 잘 살펴 달라고 부탁했다. 지도교수의 말이 끝나자 잠시 자리가 정돈이라도 된 듯 차분해졌다. 지도교수의 담담하면서도 애정 어린 말이 사람들의 마음을 진정시킨 모양이었다.

"다음으로는 김동수 학생 변론을 듣겠습니다. 이번 일이 왜 발생하게 되었는지 자초지종을 상세히 설명하고, 본인의 처분이 어떻게 결정되기를 바라는지 진술하세요."

학생과장은 되도록 감정이 섞이지 않으려 또박또박 발음했다. 그는 학생회 간부들과 일주일에 한 번씩은 꼭 거하게 술을 마시는 큰형 같은 교수였다. 진심으로 따뜻하게 대해 줬던 사람이어서 차마 똑바로 쳐다보기가 민망했다.

"뭐라 말씀을 드려야 할지…… 정말 학교 당국이나 학장님께 결코 용서받을 수 없는 누를 끼친 것 같아 저 스스로 부끄럽고 죄송합니다. 무엇보다 이번 일로 큰 충격을 받으셨을 학장님을 생각하자면……"

사건 이후 스승은 부쩍 말이 없어졌다. 원래 별말이 없었지만, 한층 그늘이 드리운 얼굴로 학장실 소파에 앉아 담배만 피운다는 풍문이었다. 그리고 오후에는 예의 고센에 앉아 생맥주를 시켜 놓은 채 창밖을 바라보고 있었다. 나는 학교 근처를 배회하다 고센에 앉았는 스승을 먼발치로 바라보았다. 스승은 주변을 비워 둔 채 또 누군가를 기다리고 있었다. 나는 직관적으로 스승이 나를 기다리고 있음을 알아차렸다. 평소처럼 오다가다 들르는 학생들을 앉히지 않고 줄곧 주변을 비워 두고 있는 스승은 살아온 날들을 회상하는 것 같기도 했고 내상이 심한 몸뚱이를 간신히 추스르고 있는 것 같기도 했다. 그렇게 스승은 내가 찾아와 용서 빌기를 긴 기다림으로 인내하고 있었다. 나는 스승이 앉았는 고센 앞을 지나치지 않으려 부러 차도 건너 인도를 걸었다. 응당 찾아가서 잘못했다 죄송하다 무릎을 꿇어야 했지만 도저히 엄두가 나질 않았다. 아마 내가 스승을 좀 덜 경외했더라면 그럴 수 있었을지도 몰랐다. 하지만 스승을 경외하던 마음과 벌어진 사건 사이의 간극이 너무 큰 나머지 나는 스스로 그 간극을 극복하지 못한 채 비루한 버둥거림을 이어 가고 있다. 말없이 고개를 숙인 채 지나쳐 가는 나를 스승은 창밖으로 바라보고 있음을 나는 보지 않아도 느낄 수 있었다. 나는 그렇게 고센 앞을 스쳐 지나쳤고, 스승도 작정한 듯 자리를 지키고 앉아 있었다. 나는 스쳐 지나가면서도 맘이 불편해 어디쯤 갔다가 다시 걸어왔다 또다시 걸어가기를 반복했다. 그냥 지나치는 것도 마주하는 것만큼이나 어려운 일이었다.

"자 변론을 마쳤으면 김동수 학생은 퇴장해도 좋습니다."

며칠 후 나는 1차 상벌심의회로부터 무기정학 통보를 받았다. 예상했지만 일을 너무 크게 벌인 결과로 무거운 처벌을 면치 못했다. 그동안 학교에서 진행되었던 일련의 처벌로 봤을 때 2차 상벌심의회에서는 퇴학이 내려질 것이라는 사실이 자명했다. 학생처벌 수위는 1차보다 2차에서 한 단계 높게 결정되는 것이 통상적이었다. 나도 그렇지만 스승도 민감한 시기에 데미지가 컸다. 다음 총장 임명에 스승이 유력시되고 있었기에 심경이 복잡할 터였다. 재단에서 총장을 임명하는 특성상 앞으로 스승의 거취가 어떻게 될지 예측하기 어려웠다.

무기정학 속 나날들은 투명 인간의 일상과도 같았다. 모든 처분을 학교 측에 일임한다는 서류에 아버지의 도장을 박아 제출한 나는 무적자와 다를 바 없었다. 수업도 들어갈 수 없고 예술대학생회장의 직책도 효력 정지되었으며 원칙적으로 학교 출입도 통제된 상태였다. 졸업을 한 학기 남겨 놓은 상태에서 참으로 암담한 상황에 직면한 나는 앞으로의 삶에 대해서 고민하지 않을 수 없었다. 대학 퇴학은 곧 고졸이나 마찬가지였기에 2차 상벌심의회가 어떤 결정을 내릴지 그 여부에 따라서 삶의 방향은 달라질 수밖에 없었다. 나는 집에 있을 수도 그렇다고 마땅히 갈 곳도 없었기에 아침 일찍 집을 나서 학교 뒤편 저수지에서 하루를 보냈다. 저수지에 낚싯대를 드리운 나는 저 멀리 학교 건물을 바라보면서 소주를 마셨다. 수많은 상념과 추억이 물 위에 부유하는 찌처럼 머릿속을 둥둥 떠다녔다.

밤이 되자 학교는 블록처럼 불빛이 밝혀졌다. 일정하지 않은 층마다의 불빛은 모자이크처럼 보이기도 했다. 나는 본관 건물 맨 꼭대기 층을 바라보았다. 본관 건물 맨 꼭대기 층은 이사장 실이었다. 이사장은 한 달에 한 번 출근 할까 말까 정도였고, 대개는 이사장의 아들인 기획실장이 밤에 쉬거나 술을 마시는 용도로 사용했다. 맨 꼭대기 층 이사장실에 불이 켜져 있었다. 나는 저수지에 낚싯대를 그대로 던져 놓은 채 학교로 향했다.

"야, 예술대학생회장아! 너 집에서 대가리 박고 근신이나 할 것이지 여기는 무슨 배짱으로 찾아온 거냐?"

기획실장은 탱고 음악을 틀어놓은 채 혼자서 양주를 마시고 있었다. 그는 소문난 애주가이면서 기분파로 학교의 큰 행사 때 교직원이나 학생 대표들에게 폭탄주 돌리기로 유명했다. 나는 학기 초 그에게 신세를 진 적이 있었다. 나와 선거 러닝메이트 였던 예술대 부회장의 집이 갑자기 부도가 나는 바람에 등록금 을 납부하지 못할 상황이었다. 예술대학생회장은 등록금 전액 이 면제였지만, 부회장은 반액만 면제였다. 나는 이 문제를 해 결해줄 사람은 오직 기획실장밖에 없음을 알았고 그를 찾아갔 다.

"실장님, 예술대 부회장 등록금 좀 해 주십시오. 집이 부도가 났답니다."

나는 짧고 명확하게 목적을 전달했다. 그는 예스와 노가 분명했고 판단도 빨랐다.

"야, 비서실 들어와 봐. 예술대 부회장이 등록금을 못 냈는지 확인하고 못 냈으면 내 통장 가져가서 대신 내 줘."

기획실장은 인터폰으로 비서를 불렀고, 호기롭게 등록금 문제를 처리해 줬다.

"오늘 술맛 좀 날랑가 싶드만 그것도 영 판이네. 이짝으로 와서 한잔 받아라."

영화 〈여인의 향기〉의 배경음악인 '머리 하나 차이로'가 막 연주되기 시작했다. 기획실장의 취한 낯빛은 그의 마음 상태를 짐작하기 어려웠다. 첫사랑 여인의 결혼 소식을 전해 들은 사람의 표정 같기도 했고, 도박판에서 모든 것을 잃은 사람의 표정 같기도 했다. 기획실장은 자신이 방금 비운 글라스에 양주를 가득 따라서 내 앞으로 밀었다.

"잘 아시겠지만, 제 처벌 문제 때문에⋯⋯"

나는 양주를 죽 들이켠 후 본론으로 곧장 들어갔다. 그는 싱겁게 한번 웃어 보인 후 또 양주를 가득 따라주었다.

"예술대학생회장아! 남의 재산을 파손하고 페인트를 찌끌었으믄 변상을 하든가 사과를 먼저 하는 게 도리고 예의 아니것냐? 서로 지켜야 할 상도덕이라는 것이 있는데 너는 그걸 깨부 서브렀다 이 말이다. 내 말이 뭔 말인 중 알겠냐? ……아이다 아이다 다 쓸데없는 소리고, 너 문제는 학장이 알아서 할꺼다. 너를 안고 갈 지 저 혼자 갈지 보믄 알것지."

기획실장은 알 수 없는 말과 함께 절반쯤 남은 양주병을 내 손에 쥐여주며 그만 나가 보란 듯 팔을 휘저었다. 나는 두 잔의 양주를 거푸 마신 후 양주병을 손에 쥔 채 이사장실을 내쫓기듯 걸어 나왔다.

한참 살이 차오르는 9월 햇볕은 뜨겁고 아팠다. 스승은 이승 을 버리는 마지막 의식을 거행 중이었다. 네모반듯한 직사각형 흙구덩이 속으로 관이 안착되었다. 지켜보는 검은 상복들은 땀 과 눈물을 닦아 냈고, 누군가는 새어 나오는 울음소리를 틀어막 았다. 묘지의 인부들은 스승의 노자를 자꾸 요구했고, 지전들이 관 위로 떨어져 날렸다. 스승은 사람처럼 살다 간 것이 아니라 시인처럼 살다 갔을 것이었다. 세상을 원고지 삼아 한세월 그렇 게 놀이 같은 삶을 살다 갔으리라. 술과 사람을 좋아해서 술과 사람으로부터 간을 다쳤을 스승은 이제 다칠 간이 없어 오히려 허탈할 것이었다.

관 위로 한 삽 붉은 흙이 쏟아졌다. '선생님 잘 가세요.', 어느 가냘픈 여제자가 새처럼 슬픈 소리를 냈다. 저마다 참고 있었을까. 동백꽃 뭉텅 떨어지듯 목멘 울음 송이째 떨어져 내렸다. 스승은 시 선생이었으나 제대로 시를 가르친 적이 없었다. 학생들이 자신의 습작 시를 발표하는 것이 주된 수업이었고, 시험은 늘 시 다섯 편 외우기였다. 시 수업시간인지 시 놀이 시간인지 가늠하기 어려웠다. 그러나 학생들은 너 나 할 것 없이 시를 쓰겠다며 개떼처럼 몰려들었다. 가르치지 않는데 뭘 배우겠다는 것인지 도무지 알 수 없는 일이었다. 스승은 시를 어떻게 쓰는 것인지 가르친 것이 아니라 시가 무엇인지 몸으로 보여 준 사람이었다. 스승이 들어가기에 흙구덩이는 너무 작아 보였다.

"내 제자이니 내가 책임지겠습니다. 더 이상의 징계 절차는 여기서 멈춰 주십시오."

2차 상벌심의회에 증인으로 출석한 스승은 한마디를 했을 뿐이라고 했다.

학교 측은 교직원의 명예를 실추시키고 학교 기물을 파손한 책임을 물어 나에 대한 퇴학에 동의할 것을, 차기 총장 임명 대상자로서 학생 편에 설 것인지 학교 편에 설 것인지 입장을 분명히 할 것을, 종용했지만 스승은 한 치의 흔들림도 없었다고 했다. 당시의 상황을 나에게 전해 주던 학생과장은 눈을 커다랗게 뜬 채 고개를 절레절레 흔들었다.

"선생님, 고맙습니다."

나는 흙 한 줌을 쥐어 스승의 관 위에 부었다. 스승은 자신의 것을 다 줄 수 있어서 행복한 사람이었다. 끝까지 그렇게 살기를 고집했으니 죽어서도 시인이라 불릴 수 있을 것이었다.

"너 왜 이제야 나타나는 거냐? 시간은 금보다 귀하다고 내가 몇 번을 말하더냐."

고센에 앉았는 스승을 끝내 거역할 수 없었던 나는 죄인처럼 쭈뼛쭈뼛 걸어 들어갔고, 그런 나를 향해 스승은 버럭 소리를 질렀다. 그렇잖아도 움츠려 있던 나는 깜짝 놀란 채 바르르 떨었다. 스승은 평소에도 정해진 시간에 조금이라도 늦으면 불같이 화를 내곤 했다. 나는 조금 늦은 것이 아니라 아주 많이 늦은 것이었다.

"교수님, 죄송합니다. 제가⋯⋯"

"쓸데없는 변명일랑 할 생각 말고 어서 앉기나 해. 시도 못 쓰는 놈이 뭔 말이 그렇게 많아."

스승은 종업원을 향해 큰 소리로 생맥주 한 잔을 시켰다. 나는 스승의 호통에 압도당한 나머지 뭐라 제대로 된 사과도 못한 채 스승이 내민 술잔에 내 술잔을 부딪쳤다. 그리고 스승은 평소와 다를 바 없는 아주 너그럽고 평온한 낯빛이 되어, 긴급조치 위반으로 신경림 시인과 한 수갑을 찬 채 경찰서로 끌려가던 얘기를 들려줬다. 키가 작고 팔이 짧은 신경림 시인을 놀려 주려 부러 수갑 찬 팔을 위아래로 힘껏 휘저었다는 부분에서는 천진난만한 웃음과 함께 아득한 낭만을 드러내 보이기까지 했다.

나는 스승의 얘기를 들으면서 얼굴로 웃었지만, 마음으로 울었다. 감사한 마음이 너무 사무쳐서, 그 마음이 너무 아파서 뜨거운 무엇이 계속 흘러내렸다. 스승은 연말에 우리 학과에서 신춘문예 당선자가 많이 나올 것 같다는 말을 하기도 했다. 원래 그런 것이라고, 집안에 사람 사는 소리가 좀 나야 그 집안이 흥하는 것이라고, 흡족한 표정을 지어 보였다.

* 이 소설은 故 조태일 시인을 대상으로 하였으나 사실관계는 다를 수 있습니다.
* 이 소설은 2022년 2월 해남 〈백련재 문학의 집〉에서 창작되었습니다.

못난 놈들은 서로 얼굴만 봐도 흥겹다

김영삼_ 문학평론가

1

전라남도 순천 아랫장의 '장터맛집' 식당에 외지인 한 명이 들어섰다. 뻘쭘하게 서 있는 이 낯선 자에 대한 소개는 한마디면 족하다. "나가 말한 그 학원허다 망해묵은 동상이요. 잘 좀 살펴주쇼"(93~94쪽). 이윽고 '순천 아랫장 주막집 거시기들' 클럽의 총무이자 전 순천 시의원의 한마디가 따라붙는다. "아따, 오늘 서울 촌놈 박 텄쳐블까 어쩌까?"(94쪽). 놀랄 필요 없다. 반갑다는 말이다.

으레 한 세계의 패배자가 다른 세계로 입소할 때 일종의 굴욕, 고백, 모욕, 박탈 등의 통과의례를 거치기 마련이다. 마땅히 봉만은 사설학원을 운영하다 실패한 이야기와 가정이 파괴될 위험에 놓여 있음을 고백함으로써 스스로 패배자임을 자인하는 굴욕을 자청해야 하고, 이름과 나이와 방문 목적 등을 묻는 토박이들의 신문(訊問)에 응함으로써 자신이 악한 자가 아님을 증명해야 하며, 읍소든 하소연이든 이전 세계에서의 지위 박탈을 자인함으로써 스스로 벌거벗겨지는 모욕을 통과해야 할 터, 그러나 여기 순천 아랫장 토박이 '거시기들' 사이의 의례는 지극히 간단하다. 한동안 "목사질"(94쪽) 하다 지금은 사설 장애인 단체 승합차를 운전하고 있는 문목의 대학 후배라는 신상소개와 "살아 보겠다고 내리왔다"(94쪽)는 방문 목적이면 충분하다.

그러니까 타자에 대한 환대가 그 사람의 가치에 대한 질문을 괄호 안에 묶은 채 그를 공동체 안으로 들어오게 하는 것을 전제로 한다고 할 때, "그려, 긍께 순천 바닥은 오늘로다 생전 첨으로 발도장을 찍었다 그 말이제?"라는 화답과 머리의 골격을 살포시 갈라놓겠다는 저 화끈한 인사는 성원권 부여를 위한 자격 증명의 요구 절차를 한순간에 생략하는 환대의 표현인 셈이다. 좁은 테이블에 의자를 붙여 봉만을 포함해 성인 다섯 명이 붙어 앉은 모양새를 만들 때부터 이미 타자에 대한 문턱은 지워졌다. 절대적 환대란 주인과 도래자의 경계가 사라지는 곳, 즉 '자기-집 부재'에서부터 시작된다. 엉덩이 붙인 의자가 미처 덥혀지기도 전에 봉만은 "서울 거시기"(105쪽)에서 "아랫장 거시기들 새로운 멤버"(95쪽)가 되었다.

2

환대에도 조건이 따른다. 이방인은 주인의 권리와 권위를 잠재적으로 위협하는 존재니까. 이방인은 고유한 이름과 사회적 지위의 증명을 전제로 의무와 책임의 주체로 인정될 때 환대의 대상이 된다. 따라서 이름과 신분과 목적에 대해 묻는 행위는 잠재적 위험 요소를 해소하는 과정이다. 반면 익명의 도래자는 안전한 이방인으로 취급되지 못한다. 그들의 거처 장소는 특정 공간으로 국한되고, 그들의 일상은 지속적인 인정투쟁에 노출된다. 성원권이 부여되기 전까지 익명의 도래자는 여전히 위험하다. 그래서 이름이나 신분을 밝히기 전에, 타자가 법적 주체이기 전에, 그들을 조건 없이 맞이하고 내 집을 개방하여 우리의 장소 안에 머물게 허락하는 무조건적 환대의 관계 맺음은 데리다에게도 불가능에 가까웠다.(자크 데리다, 『환대에 대하여』, 남수인 옮김, 2004, 64~72쪽)

그러나 손병현의 소설에서 이러한 조건들은 작동하지 않는다. 앞서 언급한 「순천 아랫장 주막집 거시기들」에서 그 거시기들이 봉만을 맞이하는 장면을 상기해도 그러거니와 「길 위의 남녀」에서도 그 증거를 발견할 수 있다. 아무래도 데리다는 순천 장터 주막에서 거시기들과 술 한 잔 걸쳐 보거나 아니면 전라도 시골 할머니들과 말이라도 한 번 섞어 봤어야 했다.

"에구— 못 보던 낯짝이네. 하나님이 보내셨나."

"내 눈에는 좀 션찮어 보이기 한 데 하나님 뜻을 어찌 알겠어. 뭔 쓸데가 있으니 보내셨겠지. 정 쓸데가 없으믄 운전이라도 시키지 뭐."(『길 위의 남녀』, 60쪽)

(……)

"지난번에 똥개 새끼 얻겠다고 집집이 문안 다니던 부부 아녀?"

"아~ 그 잿등 장씨 아들 내외구먼. 광주에서 미술대학인가 댕기다가 서울로 유학 갔다던 ……"

"아 근디. 이 촌구석은 또 뭣허러 기내려왔데. 뭐 먹고 살 것이 있다고."(『길 위의 남녀』, 62쪽)

인용한 부분은 서울살이에 보기 좋게 실패하고 남자의 고향에 터를 잡으려던 가난한 부부가 교회에 방문했을 때, 이방인처럼 보이는 "못 보던 낯짝"들을 두고 할머니들끼리 주고받은 말들이다. "좀 션찮어" 보이기도 하고, 무슨 "쓸데"가 있을까 싶기도 하고, 촌구석 같은 시골에 "또 뭣허러 기내려왔"는지 구박 투의 말도 들리지만, 역시 오해할 필요 없다. 반갑다는 말이니까. "잿등 장씨 아들 내외"라는 신원이면 충분하다. 사실 이조차도 불필요했을지도 모를 터, 사람 귀한 시골에서 젊은 부부가 할 일은 많을 테니까. 환대의 조건(인지 취직인지 모르겠지만)으로 남자는 교회 승합차의 열쇠를 건네받아 신도들을 실어 나르게 되었고, 여자는 주일학교 교사의 임무를 부여 받았다. 부부가 원하던 '시고르자브종' 한 마리도 입양됐다. 이들이 모두 '한 식구'가 되는 과정에서 우리와 타자를 경계 짓는 문지방들은 어디에도 보이지 않았다.

증거가 될 만한 장면은 「트럭」에도 있다. 졸지에 공사판 밥집 손님을 사위로 맞이하게 될 춘자의 모친이자 '점방집 장 여사'의 말은 이러하다.

> "송서방! 시방 내리오고 있담서? 저간에 사정 얘기는 춘 사년한테 대충 들었네. 나 시방 도배장이들 불러다 작은방 풀 발르고 있그만. 인자 한 식군디 이런저런 개릴 것이 뭐 있겠는가. 그려 그려 진말은 만나서 허고 모쪼록 조심히 내리오소이~"(「트럭」, 87쪽)

순식간에 동욱은 밥집 손님이자 인부에서 사위로 격상(인지 격하인지)되어 '송서방'이 되었다. 장 여사가 "저간에 사정"이나 "진말"로 퉁쳐 버린 사연들을 굳이 풀어내자면 거기에는 동욱 아버지의 폭력적 일탈과 가정의 파괴, 엄마의 가출, 관계 맺기를 거부하면서 살아온 동욱의 삶 등이 우울과 불안과 슬픔의 얼굴로 복잡하게 얽혀 있을 것이다. 그러나 이런저런 모든 사연들은 "인자 한 식군디"라는 말로 정화되어 버린다. 낯선 타자였던 사람과 한 식구가 되는 결혼이라는 의례가 상대의 경제적·사회적 조건을 당연하게 요청하는 조건적 관계가 되어 버린 지 오래건만, 춘자에게 그것은 하룻밤 몸을 섞으면 넘는 문턱이고 장여사에게 그것은 방에 풀 바르고 도배하면 충분한 일이다.

「목어」에서는 손병현 식의 환대가 거의 일상다반사다. 저수지 낚시터의 텐트 속에서 거의 시체가 되어 버린 반송장 장 씨를 남은사로 데려와 살려냈을 때, '왕초'로 불리는 주지 스님이 남긴 말은 "방생은 제대로 한 것 같다만 도로아미타불이 되는 건 아닌지 그게 걱정이다"(203~204쪽)라는 한마디뿐이었다. 여기 남은사에는 8살에 절에 위탁된 화자 종구를 포함해서 젊은 부부가 버리고 간 4살짜리 승환과 그의 아버지가 트럭에 가득 쌀을 싣고 와서 맡기고 간 먹보 용호도 살고 있다. 남은사의 문은 언제나 누구에게나 열려 있다. 하다못해 목사 딸 수미도 수시로 오고간다. 왕초가 걱정하는 것은 이들의 삶 자체이지 그들의 과거나 자격이 아니다.

그러니 적어도 손병현의 이번 소설집이 재현한 세계에서 환대는 '가능'하다. 제 집의 문을 열어 '못 보던 낯짝'들을 제 '식구'로 받아들이고 음식을 나누어 먹으며 침과 말을 섞고 서로에게

육두문자와 지청구를 스스럼없이 날리는 이 살벌한 풍경들을 (인간의 윤리적 가능성을 심문하면서 안타까운 마음으로 환대의 불가능성이라는 진단을 내리기 전에) 데리다는 꼭 봤어야만 했다.

3

물론 손병현의 세계가 따뜻하지만은 않다는 사실을 작품을 읽은 독자들이라면 모두 알고 있다. 환대 이전, 손병현의 인물들이 쓰라린 패배와 낙오의 경험을 공유하고 있다는 사실도 모두 알고 있다. 적자생존의 가혹한 생리가 지배하는 도시의 세계는 최종 보스가 없는 스테이지의 연속판이다. 하나의 단계를 넘으면 그 다음에는 또 다른 스테이지가 기다린다. 승리의 환호와 휴식은 나태함으로 평가되면서 탈락의 이유가 된다. 게임이 진행될수록 살아남은 자들은 줄어든다. 결국 최적자도 존재하지 않는다. 게임의 구조만이 유일한 승자다.

참가자들에게 요구되는 것은 패배의 불안을 숨기는 은폐술이다. 그런 점에서 「포커페이스」는 서울살이의 매정함과 건조한 인간관계를 가장 극명하게 보여 주는 소설의 제목이자 동시에 게임의 참가자들에게 요구되는 생존의 기술이다.

표면에 공기가 미끄러지도록 특수코팅 된 카드는 아무리 섞어도 섞이지 않는, 그래서 끝까지 비밀일 수밖에 없는 진실을 감추고 있다. 서로 맨살이 닿지 않기에 동정을 모르는 그것은 칼날 같은 비정함까지 품고 있다. 탁─ 탁─ 모서리를 부딪치며 틈을 비집고 들어가서 물을 베듯 누군가의 아킬레스건을 단숨에 끊어 놓는다. 모서리의 코팅이 벗겨지고 보푸라기가 일면 카드는 푸르르─ 추락하는 날개처럼 쓰레기통으로 던져진다. 부연 담배 연기 속에서 그것들을 그러쥐고 있던 또 누군가 유령의 얼굴을 매단 채 그렇게 기척도 없이 사라진다. (「포커페이스」, 119쪽)

포커 게임의 풍경을 은유한 이 문장들은 그대로 적자생존 게임의 현실 풍경으로 번역할 수 있다. 참가자들은 제 정체와 힘을 비밀로 숨긴 채 '섞이지 않는' 개체로만 존재해야 한다. 좁은 고시원에서 같이 섭식을 하더라도 서로의 속살을 오픈하면 안 된다. 게임은 끝까지 자신의 패를 감춘 채 상대의 의중을 집요하게 추궁하는 자의 승리로 끝난다. 포커페이스는 이 생존 게임의 필수 조건이다. 패배자는 노출된 패와 함께 발가벗겨진 채 판에서 지워진다. 누군가 한 사람이 자리를 비워도 판은 돌아간다. 남는 건 게임의 규칙, 즉 구조뿐이다. 그렇게 사라져 가는 무수한 사람들이 이 고시원을 거쳐 갔다.

고시원생 대부분은 사람들에게 괄시당하고 돈에 허덕이다
　가슴에 피고름이 들어찬, 게다가 누추한 목숨을 연명하려 꾸
　덕꾸덕 마른 떡 한 조각을 눈물로 삼켜야 했던 얼룩 같은 기
　억의 소유자들이었다.(「포커페이스」, 123쪽)

　　작가의 표현을 인용하자면 이들은 "속을 전부 빼 먹히고 껍
질만 남은 채로 간신히 버티고 있는 유령들"(126쪽)이다. 이 패
배자 또는 낙오자들은 "불안과 초조"(126쪽)라는 현대의 신경증
을 집합 감정으로 공유하고 있다. 감추어야 할 이 증상이 얼굴
에 드러나는 순간 상대의 먹잇감이 된다. 손병현의 소설 속 낙
향 또는 귀향한 인물들의 과거가 대부분 이와 다르지 않을 터,
대표격으로 고시원 인물들의 사정을 정리하면 다음과 같다.
　　포카드를 들고 있지만 더 높은 패가 나올 것이 불안한 '사쿠
라'는 "평생 불안을 발바닥의 티눈처럼 달고 살아"(141쪽)왔다.
이태원 도박 클럽과 필리핀 매춘관광업소를 거쳐 부산 룸싸롱
에서 마담을 하던 사쿠라는 사장이 맡긴 접대부 인수금 5천만
원을 들고 20년 만에 다시 이태원으로 회귀했다. 그녀는 포카드
처럼 많은 돈을 손에 쥐었지만 정작 문밖출입도 자유롭지 못한
신세다. 고시원에 어울리지 않게 방에 도어락을 설치한 그녀는
스스로를 한 평짜리 방에 유폐시킨 채 불안에 떨고 있다. 그녀

의 신원을 증명하는 모든 것이 가짜다. 대포폰을 사용하고 신분증도 가짜다. 외출 때 사쿠라는 선캡과 마스크로 위장한다. 사쿠라는 얼굴이 식별 불가능하며 신원이 증명되지 않는 '유령'이다.

지방에서 연극배우를 하다 상경한 '염소'에게 가장 빛나던 인생 기억은 삼류극장에서 단역으로 염소 역할을 훌륭히 수행한 것이다. 현재 지방 대학에서 연극이론 강의를 하고 있지만 다음 학기에는 강의가 배정되지 않았다. 교수님이라는 호칭은 그의 민낯을 가리는 "뻥카"(131쪽)로 지금까지 잘 먹혔지만 이제 곧 그는 "진짜 유령이 되고 말 것"(130쪽)이다.

'똘아이' 태숙은 한 때 전자제품공장에서 일하며 회사 기숙사에서 생활했다고 과거를 포장한다. 그러나 그것이 거짓임을 고시원의 사람들은 모두 알고 있다. 일본 원정 매춘을 하다 현재 출장 매춘을 한다는 것은 공공연한 비밀이다. "어느 곳에서도 온전히 뿌리를 내리지 못한 똘아이는 이리저리 굴러차이다 음산한 바람결에 떠도는 잡귀들의 집이 되었다."(130쪽)

'타워팰리스 고시원'의 사장인 '뺀질이'는 "돈에 관한 한 바늘한 끗 들어갈 틈이 없"(122쪽)는 생존 경쟁의 타짜다. "어찌나 눈치가 빠른지 엎드릴 때는 홍어나 가오리가 되고, 뻣뻣이 고개를 치켜들 때는 제 발기된 거시기보다도 더 높이 턱주가리를 치켜세"(122쪽)우는 생존 기술을 습득한 인물이다. 하지만 그의 삶도 목적이 불분명한 불안을 공유하고 있다. 고시원생들과 하등 다를 바 없는 갇힌 일상이 "너무 무료한 나머지 자살이라도 하고 싶은 심정"(139쪽)이긴 매한가지다.

대한민국 사교육 시장에서 성공과 실패를 맛본 봉만(「순천 아랫장 주막집 거시기들」), 한때 촉망받은 화가였으나 초등학교 때 받은 상장이 인생 최고의 순간이었던 남자(「길 위의 남녀」), 전통문화체험관의 구박덩어리 황 국장(「갑숙 씨는 괴로워」), 세상의 속도를 결국 이겨내지 못하고 영혼이 파괴되어 버린 동욱의 아버지(「트럭」) 등 이들은 모두 사다리의 꼭대기 한 번 밟아보지 못한 채 낙오되고 추락했다. 손병현이 응시하는 경쟁의 세계에서는 이들 모두가 깃들 곳 없는 '유령들'이거나 서로의 허무를 집요하게 빨아먹는 '흡혈귀'(146쪽)이거나 패배의식을 공유하는 '저주받은 자들'(138쪽)이다.

참 이상한 것은 세상의 끝 낭떠러지에 위치한 이 한 평 고시원에 사람들이 몰려든다는 사실이다. "그런데 참 이상시러바, 고시원이 코로나 최고 위험지역이라는데 사람들은 바글바글 모여드니 무슨 조홧속인 줄 모르겠다니까"(128쪽)라는 어느 유령의 푸념에서도 알 수 있듯 가난은 위험하다. 가난에 들킨 존재들은 생존의 최전선에서 위험에 노출된다.

4

한 가지 사실을 더하면, 가난의 얼룩은 전염된다. 그리고 유전된다. 특히 버려진 아이들의 무의식에 남겨진 유년의 기억은 폭력적이거나 퇴행적인 방식으로 작동하면서 인물들을 과거에 유폐시킨다. 부모로부터의 버려짐은 인물들에게 "두꺼운 갑옷으로 막을 친 상태"(167쪽)로 관계 맺기를 거부하게 한다. 수미와 왕초의 사랑과 관심을 끝내 거부하고 남은사를 떠나는 종구의 일탈, 음식에 대한 용호의 강박적 집착(「목어」), 성 관계 도중에도 짱구 과자를 입에서 떼지 못하는 '똘아이'의 퇴행과 고착(「포커페이스」)이 이러한 사례에 해당한다. 이들은 각자의 상처를 스스로 꿰매다 가끔 그 상처를 핥으며 그리움인지 원망인지 모를 감정에 허덕인다. 이 정체 모를 감정의 이름은 때로 패배감으로 때로 소외감으로 때로는 집착으로 이어진다. 그리고 특히 '동욱'이 그렇다. "거기, 어두운 우물 속에 갇힌 한 아이가 잔뜩 웅크린 채로 울고 있었다."(「트럭」, 81쪽)

동욱은 어떤 다리 공사 현장을 가든 한 달 이상 머문 적이 없었다. 사람과 사이가 깊어지는 것에 대한, 다리가 완공되어 이쪽저쪽이 맞닿는 것에 대한, 두려움 때문이었다. 파괴된 유년의 기억은 결합과 합치에 대한 불안으로 이어졌고 그 목전에서 늘 도망치기 바빴다. 하지만 동욱은 계속해서 다리 공사 현장을 찾았고 또 사람을 그리워했다. 고치를 깨고 싶은 자아와 고치 속에 숨어 있고 싶은 또 다른 자아가 각기 별개의 모습으로 동욱 안에 존재했다. 하지만 동욱의 선택은 매번 같아서, 간조를 받은 이튿날이면 안개처럼 사라지곤 했다. 사람들은 뜨내기를 금방 알아봤고 말 없이 떠나도 으레 그러려니 했다. 그리고 또 낯선 다리 공사 현장을 찾았다. 하지만 지금의 섬진강 다리 공사 현장에서는 얼추 3개월이 넘도록 머무르고 있었다. 떠나려 몇 번을 맘먹었지만, 이상하게 도로 주저앉곤 했다. 동욱은 쓰기도 하고 달기도 한 커피를 홀짝홀짝 음미하듯 마신다. (『트럭』, 85~86쪽)

비평가의 해석이 불필요할 정도로 이 문장들은 동욱의 무의식에 깊이 자리 잡은 분리불안, 버려진 기억이 소환하는 트라우마, 아버지에 대한 분노와 사후애도(초코파이를 상기하자), 관계 불안(춘자는 동욱에게 첫 여자였다), 인간관계에 대한 양가감정 등을 정확하게 설명해 주고 있다. "쓰기도 하고 달기도 한 커피"는 정착과 떠남이 교차하는 동욱의 양가감정이면서 동시에 춘자라는 인물의 상징성을 암시하기도 한다. 춘자에 대한 이야기는 뒤에서 하기로 하고, 여기에서는 동욱의 어머니에게 집중해 보자.

아버지는 달리고 싶은 야생마처럼 한사코 트럭 운전하기를 고집했다. 그쯤 어머니는 물기를 잃어 가고 있었다. ……신음 소리처럼 들리는 어머니의 절뚝거림이 집안 깊숙이 보이지 않는 균열을 내고 있었다. (「트럭」, 75~76쪽)

어머니는 밤마다 농을 뒤져 그동안 뜨개실로 짰던 스웨터와 목도리 그리고 조끼 등을 한 올 한 올 풀어냈다. 꼬불꼬불한 실이 올올이 풀려나갈 때마다, 집안을 조이고 있던 이음매들이 하나둘 풀려나가는 느낌이었다. 집은 점점 헐렁한 채 틈이 벌어지고, 그 틈 사이에서 삐걱삐걱 비명이 새어 나왔다.(「트럭」, 79쪽)

아버지의 뜨개옷이 다 풀려지던 날 어머니는 소리 없이 사라졌다.(「트럭」, 81쪽)

페넬로페가 낮 동안 짰던 양탄자의 실을 밤마다 풀어내며 오디세우스를 기다렸던 것과 달리, 동욱의 어머니는 뜨개실을 한 올 한 올 풀어내며 남편을 지웠다. 그리고 동시에 자신의 삶도 함께 지워 버렸다. "브레이크가 파열된 게 분명"(79쪽)한 아버지의 트럭은 고작 시속 80km를 넘지 못했다. 아버지의 속도는 세계의 속도를 이겨 내지 못한 채 집어삼켜졌고, 그의 패배의식은 아내와 아들에 대한 폭력과 기만으로 이어졌다. 동욱이 아버지의 트럭에 던진 벽돌은 아버지에 대한 응징이자 다른 한편 과거로의 회귀에 대한 소망이었지만 결국 아버지의 생명력은 그가 데려온 "낯선 여자"(79쪽)에게 삼켜지고 말았다.

「순천 아랫장 주막집 거시기들」에서도 마찬가지다. 사업에 실패한 봉만의 분풀이의 대상은 아내였다. "아내는 처음에는 위로했고 나중 피하다가 최근에는 거죽만 남은 사람처럼 피폐해지고 말았다"(101쪽)는 진술이나 "자꾸만 나락으로 떨어지는 봉만은 가정도 함께 나락으로 떨어뜨리고 있었다"(103쪽)는 문장을 떠올려 보더라도 가부장의 패배는 가정의 패배로 전염되고 있다.

가난의 전염과 유전에 얽힌 이러한 사연들은 사실 한국소설문학이 적잖게 다루어 왔던 소재들이다. 또 손병현의 이전 작품들이 주목해서 재현했던 것과도 다르지 않다. 특히 작가의 장편이었던 『동문다리 브라더스』에서도 "경쟁력 없는 인간들"(50쪽)이 풍기는 "패배의 냄새"(169쪽)가 가득했던 터다. 또 『쓸 만한 놈이 나타났다』에서는 5·18이 남긴 역사적 상처에서 벗어나지 못해 세상과 거리를 두거나 과거의 상처를 훈장 삼아 자위적 삶을 연명하는 '남겨진 자들'의 이야기가 중심이었다. 그래서 하는 말인데, 만약 이 소설집에 표현된 '유령들'이니 '저주받은 자들'이니 패배자들이니 하는 호명들이 전작의 서사와 공명하는 수

준에서 멈추어 버렸다면 손병현이라는 작가의 이야기들이 5·18의 장소성과 패배자들의 집합 감정에서 벗어나지 못할 뻔했다. 그러나 손병현의 소설은 여기에서 한 발 더 전진했다. 이 소설집이 유쾌하면서도 힘 있게 읽힌 이유는 패배자 또는 낙오자들의 집합적인 열패감들을 단번에 역전시켜 버리는 새로운 장소성과 언어를 작가가 찾아냈기 때문이다.

5

잠시 과학 이야기를 경유해 보자. 진화에 대한 오랜 상식은 '적자생존'이었다. 환경에 가장 잘 적응한 개체의 유전형질이 최적자로 선택되고 생존함으로써 다음 세대로 유전된다는 것이었다. 이 상식은 진화가 곧 진보이며, 더 진화한 개체가 세상을 지배한다는 논리로 강화되고 굳어졌다. 그러나 적자생존의 법칙은 살아남은 자를 최적자로 정의하면서 약육강식의 가혹함을 당연한 생존의 방식으로 법칙화하려는 왜곡된 진화론이자 강자의 권력 구조를 옹호하는 왜곡된 신화에 가깝다. 자연계에 최적자만이 존재하지 않는다는 것이 강력한 반증이다. 실존적 존재로서 모든 생물은 위계가 없는 고유한 존재들이다. 우월한 유전자를 남기려는 것이 진화가 아니라, 환경의 영향을 받은 자연계

전체가 더 풍부하고 다양하게 발전하는 것이 곧 진화의 진정한 얼굴이다. 물론 이건 내 말이 아니다. 스티븐 제이 굴드의 『풀 하우스(Full House)』의 주장이다. 세계는 최후의 승리자들만이 살아남은 게임의 장소가 아니라 다양한 종과 다양한 삶들이 '꽉 찬 장소(full house)' 장소다. 이 새로운 진화론자가 말하는 과학 혁명들의 유일한 공통점은 인간이 우주의 중심이라는 기존의 신념을 차례차례 부숨으로써 인간의 교만에 사망 선고를 내렸다는 점뿐이다.

인간 사회 또한 다르지 않을 터, 자본과 욕망의 최정점에 서는 것만이 진화의 목적이 아니다. 사다리의 맨 꼭대기에 오른 자들이 만들어 낸 성공의 신화에는 사실 그들이 딛고 올랐던 사다리를 걷어차 버린 범죄의 기록이 은폐되어 있고, 경쟁 과정에서 그들이 짓밟고 올라선 친구들의 얼굴이 지워져 있다. 서울이 아니어도 중심이 아니어도 맨 꼭대기가 아니어도 삶은 풍부하다. 이런 말들이 흔히 패배자들의 자기위안이나 변명으로 취급되는 것을 모르는 바 아니다. 그럼에도 진화의 다양성을 언급하는 것은 손병현의 소설들이 그 증거를 서사화하고 있다는 말을 하려는 의도 때문이다. 광주와 전라도 사람들의 이야기에 대한 서사가 역사의 뒤안길에서 쓰라린 패배의 상처를 안줏거리 삼는 자기 위안의 기만이 아니라는 사실, 서울 중심의 공화국에서 고향을 떠나 도시로 떠난 자들이 뒤에 남겨 둔 그 장소가 버려지고 잊힌 장소가 아니라는 사실, 들여다보면 그곳이 생명력 넘치는 풍요와 삶의 활기가 도는 환대의 장소라는 사실을 말하기 위함이다.

6

이제 다시 순천 아랫장의 주막집으로 가 보자. 화끈한 환영인사 다음의 환대의식은 음식이다. 곧바로 봉만 앞에 온갖 음식들이 놓인다. 갈치·서대·장대·삼치로 구성된 생선구이 세트, 찰지고 달달한 도토리묵, 양념장을 끼얹은 깻잎, 들깻가루로 볶은 머윗대, 새우 호박볶음, 가지무침, 묵은지 고등어조림, 시금치무침, 고들빼기 김치, 갓김치 등등 1인당 1만 2천 원이라는 말도 안 되는 가격의 음식들이 즐비하다. 아랫장 거시기들은 봉만의 먹는 모습에도 참견이고 지청구다.

"우리 동상을 위해서 나가 또 동태머리전 빨아묵기 시범을 보여야 쓸랑가벼. 자 요라고 들고 쪽─ 쪽─ 빨아서 볼라묵어. 요 동태머리전은 체면 차렸다가는 천신도 못 허니까 얼릉 들고 뽈아묵어."(106~107쪽) …… "와마 참말로 서울 촌티 내니라고 애쓰네. 내동 빨아묵으라고 갈차주등만…… 아, 빼따구

는 혀를 요라고 굴려서 발라내야 헐 것 아니것는감."(107쪽)

　함께 음식을 먹는 입을 '식구'라고 했던가. '볼라묵고 뽈아묵
는' 법을 터득해야 제 맛을 공유하는 식구가 될 것이 아닌가. 낯
선 이방인을 식구로 받아들이는 일은 순수한 의미에서의 증여
의 논리가 개입된다. 순수한 증여로서의 선물은 물질적 가치와
무관하게 상징적 관점으로만 평가되어야 한다. 굴욕감과 부채
의식을 동반할 때 선물의 교환은 주는 사람과 받는 사람 간의
위계를 결정한다. 경제 영역은 감정과 합리성을 구별한다. 동정
심이나 우정이나 친근감 등과 같은 감정은 조직의 효율적 운영
이나 이익과 손실의 엄격한 계산 등이 요구되는 합리성과 구별
된다. 이러한 절대 생존의 게임의 법칙이 지배하는 구조를 매개
로 만나는 개인들이 이해관계로 연결된다면, 이 구조의 바깥에
서 인격적 만남을 갖는 개인들은 '감정'으로 연결된다.(김현경,
『사람, 장소, 환대』, 문학과지성사, 2015, 179쪽에서 참조)

　「갑숙 씨는 괴로워」에서 원장 갑숙 씨가 황 국장을 잘라내지
못한 것도 바로 이러한 감정과 다르지 않다. "서류상으로 본다
면 마땅히 경기문화재단 근무자를 뽑아야 했지만, 현재 실업 상
태인 사람을 구제하는 것도 도리가 아니겠는가, 마음이 쓰일 수
밖에 없었다"(32쪽)는 그녀의 말을 볼 때 갑숙 씨가 괴로운 이유
는 황 국장의 무능함 때문이 아니라 저 '도리'와 '마음'으로 표현

된 '감정'들 때문이겠다. 마찬가지로 거시기들 회원의 "사랑 전 달식"(113쪽)도 게임의 구조를 벗어나 있다. 봉만에게 건넨 순천 사랑 상품권 50여 장과 젓가락질보다 빠르게 차려지는 음식들 은 위계나 효율성의 계산 바깥에서 주어지는 순수한 선물에 가 깝다. 이 "목적 없는 도움"(114쪽)은 교환가치로 환원되지 않고, 봉만 부부의 화해와 미래로 이어진다. 진정한 증여는 순환의 궤 도에서 제 빛을 발한다.

다시 이야기로 돌아와, 거의 전라도 음식 먹방과 '거시기들' 끼리 주고받는 만담의 콜라보에 가까운 이 소설에서는 식당 아 주머니들의 입담도 끗발이 만만찮아서 1차 밥집 '장터맛집' 아주 머니와 2차 술집 '61호 명태전' 아주머니들의 인사가 희롱과 겁 박을 넘나든다.

"오늘언 어째 부랄덜 숫자가 한참 모질래요. 다 털어도 알 탕 한 냄비 꺼리도 안 되겠구만."(「순천 아랫장 주막집 거시기 들」, 96쪽)

"맛난 것은 '장터맛집'에서 훑어 자시고 우리 집이는 이빨 쑤 시로들 오셨소? 난봉질도 본처 첩 입장 봐감서 한 번썩 순서를 바꽈끼는 것인디 그라고 염통머리 없이 굴다가는 그 잘난 거시 기 댕강 썰어서 고추전으로 지져 내는 수가 있응께 알아서들 무

게 중심 잡으시요이~"(「순천 아랫장 주막집 거시기들」, 105쪽)

누누이 말하지만 놀랄 필요 없다. 유전자 생산소를 모두 모아 둥글둥글한 건더기의 탕을 끓인다거나 남성의 생식기와 그 생식기를 닮은 야채를 범벅해서 지져 낸 둥글고 납작한 음식을 만들겠다는 반가부장적 의미가 아니라, '어서 오고, 자주 오고, 먼저 오라'는 정겨운(?) 인사말이자 익숙한 으름장이라는 것을 이제는 번역을 거치지 않아도 익히 짐작할 테니까 말이다.(가능하다면 저 말들을 소리 내서 읽어 볼 것을 권한다. 약간 화가 난 듯한 운율을 살리면 더 좋겠다.)

음식과 입담에 한 차례 혼쭐난 봉만이 조금 분위기에 익숙해질 즈음 다음과 같은 표정들이 눈에 들어온다.

좌판의 할머니들이나 점포의 상인들이나 장 보러 나온 사람들이나 표정이 제각각 살아 있었다. 사람들 얼굴 표정이 이렇게 다양한 것이었나, 새삼 깨닫게 되는 순간이었다. 서울의 거리에서 아파트에서 지하철에서 마주치는 사람들 대부분은 표정이 없었다. 봉만 자신도 표정을 잃어버린 지 오래였고, 아내의 얼굴도 마찬가지였다. 가슴 한쪽에 구멍이라도 난 듯 싸-하게 아렸다.(「순천 아랫장 주막집 거시기들」, 105쪽)

여기저기 박수가 터져 나오고 뭐라고 소리치는 사람들이 보였다. 봉만은 그런 광경이 그저 생경할 뿐이었다. 오래전 단풍구경을 갔다가 수많은 색깔을 발견하고 놀랐을 때와 비슷한 느낌이었다. 사람이 만들어 내는 입체적 형상도 가을 단풍처럼 각양각색이었다. 그런 광경을 바라보는 봉만은 저도 모르게 따라서 박수를 치고 말았다. 여순사건 특별법이 통과된 것에 동조한 박수가 아니라 사람들의 꿈틀거리는 생명력에 보내는 박수였다.(「순천 아랫장 주막집 거시기들」, 109쪽)

그동안 5·18이나 여순사건으로 표상되어 온 남도는 국가 폭력의 증언 장소, 고귀한 상징성을 보존한 채 화석화되어 가는 장소, 누군가에게는 죄책감과 부끄러움을 환기하는 장소, 그래서 함부로 입에 올리기 부담스러워 어떤 자격의 증명을 거쳐야 말할 수 있는 장소였다. 그래서인지 역설적으로 이 장소성은 숭고한 이름으로 전시장이나 기념비적 공간으로 유폐된 것과 다르지 않았다. 이러한 엄숙함은 역사적 패배의식과 공명하면서 남겨진 자들에게 끊임없는 자기비판과 자기갱신의 치열함을 요구받았다.

그러나 손병현이 주목한 것은 이와 달리 이들의 삶과 언어에서 보이는 생기와 활력과 환대와 유대의 정동들이다. 이들의 삶의 활력과 다양한 표정에는 패배자의 집합 감정이 아니라 그 어떤 증명도 요구하지 않는 무조건적 환대라는 말이 무색하지 않는 포용력이 깃들어 있다. '거시기들'의 술자리에서 여순사건을 이야기할 때, "자신의 두 아들을 죽인 좌익학생을 사형 직전에 살려내셔서 양자로 삼아 키우셨"(102쪽)다는 손양원 목사의 일화가 언급되는 것은 우연이 아니다. 원수에 대한 복수 대신 그들을 통해 죽은 자식들의 삶을 대신하게 한 목사의 모습은 절대적 환대에 가깝다. 그리고 이는 봉만과 같이 '못 보던 낯짝'을 '문목'의 후배라는 설명만으로 포용하고 안아 준 순천 장터의 지워진 문지방과 '거시기들'의 열린 마음과 공명한다.

생각해 보면 '순천 아랫장 주막집 거시기들'라는 모임의 이름에는 ○○ 라이온스 클럽, ○○ 향우회, ○○ 전우회 ○○지부, ○○ 종친회 등과 같은 명칭에서 느껴지는 지역 권력의 냄새나 그 주변부를 둘러싼 감투 싸움의 냄새가 전혀 느껴지지 않는다. 누구나, 어떤 짓도, 어떤 사건도 거시기가 될 수 있으니까 말이다.

그러니까 이 '거시기'라는 말은 지시 대상의 불분명함을 대신하는 표현이 아니다. 이 '거시기'는 수많은 복합 감정들이 응축되고 뭉쳐진 언어화가 불가능한 정동들의 이름이며, 명함이나 직함에 얽힌 사회·경제적 위계가 지워진 꼭대기 아래 사람들에 대한 총칭이며, 합리성이나 효율성으로 일컬어지는 경쟁 논리가 포착할 수 없는 삶의 방식을 포괄하는 관계성의 표현이다.(아는지 모르겠지만, 이 '거시기'는 사투리가 아니다.) 굳이

이 '거시기들'을 다른 말로 표현하자면(작가의 전작에 기대어), '형제들(brother)'이라고 할 수 있겠다.

7

운전대를 잡은 춘자는 동욱에게 이런 말을 건넨다. "오빠의 거시기한 과거는 섬진강에 싹 다 씻어 날려 버리소. 상처는 내 이 넓은 가슴으로 보듬어 안아 줄랑께"(88쪽). 여기서 '거시기'는 동욱의 무의식에 옹이 진 트라우마들이겠다. 트럭을 타고 동욱과 함께 섬진강으로 돌아가는 "춘자는 명랑"(76쪽)하다. 생기와 활력이 넘치는 춘자의 모습은 오래전부터 한국 문학에서 지워졌던 고향을 복원한다. 그러니까 김승옥의 인물이 '무진'을 떠날 때부터일까, 황석영의 떠돌이 노동자에게 '삼포'라는 고향이 공사판으로 변해 버렸을 때부터였을까, 서울로 입성했던 수많은 '영자'들이 식모-여공-매춘으로 이어지는 전성시대를 보내며 고향으로 내려가지 못했을 때부터였을까. 언젠가부터 고향은 남겨진 자들의 쓸쓸한 뒷모습처럼 회귀의 장소성을 상실한 듯하다. 그러나 손병현의 소설들에서 고향은 멋진 환대의 모습으로 복원되고 있다. 무엇보다 이것이 반갑다면 나 또한 촌놈이라는 사실의 고백이 될까. 암튼 춘자와 동네 할머니들을 포함해

서 이 소설집에 실린 모든 '거시기들'의 얼굴에서 신경림 시인의
일갈이 떠올랐다. '못난 놈들은 서로 얼굴만 봐도 흥겹다'. 긴 설
명이 필요 없겠다. 순천 아랫장 주막집 거시기들도 그러할 터,
절뚝이며 집으로 향하는 「파장」길에는 달이 환했다.

지난 10월 아버지가 돌아가셨다.

아버지는 내가 문학하는 것을 탐탁지 않아 하셨다.

그러나

아버지는 가족 중 유일하게 신춘문예 시상식에 참석하셨고,
뒤풀이에 참석하는 나 대신 꽃다발과 상패를 가슴에 안고 집으
로 가셨다.

언젠가

아버지는 마루에 우두커니 앉았는 내게 말씀하셨다.

"자석아, 소설도 쓸라믄 화끈하게 써브러, 미적미적 하지 말
고."

"……"

아버지는 나와 불화했지만

꼭 필요한 순간에 용기를 주셨다.

2022년 세밑

손병현

순천 아랫장
주막집 거시기들

손병현 소설집

초판1쇄 찍은 날 | 2022년 12월 28일
초판1쇄 펴낸 날 | 2022년 12월 30일

지은이 | 손병현
펴낸이 | 송광룡
펴낸곳 | 문학들
등록 | 2005년 8월 24일 제 2005 1-2호
주소 | 61489 광주광역시 동구 천변우로 487(학동) 2층
전화 | 062-651-6968
팩스 | 062-651-9690
전자우편 | munhakdle@hanmail.net
블로그 | blog.naver.com/munhakdlesimmian
값 16,000원

ISBN 979-11-91277-63-0 03810

• 이 도서는 한국문화예술위원회의 2022년도 아르코문학창작기금 지원사업에
  선정되어 발간된 작품입니다.